소드 아트 온라인 프로그레시브 007

지음 | 카와하라 레키

일러스트 | abec

옮김 | 박용국

"바, 반하긴 누가 반해!"
키리토
아인크라드 최상층 도달을 노리는 검사.
≪솔로≫플레이어였으나,
일시적으로 아스나와 콤비를 맺었다.

"뭐야, 키리도령.
이 누나의 각선미에 반한 거야?"
아스나
≪SAO≫에 갇힌 여성 플레이어 중 한 명.
자포자기했던 마음을 바로잡고,
게임 클리어에 도전한다.
아르고
신출귀몰한 아인크라드의 ≪정보상≫
≪생쥐 아르고≫라는 별명으로 유명하다.

"아르고, 어서 와.
조수를 구한 거야?"
니르니르
월룹타 그랜드 카지노 내
고급 호텔에 사는 NPC 소녀.

“니르니르 님께
실례를 범하지 않도록 유의하시길.”
키오
니르니르를 섬기는 NPC.
에스터크와 브레스트 아머로 무장한
전투 메이드.

“못해못해! 절대 못해애애애애!”
“히야아아아아아아아악!!”

"아스나, 조금만 더 버텨!"

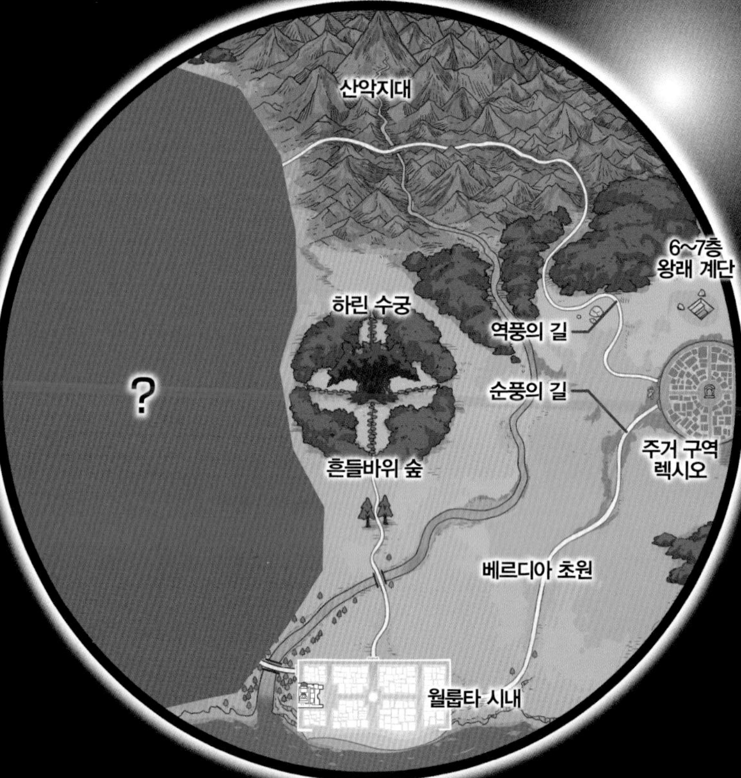

AINCRAD

부유성 아인크라드 각 플로어 데이터

■제7플로어

제7플로어의 특징은 두 가지다. 하나는 ≪열대기후≫다. 키리토 일행이 제7층에 도착한 것은 현실세계에서는 한겨울인 1월. 그럼에도 불구하고 제7플로어는 한여름의 햇볕과 찌는 듯한 무더위가 플로어 전체를 지배하고 있었다.

또 하나의 특징은 ≪카지노≫다.

제7플로어의 스타트 지점, 주거 구역 렉시오는 동쪽 끝에, 골인 지점인 미궁 구역 타워는 서쪽 끝에 있다. 미궁 구역 타워로 가는 길은 두 갈래가 있는데, 하나는 험난한 길과 수많은 몬스터들이 도사리고 있는 ≪역풍의 길≫, 다른 하나는 평탄한 지형에 몬스터도 얼마 나오지 않는 ≪순풍의 길≫.

순풍의 길을 따라가면, 거대한 카지노를 보유한 도시, ≪월룹타≫가 있다.

월룹타의 카지노에서는 카드 게임이며 주사위 게임, 룰렛 등 다양한 도박을 즐길 수 있지만, 그중에서도 가장 유명한 것이 바로 ≪배틀 아레나≫, 즉 몬스터 투기장이다.

출전 몬스터는 전부 제7플로어에 서식하는 것들이며, 배틀은 1대1로 치러진다. 시합 수는 주간 타임과 야간 타임에 각각 5시합씩, 하루에 총 10시합이 열린다. 베타테스트 시절에 다수의 플레이어들이 여기서 재산을 날렸다고 한다.

SWORD ART ONLINE PROGRESSIVE
소드 아트 온라인 프로그레시브

007

지음 | 카와하라 레키
일러스트 | abec
옮김 | 박용국

「이것은 게임이지만 놀이가 아니다.」

「소드 아트 온라인」 프로그래머
카야바 아키히코

SWORD ART ONLINE PROGRESSIVE

붉은 초열의 랩소디(상)

아인크라드 제7플로어, 2023년 1월

1

"더워!"

부유성 아인크라드 제7층에 다시 텔레포트한 우리 임시 파티의 첫 번째 감상은 바로 그것이었다.

"더워 죽겠네!!"

한층 더 격렬한 말투로 되뇌며 얼굴을 찌푸린 채 위를 올려다보았다. 부유성의 구조상 파란 하늘도 태양도 보이지 않았지만, 위층 바닥에서 쏟아져 내리는 빛은 6층보다 훨씬 더 강렬했다.

"……한겨울인데 왜 이렇게 더운 거야? 그리고 어제 저녁에 잠깐 왔을 때는 이것보다 시원했던 것 같은데?"

파트너가 시선을 돌리며 건넨 질문에 나는 어깨를 살짝 으쓱했다.

"예전에도 한 번 얘기했던 것 같은데, 현실의 계절 재현 여부는 각 플로어에 따라 다르니까……. 여긴 계절감을 무시한 플로어라는 뜻이겠지. 어제 저녁에 왔을 때도 시원하기는 했지만 춥지는 않았잖아?"

"아무리 그래도 지금은 1월 5일이잖아. 기온이 27도 정도는 되는 것 같은데."

파트너는 무지하게 구체적인 수치를 제시하며 주위를 둘러보았다. 텔레포트 게이트 광장에 우리 이외의 플레이어들은 손에 꼽을 정도밖에 보이지 않았지만, 그래도 혹시 모르니 종종걸음으로 광장 구석의 활엽수 뒤로 가서 메뉴 윈도우를 열었다.

장비 피규어를 재빨리 조작해서, 빨간 후드 케이프를 벗었다. 그 속에는 얇은 브레스트 플레이트와 무릎까지 닿는 래더 스커트.

윤기 있는 밤색 머리칼을 한 번 흔들고, 휴 하고 한숨 돌린 잠정 파트너――레벨 21 펜서(세검전사) 아스나는 이쪽을 돌아보자마자 표정을 찌푸렸다.

"키리토 군도 그 코트 좀 벗지 그래? 보는 사람이 다 더워지는 기분이야."

"으음, 하지만……."

나는 자신의 아바타를 내려다보며 대답했다.

"아스나의 빨간 망토는 거의 패션 아이템이지만, 내 코트는 메인 방어구라서 말이지……. 이걸 벗으면 방어력이 곤두박질친단 말야."

"주거 구역 안에 있는 동안은 문제 될 거 없잖아."

"그건 그렇지만……."

이론상으로는 그 말이 맞지만, 6층 주거 구역 한복판에서 NPC 암살자에게 습격당한 기억이 아직 생생하게 남아 있었다. 하다못해 옥외에서라도 풀장비 상태를 유지하고 싶었지만, 검은 가죽 코트 내부의 불쾌지수가 착실하게 상승하고 있는 것도 사실이었다.

그때의 습격은 퀘스트의 강제 이벤트였으니, 그런 일은 이제 두 번 다시없을 것이다……라며 스스로를 타이른 뒤, 나도 메뉴를 열어서 애용품인 ≪코트 오브 미드나이트≫를 스토리지에 집어넣었다. 안에는 아스나의 것과 비슷한 브레스트 플레이트와 얇은 셔츠, 롱팬츠 차림이라서 체감온도는 상당히 하락했다——하지만.

"……그다지 달라 보이지가 않네……."

그렇게 중얼거린 세검전사는 한참 동안 내 몸을 빤히 쳐다보더니 말을 이었다.

"애초에 그 새까만 코디 자체가 갑갑해. 가끔은 다른 색 옷도 좀 입고 싶고 싶다는 생각 안 들어? 블래키 씨."

"그……, 그러는 아스나도 처음 만났을 때부터 거의 빨간색 계통만 입었잖아."

어떻게든 반론하자, 아스나는 자신이 입고 있는 빨간 튜닉을 내려다보고 새침한 얼굴로 대꾸했다.

"나는 가끔 다른 색도 입는걸."

"그, 그랬었나……?"

"숙소 방에서 쉴 때는 그렇게 해. 하지만 밖에 다닐 때는 방어력이 높은 옷을 입을 수밖에 없으니까."

"그, 그렇게 따지면 내 옷도 마찬가지야!"

다시 반론했지만, 사실 내가 검은 옷만 입는 건 수시상의 스펙 때문만은 아니었다. 메인 방어구인 코트는 1층 플로어보스의 라스트어택 보너스로 얻은 거라 내가 색상을 선택한 건 아니었지만, 지금 입고 있는 셔츠와 바지는 상점에서 구입한 방어구이니 마음만 먹으면 다른 색으로 대체할 수도 있었다.

굳이 따지자면 어두운 색 장비에는 은폐 효과에 플러스 보정이 있다는 실용적인 이유도 있기는 하지만, 지형이나 밝기에 따라서는 오히려 역효과가 생길 때도 있다. 게임 스타트 시점의 초기 장비 선택 때는 다크블루를 선택했었고, 옛날부터 딱히 검은색을 좋아했던 것 같지도 않지만——아니, 어쩌면 내가 다니던 중학교 교복이 검은색 차이나 칼라 교복이어서, 검은색 옷을 입으면 마음이 편해진다거나 하는 심리적 요인 같은 게 있는 걸까…….

새삼스럽게 고민에 잠긴 내 등을 어느새 옆으로 이동해 온 아스나가 툭 쳤다.

"뭐, 갑자기 하얀색이나 오렌지색 같은 걸 입고 오기라도 하면 오히려 어색할 것 같으니까 갑갑한 건 참을게. 자, 이제 슬슬 이동하자."

"이동하다니……, 어디로?"

"처음 와 본 도시잖아? 정확하게는 두 번째지만……. 그러니까 일단 점심부터 먹어야지. 어떤 가게가 맛있어?"

"아……, 으음……."

멍하니 눈을 깜박거리며 광장을 빙 둘러보았다.

7층 주거 구역 ≪렉시오≫는 아인크라드에 있는 도시의 전형적인 디자인으로, 텔레포트 게이트 광장 주위에는 돌과 나무, 회반죽으로 지어진 소위 하프 팀버프레임 양식 가옥이며 상점들이 즐비하게 늘어서 있었다.

바둑판 같은 구조였던 6층 주거 구역 ≪스타키온≫과는 달리, 원형 광장을 기점으로 수많은 길들이 방사상으로 뻗어 있는 구조라 길을 익히기가 힘들었지만, 나는 베타테스트 시절에 며칠 동안 이 도시를 거점으로 삼은 적이 있었다. 당연히 여러 레스토랑에도 들어가 봤을 테지만, 어쩐지 기억에 남는 게 별로 없었다.

"렉시오……, 렉시오의 명물이 뭐가 있더라……."

애초에 7층은 어떤 곳이었더라, 하고 베타 시절의 기억을 되새겨 보려고 했지만, 어째선지 좀처럼 기억이 나지 않았다. 마치 누군가가 머릿속의 뚜껑을 덮어 놓기라도 한 것처럼…….

"아……."

기억이 애매모호한 이유를 그제서야 깨닫고 조그맣게 읊조렸다.

기억에 뚜껑을 덮은 건 다름 아닌 나 자신이었다. 왜냐하면 이 플로어에서 너무나도 괴롭고 슬픈 일이 있었기 때문이다.

비극의 기억이 계기가 되기라도 한 듯, 7층에서 겪었던 추억들이 선명하게 뇌리에 되살아났다. 나는 일단 그 기억을 우회로 쪽으로 치워 놓고 아스나의 질문에 대답했다.

"애석하지만 베타 시절의 이 도시에는 명물이라고 할 만한 게 없었어. 애초에 이 렉시오는 7층의 메인 도시가 아냐."

"응? 하지만 여기가 주거 구역이잖아."

"명목상으로는 그렇지. 뭐, 그 점에 대해서는 차차 설명하기로 하고 우선은 식당부터 가자. 으음……. 내 기억으로는 저쪽에 랩샌드위치 같은 음식을 파는 가게가 있고, 저쪽에는 치킨라이스 같은 음식을 파는 가게가 있고, 저쪽에는 매콤한 스튜 같은 음식을 파는 가게가 있었던 것 같아."

"……전부 ≪~같은 음식≫이네."

미심쩍은 표정으로 중얼거린 아스나가 예상치 못한 질문을 던졌다.

"치킨라이스는 일본식? 아니면 싱가포르식?"

"응……? 뭐가 어떤 건데……?"

"일본식 치킨라이스는, 간단히 말하자면 오므라이스에 들어가는 밥이야. 케첩으로 맛을 낸 닭고기 볶음밥 같은 요리지. 싱가포르식 치킨라이스는 생강향이 감도는 밥에 삶은 닭고기를 채쳐서 얹은 요리야. 하이난 치킨라이스나 카오만까이라고 부르기도 하지."

나는 막힘없이 설명하는 아스나의 얼굴을 나도 모르게 빤히 쳐다보았다.

1층에서 처음 만났을 때는 '맛있는 걸 먹으려고 이 도시에 온 게 아니다'라는 식으로 얘기했었지만, 7층까지 동행해 온 입장에서 보자면, 요리에 대한 아스나의 지식은 어지간한 SAO 플레이어들은 상대도 안 되는 수준라고 장담할 수 있다. 그 점으로 미루어보아 먹는 것뿐만 아니라 만드는 것도 좋아하는 게 아닐까 싶었지만, 현재까지 아스나가 습득한 스킬은 ≪세검≫, ≪경금속장비≫, ≪재봉≫, ≪질주≫, 그리고 아마 ≪양손 돌격창≫, 이렇게 다섯 개일 것이다. 생산계 스킬을 두 개나 습득할 여유는 없다는 점을 고려하더라도, 왜 ≪요리≫가 아닌 ≪재봉≫인 걸까. 그리고 거의 쓸 일이 없는 양손용 돌격창 스킬은 왜 올리고 있는 걸까…….

아스나와 콤비가 된 지 한 달이 넘었지만, 아직도 모르는 게

산더미처럼 많단 말이지. 새삼 그렇게 실감하면서 대답했다.

"아마 싱가포르식이었던 것 같아. 밥에서 생강 냄새가 났는지 어쨌는지 하는 것까지는 기억 안 나지만."

"왜 그렇게 대충 기억하고 있는 건데……. 됐어, 그냥 거기로 가자."

"하이난까이 좋아해?"

"뒤죽박죽이잖아. 하이난 치킨 라이스나 카오만까이, 둘 중에 하나만 해!"

황당해 하며 대꾸한 아스나는 중얼거리듯 덧붙였다.

"내가 아니라 오……, 가족이 좋아했어. 그래서 오랜만에 먹고 싶어진 거야."

"……그랬구나."

마음속의 놀람을 작은 웃음으로 가렸다. 아스나가 현실세계의 가족에 대해 얘기하는 건 극히 드문 일이었다. 내가 기억하기로는 4층의 요펠 성에서 "저쪽의 크리스마스에는 아빠도 엄마도 늦게까지 돌아오질 않아서 혼자 케이크를 먹고 끝이었다"라는 얘기를 한 이후로 처음 듣는 것 아닐까.

어쨌거나 아스나의 의견이 그렇다면, 7층에서 하는 첫 식사 메뉴를 치킨라이스로 선택하는 것에 대한 이견은 없었다.

"그럼 가자. 가게는 이쪽입니다."

공손하게 허리를 숙이면서 가게가 있는 방향을 손가락으로 가리키자, 아스나는 새침한 얼굴로 발걸음을 내딛었다.

텔레포트 게이트 광장에서 남서쪽으로 뻗은 골목길로 접어든 뒤, 어렴풋한 기억을 따라 우로 좌로 각각 한 번씩 모퉁이를 돌자 뭔가 먹음직한 향기가 풍기기 시작했다. 아스나가 살짝 코를 움찔거리더니 웃으며 중얼거렸다.

“확실히 이건 본토의 치킨라이스 가게 같은 냄새가 나네.”

“100퍼센트 똑같은 걸 기대하지는 마.”

대답은 그렇게 했지만 내 공복 게이지도 어느덧 최대치에 다다르고 있었다.

6층의 플로어보스 ≪디 이레셔널 큐브≫를 격파한 건 어젯밤 23시경. 나와 아스나는 보스룸에 나타난 왕래용 계단을 통해 일단 7층에 올라왔다가, 주거 구역 텔레포트 게이트를 활성화시키고 나서 보스전에 협조해 준 NPC 세아노와 미이아를 배웅하기 위해 7층 주거 구역 스타키온으로 돌아갔었다. 그 둘과 헤어진 직후, 체력이 한계치에 달한 나와 아스나도 스타키온의 숙소에서 잠들었고, 꿈조차 꾸지 않은 채 곤히 잠들었다가 깨어난 것이 오늘 아침 9시.

공략 집단의 주력 플레이어들은 이미 7층 공략을 개시했을 테니, 이제 와서 서둘러 봤자 헛수고일 거라 판단하고 한 시간쯤 빈둥거리다가 체크아웃 했다. 그리고 텔레포트 게이트를 통해 다시 렉시오로 텔레포트했는데, 돌이켜보면 가장 최근에 무언가를 먹은 건 6층 미궁 구역에 들어가기 전의 식사였다. 그 식사라는 것도 사막 마을의 노점에서 산 케밥 같은 음식을 먹은 게 고작이었기에, 마지막으로 차분하게 앉아서 식사한 게 언제였는지는 짐작도 가지 않을 지경이었다.

나와 같은 생각이라도 한 듯 점점 발걸음이 빨라지는 아스나를 따라 마지막 모퉁이를 도니, 우측 전방에 내가 찾던 식당이 나타났다.

가게의 외관은 지극히 단순했는데, 활짝 열린 문 위에는 원형의 목제 간판이 걸려 있었다. 양각으로 새겨져 있는 글자는 【Min's Eatery】인 것 같았다.

"민스 이터리……, 라고 읽는 건가? 이터리가 뭐지?"

내가 중얼거리자 아스나가 빠르게 해설해 주었다.

"간이식당이나 스낵바 같은 곳이야. 좋아 보이네……. 자리가 있어야 할 텐데."

그런 파트너의 기도를 하늘이 들어 주었는지, 우리가 들어갔을 때 가게에는 아무도 없었다. 점심을 먹기에는 조금 이른 시간인 데다, 비좁고 복잡한 골목 끝에 있다 보니, 아직 이 가게의 존재를 아는 플레이어가 얼마 없을 것이다.

스낵바를 자처하는 가게답게 기다란 가게 안의 자리는 카운터석 6개와 2인용 테이블 2개밖에 없었는데, 우리는 편하게 테이블에 앉았다. 그러자 미처 메뉴판을 볼 틈도 없이 카운터 저편에서 활기찬 목소리가 날아들었다.

"어서 옵쇼! 뭘로 줄까?"

"자, 잠깐만요!"

아마 가게 이름이기도 한, 민 씨일 것이다. 나는 포동포동한 체격의 여사장에게 그렇게 대꾸한 뒤, 탁상에 놓인 목제 메뉴판을 펼쳐서 아스나와 함께 살펴보았다. 아인크라드의 NPC 상점은 기본적으로 물품의 이름이 알파벳으로 표시되어 있어서 처음에는 주문을 결정하는 데 애를 먹었지만, 인간은 적응의 동물이라는 말도 있듯 요즘에는 글자 배열만 보고도 대충 이해할 수 있는 경지에 다다른……것 같은 느낌이 든다.

반으로 접힌 메뉴판에는 다행히도 에피타이저 2종류, 메인 요리 2종류, 음료 4종류밖에 없었다. 대충 보니 에피타이저는 샐러드와 수프, 메인 메뉴는 둘 다 쌀 요리. 쌀 요리 중 하나는 내가 기억하는 대로 치킨라이스였고, 나머지 하나는 바질 라이스라고 적혀 있는 것 같았다. 가격은 두 메뉴 모두 라지가 40콜, 레귤러가 30콜, 스낵바라는 이름에 걸맞게 7층의 음식점 치고는 가성비가 좋긴 하지만——.

"……바질 라이스? 바질이라면 피자 같은 데 뿌리는 바질을 말하는 건가?"

"……그렇겠지. 스펠링이 똑같으니까."

나는 고개를 끄덕이는 아스나를 향해 속닥거리는 목소리로 항변했다.

"하지만……, 바질이라는 건 결국 이파리잖아. 이파리 볶음밥이 치킨라이스랑 같은 가격이라니, 아무리 생각해도 이상한 거 아냐?"

"나한테 따지지 마……. 아."

아스나는 퍼뜩 뭔가 생각난 게 있는 듯 눈을 몇 번 깜박이더니 밝은 미소를 지었다.

"알 것 같아. 아마 이건 그냥 이파리 볶음밥이 아닐 거야. 팟카프라오를 말하는 걸 거야."

"파……, 팟카프라오? 들어 본 적이 있는 것 같기도 하고 없는 것 같기도 하고……."

내가 고개를 갸우뚱거리고 있자, 아스나가 차근차근 설명해 주었다.

"아까 내가 싱가포르식 치킨라이스의 별명이 카오만까이라고 했었지? 그건 원래 태국어야. 그리고 태국의 2대 쌀 요리가 바로 카오만까이와 팟카프라오지."

"호오……. 그래서 팟카프라오가 어떤 음식인데?"

"일본에서는 흔히 카프라우라이스라고 부르는데, 잘게 간 닭고기나 돼지고기를 바질과 함께 볶아서 밥이랑 같이 내는 음식이야."

"호오오오……. 베타 시절의 이 가게에는 그런 음식은 없었던 것 같은데……."

"정식 서비스가 시작되기 전에 타이에 수련이라도 다녀온 거 아닐까?"

농담인지 진담인지 알 수 없는 얘기를 진지한 얼굴로 얘기한 아스나는 가만히 한숨을 지었다.

"난 이제 더는 못 참아. 네가 5초 안에 주문 안 하면 내가 마음대로 주문할 거야."

"으엑, 자, 잠깐만 기다려 봐."

황급히 메뉴판 속 두 개의 음식명을 노려보면서 안정적인 치킨라이스로 할지, 모험적인 팟카프라오로 할지 4초 동안 심사숙고하다가, 문득 한 가지 아이디어를 떠올렸다.

"……둘 다 시켜서 나눠 먹는 게 어때?"

그러자 아스나는 "그거 좋은 생각이네" 하고 대답하더니 약간 음량을 낮추어 덧붙였다.

"둘 다 라지로 주문하자."

본고장인 태국에서 수련한 사람답게 민 씨가 내놓은 치킨라이스와 팟카프라오의 맛은 그야말로 환상적이었다. 극한의 공복 상태라는 비법 소스의 영향도 어느 정도는 있었겠지만, 치킨라이스는 베타테스트 시절의 단순한 『삶은 닭고기덮밥』과는 비교도 할 수 없는 맛이었고, 처음 먹어 본 팟카프라오도 매콤한 게 끝내주게 맛있었다.

나와 아스나는 반씩 나눈 두 메뉴를 3분도 되지 않아 먹어 치운 뒤, 바닐라향이 감도는 아이스티를 벌컥벌컥 들이켜고 동시에 "후우……" 하고 만족에 겨운 탄식을 내뱉었다.

"……있잖아."

"응?"

"너 말야, 아까 이 도시에는 명물다운 명물이 없다고 했는데, 이 정도면 명물 요리라고 하기에 충분한 거 아냐?"

아스나의 지적에 나는 아까 식사하면서 생각했던 걸 속닥속닥 얘기했다.

"베타 시절에는 이것보다 훨씬 맛이 없었거든. 뭐라고 해야 하나……, 퍼석퍼석한 밥에 푸석푸석한 닭고기를 대충 얹어 놓은 것 같은……."

"그래도 밥은 밥이었잖아? 아인크라드에서 쌀 요리다운 쌀 요리가 나온 건 이 가게가 처음이지 않았어?"

"아……."

듣고 보니 그런 것 같기도 했다. 3층의 다크 엘프 야영지에서 죽을 먹은 적은 있지만, 그건 엄밀히 말하자면 보리 같은 곡물을 우유에 넣어 달짝지근하게 졸이고 견과류며 말린 과일을 뿌린 것이었기에, 쌀 요리라고 부르는 건 썩 내키지 않았다.

"하긴 그런 것 같기도 해. 하지만 이 가게에서 쓰는 쌀은 길쭉한 장립종 쌀이잖아? 물론 이것도 맛있긴 하지만, 단립종 쌀로 갓 지은 밥이 아니면 쌀밥을 먹은 것 같은 기분이 안 들어서 말야."

"……카오만까이도 팟카프라오도 모르는 사람이 장립종이니 단립종이니 하는 건 어떻게 아는 건데?"

어리둥절한 얼굴로 묻는 아스나의 질문에 나는 멍하니 눈을 깜박거리고 대답했다.

"으음……. 초등학교 때 모내기 체험하면서 배웠던 것 같은데……."

"흐음, 부럽네. 내가 다니던 초등학교에선 모내기 체험 같은 거 안 했는데……. 논에서 벌레 잡기 같은 건 해 봤지만."

아스나는 웃으면서 그렇게 중얼거렸다가, 현실세계 일에 대해 너무 많이 얘기했다고 생각했는지 퍼뜩 진지한 얼굴로 돌아와서 헛기침을 했다.

"하여튼 정말 맛있었어. 좋은 가게를 알려줘서 고마워."

"고, 고맙긴 뭘. 연말연시 기분은 전혀 안 났지만."

"벌써 1월 5일이기도 하고 날씨도 이렇게 더우니까. 혹시 떡국이 나왔더라도 연말연시 기분은 안 났을 거야."

어깨를 으쓱하고 아이스티를 다 마신 아스나는 창밖을 내다보았다. 가게 안은 바람이 통해서 그럭저럭 시원하지만, 이제 막 정오를 지난 바깥에 내리쬐는 햇볕은 한여름을 방불케 했다.

베타테스트는 현실 시간으로 8월에 치러졌기에 기본적으로는 모든 플로어가 온난한 기후였지만, 더워서 괴로울 정도는 아니었다. 혹시 치킨라이스의 맛과 마찬가지로 7층의 더위도 업그레이드된 걸까. 그렇다면 천 장비를 주로 쓰는 나와 아스나라면 몰라도, 금속 갑옷으로 중무장한 탱커들 입장에서는 공략하기 쉽지 않은 플로어가 될 것 같다. 더불어, 더위에 약해 보이는 다크 엘프들 입장에서도.

나와 같은 생각을 했는지 아스나가 가만히 말했다.

"키즈멜은 괜찮을까."

"음……. 뭐, 7층은 덥기는 해도 녹지나 물은 충분히 있으니까. 6층처럼 바싹 말라 있지는 않을 거야."

그런 내 대답에 세검전사는 순간 어리둥절해 했다가 미간을 찌푸렸다.

"그 얘기가 아냐. 내가 걱정하는 건 더위가 아니라 비밀 열쇠 얘기야."

"……아, 아아, 그 얘기였구나."

아스나의 말마따나 지금 염려해야 할 건 그 문제였다.

나와 아스나가 다크 엘프 측에서 진행하고 있는 ≪엘프 전쟁 캠페인 퀘스트≫의 기본 골격은 류슬라 왕국의 기사 키즈멜을 도와서 각 플로어에 하나씩 있는 봉인된 ≪비밀 열쇠≫ 아이템을 회수하는 것이다. 3층에서는 ≪비취 열쇠≫, 4층에서는 ≪청금석 열쇠≫, 5층에서는 ≪호박 열쇠≫, 그리고 6층에서는 ≪마노 열쇠≫를 손에 넣어서, 이제 2개만 더 구하면 되는 상황에서 불의의 사태가 발생, 지금까지 모은 비밀 열쇠 4개를 적대세력 폴른 엘프의 부장군 ≪박벌(剝伐)의 카이사라≫에게 모조리 빼앗기고 만 것이다. 문제가 되는 건 아마 그 전개는 예정된 시나리오가 아닐 거라는 점이었다.

데스 게임으로 변한 아인크라드에서 암약하고 있는 ≪까만 판초 남자≫ 휘하의 PK 집단. 그자들이 어느새 폴른 엘프와 손을 잡고 비밀 열쇠 탈환에 협조한 결과, 베타테스트 때는 무사히 6개 전부 모을 수 있었던 비밀 열쇠를 퀘스트 중간에 모조리 잃어버리고 말았다. 다른 플레이어의 개입에 의해 발생한 전개이니, 캠페인 퀘스트는 본래 줄거리에서 벗어났다고 생각해야 할 것이다.

키즈멜과는 그 사건 직후에 6층에서 헤어진 게 마지막이었다. 애용하던 사브르를 카이사라와의 전투에서 잃은 그녀에게 내 서브 무기인 ≪엘븐 스타우트 소드≫를 주었고, 그녀 역시 그걸 순순히 받아 주었으니 인연이 완전히 끊어진 건 아니라고 믿고 싶다. 하지만 키즈멜은 다크 엘프의 신관이라는 자에게 비밀 열쇠 유실의 자초지종을 보고해야 한다는 모양이고, 책임을 추궁당할 가능성도 있다고 한다.

걱정 가득한 표정으로 고개를 숙이고 있는 아스나에게 나는 최대한 믿음직한 소리를 내도록 의식하며 말했다.

“헤어질 때 키즈멜이 얘기했잖아. 『나는 여왕 폐하에게 임명된 괴화목 기사단의 일원이니까. 견책할 권리가 있는 것은 기사단장과 폐하뿐이지』라고. 그러니까 걱정할 것 없어. 이번 플로어에서 캠페인 퀘스트를 시작하면 금방 다시 만날 수 있을 거야."

"——견책."

"응?"

"건책이 아니라 견책이야. 실패를 나무라는 것."

아스나는 침울해 하던 표정에서 황당해 하는 얼굴로 표정을 바꾸더니, 한숨을 휴 내쉬고 나를 똑바로 응시했다.

"그래, 네 말이 맞아. 끙끙대기보다는 움직여야지. 배도 두둑하게 채웠으니 이제 슬슬 7층 공략을 시작해 볼까."

그렇게 말하고 테이블 너머로 오른쪽 주먹을 내미는 잠정 파트너를 향해 나는 씨익 웃어 보이며 말했다.

"좋아, 우선 장비 갱신부터 하러 가자."

주먹을 툭 맞부딪힌 뒤, 나와 아스나는 힘차게 자리에서 일어섰다.

2

2023년 1월 5일 현재, 나와 아스나의 스킬 구성과 장비는 다음과 같았다.

키리토 레벨22 소드맨(한손검 전사)　　　스킬 슬롯 : 5
설정 스킬 : ≪한손직검≫ ≪체술≫ ≪색적≫ ≪은폐≫ ≪명상≫
장비 : ≪소드 오브 이벤타이드+3≫
≪코트 오브 미드나이트+6≫
≪포디파이드 브레스트 플레이트+4≫
≪스킨타이트 셔츠+2≫
≪트라우저 오브 섀도우스레드+5≫
≪스파이크드 쇼트 부츠+3≫
≪링 오브 블로운≫
≪시길 오브 류슬라≫

아스나 레벨21 펜서(세검전사)　　스킬 슬롯 : 5*(6)
설정 스킬 : ≪세검≫ ≪경금속 장비≫ ≪재봉≫ ≪질주≫ ≪양손 돌격창≫ *(≪명상≫)
장비 : ≪시밸릭 레이피어+7≫
≪우븐 후디드 케이프+2≫
≪신리메이드 브레스트 플레이트+6≫

≪펜서즈 튜닉+4≫
≪플레이티드 레더스커트+4≫
≪플랜싱 부츠+3≫
≪이어링 오브 리플즈≫
≪링 오브 루미네센스≫
≪시길 오브 류슬라≫
*괄호 안은 ≪카레스 오의 수정병≫에 의한 전환 스킬

최대한의 안전성을 고려한 공략 가능 추정 레벨은 일단 플로어 수+10으로 알려져 있으니, 나나 아스나나 스테이터스 상으로는 제7플로어에 도전하기에 부족함이 없는 셈이다. 무기와 방어구도 반쯤은 보스 드롭 아이템이나 퀘스트 보상으로 얻은 레어 장비지만, 아무래도 전부 다 레어 장비로 맞출 수는 없었기에 내 경우는 브레스트 플레이트와 셔츠와 부츠, 아스나는 케이프와 튜닉과 스커트는 상점에서 구입한 물건이었다. 아무리 강화를 했다고 해도 스펙 면에서 레어 장비에는 미치지 못하다 보니, 새로운 플로어에 도착하면 가장 먼저 NPC 상점에 들러서 현재 장비보다 강력한 장비를(가능하면 합리적인 가격으로) 판매하지 않는지 확인하는 게 관례였다.

데스 게임 SAO에서 살아남으려면 필수적으로 거쳐야 하는 과정이자, RPG적인 즐거움을 누릴 수 있는 두근두근 이벤트이기도 하다. 그렇긴 한데――.

"……어째 눈에 확 띄는 물건이 없네……. 주거 구역에서 제일 큰 상점인데……."

처음 들어간 방어구 상점 진열장을 대충 둘러본 아스나가 점원의 귀에 들리지 않을 정도로 음량을 낮춰서 그렇게 평가했다. 나도 가만히 고개를 끄덕였다.

"그러게……. 식당은 업그레이드됐는데 여기는 그대로인가 보네."

"그 말은 베타테스트 때도 별로였다는 얘기야?"

"어렴풋하긴 하지만 그런 기억도 없지는 않다고나 할까."

"……6층의 스타키온에 대해서는 그렇게 상세하게 기억하고 있었으면서, 왜 렉시오에 대한 기억은 애매모호한 건데?"

또 한 번 애매한 기억에 대해 지적받은 나는 입을 다물었다.

이 이유를 설명하자면 베타 시절의 나를……, 아니, 베타테스터 거의 전원을 덮친 비극에 대해 언급할 수밖에 없다. 될 수 있으면 계속 기억의 밑바닥에 봉인해 두고 싶은 심정이었지만, 아스나의 촉은 장난이 아니다. 얼렁뚱땅 얼버무릴 수는 없을 것이다.

나는 크흠 하고 헛기침을 한 번 하고 나서 말했다.

"그 이유를 설명하려면, 도시 출구까지 가야 돼."

"……그러지 뭐. 어차피 살 것도 없어 보이니까."

"그럼 가자."

어리둥절한 표정의 아스나를 이끌고 일단 텔레포트 게이트 광장으로 돌아갔다. 폭염 때문인지, 아니면 도시에 별 볼거리가 없기 때문인지 플레이어들의 모습은 여전히 얼마 보이지 않았다.

롱코트만이 아니라 브레스트 플레이트까지 벗고 싶은 심정이었지만, 이 더위는 가상의 더위다! 라고 자기 자신을 타이르며 광장을 가로질러서 렉시오 시내를 동서로 관통하는 메인스트리트를 따라 서쪽으로 나아갔다. 그다지 큰 도시는 아니라서 몇 분 정도 걸으니 권내와 권외를 가르는 벽과 으리으리한 문이 전방에 보이기 시작했다.

"……어라?"

내 오른쪽 뒤를 터덜터덜 따라오던 아스나가 작은 목소리로 말하고 내 옆으로 왔다.

"왜 문이 두 개나 있는 거야?"

그 말대로 메인스트리트 끝에는 거의 같은 디자인의 문 두 개가 나란히 서 있었다. 두 문의 차이점이라고는 문 위쪽에 새겨진 대리석 조각이 전부다.

오른쪽 문의 조각은 등을 구부정하게 굽히고, 지팡이에 매달려서 비바람을 맞으며 걷는 초라한 행색의 남자.

왼쪽 문의 조각은 거만하게 상체를 젖힌 채 큼직한 와인잔을 들고 있는 화려한 차림의 남자.

두 문 모두 활짝 열려 있어서 필드가 훤히 내다보였다. 초록색 초원에는 두 개의 문으로부터 각각 뻗어나간 두 줄기 길이 좌우로 뻗어 있지만, 딱히 두 길 사이에 장벽이 있는 것도 아니었기에 오른쪽 문으로 나가서 왼쪽 길로 간다고 해도 아무 문제가 없었다. 그럼에도 문이 두 개인 이유는――.

"……좀 과장되게 표현하자면, 길 끝에서 플레이어를 기다리는 운명을 암시하는 거라고나 할까."

"운명……?"

정말 과장이 심하네, 라는 표정으로 나를 슬쩍 쳐다본 아스나가 다시 두 개의 문을 올려다보았다.

"그 말은……, 오른쪽 문에서 뻗은 길로 가면 고생하고, 왼쪽 문에서 뻗은 길로 가면 편하게 갈 수 있다는 얘기처럼 들리는데?"

"대충 맞아."

그렇게 대답하는 동시에 우리는 문 앞에 펼쳐진 광장에 도착했다. 역시 플레이어의 모습은 찾아볼 수 없었다. 아마 2대 길드 《DKB(드래곤 나이츠 브리게이드)》와 《ALS(아인크라드 해방대)》 멤버들은 이미 어느 한쪽 길을 선택해서 앞서 나아가고 있을 것이다.

문 바로 앞까지 걸어가니, 원근감 이펙트가 변화해서 필드 멀리까지 내다볼 수 있게 되었다. 《지팡이 남자》 조각이 있는 오른쪽 문 너머에는 울창한 숲과 울퉁불퉁한 민둥산. 《술잔 남자》 조각이 있는 왼쪽 문 너머에는 거의 평탄한 초원이 끝없이 펼쳐져 있었다.

"으음……, 이 렉시오라는 도시는 7층 동쪽 끝에 있는 것 맞지? 그렇다면 미궁 구역 타워는 서쪽 끝에 있는 거야?"

아스나의 질문에 나는 다시 고개를 끄덕였다.

"예스."

"엘프 전쟁 퀘스트 개시 지점은 어디쯤에 있어?"

"플로어 한가운데쯤에 있을 거야. 어느 걸로 가든지 이동거리는 거의 같아."

"……그럼 편한 쪽 길로 가면 되는 거 아냐?"

"맞아. 아스나가 강인한 의지를 갖고 있다면 말이지만."

"아까부터 뭘 그렇게 의미심장하게 뜸 들이는 건데? 길이 두 갈래인 거랑 키리토 군의 기억 사이에 무슨 관련이 있다는 거야?"

잠정 파트너의 짜증 게이지가 상승하고 있다는 걸 감지한 나는 더 이상 얼버무릴 수는 없다는 판단을 내리고, 모든 것을 설명하기 위해 입을 열었다.

"그게 말이지……, 오른쪽 길은 몬스터도 많고 지형이 험난해서 어느 정도 고생하긴 하지만, 그래도 어디까지나 일반적인 공략 루트야. 반면에 왼쪽 길은 몬스터도 적고 지형도 평탄하긴 한데……, 대신 그 길 끝에 큰 도시가 있어. 이 렉시오보다 두 배, 아니 세 배는 더 큰 도시가."

"큰 도시……? 던전을 말하는 거야?"

"아니, 인간이 사는 도시야. 권내인 데다 숙소나 상점들도 많이 있고 음식들도 맛있어."

"그게 뭐가 문제인데?"

"문제는……, 그 도시에 엄청 큰 카지노가 있다는 점이지."

"뭐……?"

아스나는 멍하니 입을 벌린 채 ≪술잔 남자≫ 조각을 올려다보고는 다시 나를 쳐다보았다.

"카지노라면 내가 아는 그 카지노? 라스베이거스나 마카오에 있는 그거?"

"라스베이거스나 마카오에 있는 그거. 둘 다 가 본 적은 없지만."

고개를 끄덕인 나는 시선을 왼쪽 문 너머로 옮겼다. 봉인되어 있던 끔찍한 기억이 물밀듯 뇌리로 쏟아져 들어왔다.

"……베타테스트 때는 참가 플레이어 2천 명 중에 8할 이상이 왼쪽 길을 택했었어. 그리고 그 태반이 카지노에 빠졌고, 그중 태반이 빈털터리 신세가 됐지. 당시에 떠돌던 소문에 따르면, 베타테스터 중 5할 정도가 제7플로어에서 탈락했다는 모양이야."

"……."

5초쯤 침묵에 잠겼던 아스나가 내 앞으로 이동해서 시선을 차단했다.

"참고로 너는 어땠는데?"

"……모든 걸 잃었어."

나는 씁쓸한 미소를 입가에 머금은 채 대답했다.

"그때까지 공략하면서 모은 콜과, 그때까지 손에 넣었던 아이템들이 싸그리 사라졌지. 그 뒤에 남은 거라고는 주 무기였던 검 한 자루가 전부……. 그래도 나는 포기하지 않았어. 거기서 다시 일어서서 다음 층에 도전했지. 카지노에서는 패배했지만 게임 그 자체에서는 결코 패배하지……."

"오른쪽."

"어, 엉?"

"오른쪽 길로 가자."

나의 영웅담을 매몰차게 끊어버리고 그렇게 선언한 아스나는 ≪지팡이 남자≫가 있는 문을 향해 발걸음을 내딛었다.

그 선택에 반대하는 건 아니었다. 똑같은 실수를 반복하는 건 나도 싫었다. 베타테스트 시절에는 죽더라도 1층에서 소생할 수 있었지만, 지금은 알거지 상태에서 처음부터 시작할 수도 없다. 지금 가진 콜과 장비를 모조리 잃어버리면, 시작 도시에 틀어박혀서 다른 누군가가 데스 게임을 공략해 주기만을 하염없이 기다리는 신세가 될 것이다.

……하지만.

내 안에 있는 무언가가……, 아마 패배자로 남는 것을 거부하는 게이머 정신 같은 것이 떠나가는 아스나의 등을 향해 입을 열게 만들었다.

"비치."

"……뭐?"

이쪽을 돌아본 아스나를 향해 나는 짐짓 거드름을 피우며 말했다.

"예전에 한 번 얘기한 적 있었지? 7층 남쪽에는 새하얀 백사장에 야자수가 늘어서 있는 비치가 있다고. 그 비치는 아까 얘기한 카지노 타운……, ≪월룹타≫의 일부야. 뭐, 진짜 바다가 아니라 플로어 끝까지만 펼쳐진 호수 같은 거지만……. 그래도 물은 분명히 소금물이었어."

"비치……."

심란하기 짝이 없는 표정으로 한 마디 중얼거린 아스나는 강렬한 햇빛을 재반사하는 윗층 바닥을 슬쩍 흘겨보았다가 다시 나를 쳐다보았다.

"……하지만 이렇게나 더우니, 그 비치에도 사람들이 바글바글한 거 아냐?"

"그게, 비치로 가는 통행증을 구하려면 카지노에서 엄청 많은 칩을 벌어야 해서 말이지. DKB나 ALS 멤버들이 도박에 빠질 것 같지도 않고……."

DKB 리더 린드와 ALS 리더 키바오의 찌푸린 얼굴을 뇌리에 떠올리며 그렇게 말하자, 아스나도 그들처럼 찌푸린 표정으로 한 발짝 성큼 다가왔다.

"그럼 우리도 카지노에서 칩을 따야 해변에 들어갈 수 있다는 얘기잖아."

"음, 뭐, 그렇긴 한데……. 그런데 내가 그 얘기를 했을 때 아스나가 이런 얘기를 하지 않았어? 만약 7층이 열대기후 플로어라면 비치에서 뭔가를 해 보고 싶다느니 하는……."

"……."

그러자 아스나는 허를 찔린 듯 연신 눈을 깜박거리다가, 어색하게 시선을 이리저리 옮기며 신음했다.

"우—."

"우, 우—?"

"우~~~~."

"우우~우~?"

그 직후, 옆구리를 쿡 찔렸다. 보아하니 아인어로 얘기한 건 아니었던 모양이다.

"……그 통행증이라는 거, 콜로 환산하면 얼마 정도인데?"

"으—음……. 베타테스트 때 그대로라면, 카지노 칩 하나가 100콜이었으니까……, 3만 콜쯤 될 거야."

"3만!"

아스나가 그렇게 절규하는 것도 무리는 아니었다. 현 시점에서 내 전재산은 약 8만 콜, 아스나도 아마 크게 다르지 않을 것이다. 그 3분의 1이나 되는 금액을 단순한 물놀이에 쏟아 붓는다는 건 그야말로 미친 짓이다. 허나.

"자, 잠깐. 비치 통행증은 칩 300개를 주고 사는 게 아니라, 카지노에서 300개를 따기만 하면 그냥 주게 되어 있어. 으음, 말하자면 VIP 특전 같은 거라고나 할까……."

"……그럼 통행증을 구하면, 그때까지 딴 칩은 콜로 다시 바꿔도 된다는 거야?"

"아쉽게도 칩을 콜로 환전할 수는 없지만, 환금성이 뛰어난 아이템으로 교환해서 파는 건 괜찮아."

칩 300개를 바로 딸 수만 있다면 말이지! 하고 마음속으로 덧붙였지만, 너무 당연한 얘기니까 굳이 소리 내서 말하지는 않았다.

"으으음……."

나는 팔짱을 낀 채 고민에 잠긴 아스나를 바라보면서, 이래도 아스나가 오른쪽 길로 가겠다고 하면 더 이상 군말 하지 말고 받아들여야지……, 하고 생각했다.

10초 후, 팔짱을 푼 세검전사는 먼저 ≪지팡이 남자≫ 조각을 올려다보고, 이어서 ≪술잔 남자≫ 조각을 쏘아보았다.

"……혹시 칩 300개, 아니 3만 개를 딴다고 해도, 그렇게 흥청망청 노는 짓은 절대 안 할 거니까 그렇게 알아."

"……그, 그래."

"그럼 가자."

파트너는 그런 말과 함께 종종걸음으로 왼쪽 문을 향해 걸어갔고, 나는 그런 그녀를 말없이 따라갔다.

NPC 주민들은 7층 주거 구역 렉시오에 있는 ≪선택의 문≫ 중 오른쪽, 즉 북서쪽으로 뻗어 있는 길을 ≪역풍의 길≫이라고 부르고, 왼쪽, 즉 남서쪽으로 뻗어 있는 길은 ≪순풍의 길≫이라고 부른다.

물론 실제로 두 방향의 바람이 부는 건 아니지만, 충분히 납득할 만한 명칭이었다. 나와 아스나가 선택한 왼쪽 길은 벽돌로 말끔하게 포장되어 있고, 양쪽은 여기저기 꽃이 피어 있는 초원이다. 길 대부분이 완만한 내리막으로 이어져 있는 데다, 몬스터도 거의 나타나지 않았다.

"……조금만 더 시원했더라면 지금까지 겪은 것 중에 제일 편한 이동이라고 해도 되겠는걸."

옆에서 걷는 아스나의 말에 나는 하품을 애써 참으며 고개를 끄덕였다.

"2층 필드도 기본적으로는 평화로웠지만, 가끔씩 폭주한 소가 나타나기도 했으니까……."

"추억이 새록새록 떠오르네, 그 소 플로어. 그때 먹은 무지 큰 쇼트케이크, 또 먹어 보고 싶어."

"≪트렘블 쇼트케이크≫ 말이지? 아—, 그럼 아예 텔레포트 게이트를 타고 제2플로어의 울버스로 돌아가서 그 케이크로 행운 버프를 걸고 카지노에 가는 것도 괜찮지 않을까?"

나름 나이스 아이디어라고 생각했지만 아스나는 한숨 섞인 목소리로 일축했다.
"그 버프는 유지 시간이 겨우 15분이었잖아. 무슨 수로 그 안에 카지노까지 가겠다는 거야?"
"그건 모르는 거야. 가는 동안 계속 풀스피드로 전력 질주하면, 첫 판 정도는 딸 수 있을지도 모르잖아."
"역시 너, 그냥 카지노에서 놀고 싶어서 이러는 것 같은데……."
그런 아스나의 지적과 동시에 부웅 하는 낮은 날갯짓 소리가 울려 퍼졌다. 우리는 동시에 검을 뽑아 들고 서로 등을 맞댄 채 경계태세에 들어갔다.
≪순풍의 길≫에는 몬스터가 거의 나타나지 않지만, 그렇다고 해서 출몰하는 몬스터가 약한 것은 아니었다. 7층에 걸맞은 수준의 스테이터스를 가진 데다 공격 패턴도 복잡해서, 방심했다가는 따끔한 맛을 볼 수도 있다.
아스나가 길 북쪽, 내가 남쪽을 꼼꼼하게 노려보고 있으려니 다시 날갯짓 소리가 들려왔다. 이어서 날카로운 울음소리가 울려 퍼졌다.
"엎드려!"
뒤돌아보고 싶은 본능적인 충동을 꾹 억누르고 최대한 몸을 숙였다. 그 직후, 무언가가 등 바로 위를 맹렬한 속도로 통과했다.
재빨리 고개를 드니, 10미터쯤 앞의 공중에서 호버링하고 있는 녹색 형체가 눈에 들어왔다.
투명한 날개를 펄럭이는 약 50센티미터 길이의 딱정벌레.

실루엣은 둥글둥글하지만, 머리 끝에는 몸통과 비슷한 길이의 날카로운 뿔이 돋아 있었다. 불그스름한 컬러 커서에 표시되어 있는 이름은【Verdian Lancer Beetle】. 그대로 직역하자면 ≪베르디아의 창투구벌레≫쯤 될까.

"……베르디아가 뭐야?"

옆에서 아스나가 속삭이는 물음에, 조그맣게 대답했다.

"이 초원의 이름……이었을 거야. 아, 또 온다!"

호버링하고 있던 딱정벌레가 윤기 도는 에메랄드색 날개를 치켜들었다. 부웅 하고 공기를 뒤흔들며 거대한 덩치가 일직선으로 돌진해 왔다.

이 플로어에서 처음 등장하는 창투구벌레류의 뿔은 최고 속도의 직격하면 플레이트아머에도 구멍을 낼 만큼의 위력을 갖고 있다. 한손무기로 쳐내는 건 사실상 불가능하고 가드하려면 소드 스킬을 맞히는 수밖에 없지만, 맹렬한 속도로 덮쳐드는 예리한 뿔을 요격하는 건 결코 쉬운 일이 아니다. 실패해서 급소인 가슴이나 머리를 뚫리면, 약점 크리티컬 히트 판정으로 즉사할 가능성까지 존재한다.

나와 아스나는 다시 주저앉아서 창투구벌레의 돌격을 피했다. 그리고 회피 즉시 다시 일어서고 몸을 돌려서, 초원 위에서 천천히 선회하는 딱정벌레를 쏘아보았다.

"회피할 수는 있지만……, 이러다가는 끝이 없지 않을까?"

아스나가 그렇게 중얼거렸기에 나는 살짝 어깨를 으쓱했다.

"끝이 없지는 않을 거야. 회피를 반복하다 보면 점점 돌진 궤도가 낮아질 테니까, 조금 더 지나면 주저앉아서 회피할 수

없게 돼.”

“그, 그럼 어떻게 해야 되는데?”

베타테스터인 나에게 있어 그 질문에 대답하는 건 어렵지 않았다. 하지만 이제 슬슬 아스나도 처음 보는 몬스터의 공략 방법을 구축하는 고찰 능력과 직감을 익혀야 할 때가 왔다. 내가 영원히 함께할 수 있으리라는 보장은 없으니 말이다.

“저 녀석의 약점이 어디인지 알겠어?”

“……몸통 하부?”

곧바로 대답하는 아스나의 말에 나는 ‘역시 대단해’ 하고 머릿속으로 찬사를 보내며 덧붙였다.

“정확히 말하자면, 여섯 다리의 접합부 한가운데 있는 신경근이야. 일단 뇌도 급소이긴 하지만 애초에 장갑이 엄청 두꺼운 데다, 저 녀석은 뿔 때문에 더더욱 공략하기 힘드니까.”

“하지만 몸 뒤쪽을 무슨 수로…….”

아스나가 그렇게 말했을 때, 창투구벌레가 또 다시 날개를 한껏 치켜들었다. 돌진 공격의 전조.

일직선으로 돌진해 올 때의 창투구벌레는 머리와 앞가슴, 그리고 펼쳐 올린 날개밖에 보이지 않는다. 그 모든 부위가 두꺼운 갑각으로 싸여 있어서 통상공격은 십중팔구 튕겨 나올 테고, 소드 스킬을 시도했다가 공격에 실패하면 즉사 수준의 카운터 대미지를 입는다.

그럼에도 나는 힌트를 주기 위해 일부러 단발 세로 베기 기술 ≪버티컬≫ 모션을 취했다. 옆에 있던 아스나가 쥐고 있는 시밸릭 레이피어 칼끝이 당황한 듯 흔들렸다.

하지만 이내 검을 딱 고정시키고, 이어서 단발 찌르기 기술 ≪리니어≫ 자세를 취했다. 두 자루의 검이 날카로운 진동음과 어렴풋한 빛을 내뿜었다.

거기에 이끌리기라도 한 듯, 창투구벌레가 세 번째 돌진을 개시했다. 당장 쪼그려 앉고 싶은 충동을 꾹 억누르고, 타이밍을 쟀다. 옆에 있는 아스나도 소드 스킬을 유지한 채 움쭉달싹 하지 않았다. 약간의 힌트만 보고도 내가 베타테스트 시절에 두 번이나 죽으면서 고안해 낸 공략법을 알아챈 모양이었다.

원시적인 공포를 불러일으키는 나지막한 날개 소리의 음량이 급격하게 커졌다. 흉악하게 보일 정도로 날카로운 뿔끝이 불과 3미터 거리까지 접근한 순간, 나와 아스나는 지금까지 했던 것과는 반대로 등 쪽으로 몸을 눕혔다.

창투구벌레가, 비교적 얇은 갑각으로 덮인 부위를 드러낸 채 눈앞을 통과해 갔다. 드러눕다시피 한 이 자세에서 통상공격을 날려 날린다면 거의 위력이 없겠지만, 소드 스킬이라면 이야기가 다르다. 몸을 기준으로 한 검의 위치와 각도만 정확하게 유지하면, 자빠진 상태에서도 얼마든지 발동시킬 수 있다. 애석하게도 시스템 어시스트와 동조해 땅을 박차는 ≪위력 부스트≫는 쓸 수 없지만, 그 정도까지 하지 않아도 곤충계 몬스터의 배 정도는 충분히 공격할 수 있다.

""하앗!""

나와 아스나는 이구동성의 함성과 함께 ≪버티컬≫과 ≪리니어≫를 발동했다.

청색과 은색의 빛줄기를 휘감은 두 자루 검이 창투구벌레의 다리 접합부에 박혀 들더니 깊숙이 찢어발겼다.

약점 크리티컬 공격에 성공했음을 알리는, 쑤걱! 하는 상쾌한 충격음과 손맛. 몬스터의 통통한 몸이 튕겨 나가듯 떠오르고 새빨간 대미지 이펙트를 흩뿌리며 나선 형태로 회전했다. 베타테스트 시절에는 같은 공격을 서너 번쯤 맞혀야만 처치할 수 있었지만, 그때보다 레벨과 무기 스펙이 높은 상태인데다 무엇보다 지금은 두 명이다. 분위기를 보아하니 한 번만 더 맞히면 처치할 수 있을 것 같았다. 그런 생각을 하면서 나는 왼손으로 바닥을 짚고 펄쩍 뛰어 일어섰다.

"아주 잘 했어! 그럼 똑같은 공격을 한 번 더……."

거기까지 외친 바로 그 때. 빙글빙글 회전하던 창투구벌레가 그대로 땅바닥에 낙하했고, 다시 튕겨 나와서 공중에서 부자연스럽게 정지했다. 순간적으로 꾹 쪼그라드는가 싶더니 파란 빛가루로 변해 산화했다. 수없이 많은 파편들도 이내 공기 속에 녹아들어서 소멸했다.

"……어라."

어안이 벙벙해 있는 내 등뒤에서 아스나의 맥 빠진 목소리가 들려왔다.

"뭐야, 한 방이잖아."

"아니……, 엄밀히 말하자면 두 방이긴 한데, 아무리 그래도 좀……, 혹시 HP가 하향 조정된 건가……."

아니면 죽은 척을 한 걸지도 모른다는 생각까지 들었지만, 콜과 경험치, 아이템 획득을 알리는 창이 나타난 걸 보면 처

소드 아트 온라인 프로그레시브

7권 초판 한정부록

치한 건 확실해 보였다. 아스나가 레이피어를 다시 집어넣고 바로 아이템 확인을 시작했다.

"흐음, 층이 바뀌어서 그런지 돈이랑 경험치가 두둑하게 들어오네. 하지만 아이템은……, 소재밖에 없잖아."

"벌레몹에서 나온 소재는 얕잡아보면 안 돼. 상점에서 파는 것보다 훨씬 강력한 방어구를 만들 수 있으니까……. 외모가 좀 거시기해지긴 하지만……."

그렇게 대답하면서 자신의 드롭 아이템 목록을 마지막까지 다 확인한 직후, 나는 여기가 권외라는 것도 잊은 채 괴성을 내질렀다.

"오, 오오오오오오?!"

"깜짝이야……. 뭐, 뭔데 그래?!"

이쪽으로 다가오는 아스나에게서 등을 돌린 채, 나는 아이템 실체화 버튼을 눌렀다. 윈도우상에 나타난 오브젝트를 오른손으로 잡고 그대로 돌아서면서——.

"짜자~~안!!"

아스나의 코앞에 가넷처럼 짙은 로즈핑크색으로 찬란하게 빛나는 8면 기둥 형태의 크리스털을 들이밀었다.

하지만 애석하게도 잠정 파트너에게는 아이템의 가치가 전해지지 않았던 모양이다. 어리둥절한 표정으로 나와 크리스털을 번갈아 쳐다보며 말했다.

"……이게 뭔데?"

"으—음……, 정식 명칭은 ≪힐링 크리스털≫. 통칭 ≪회복 결정≫이야."

"아, 말로만 듣던 그거!"

그제야 아스나도 눈을 초롱초롱하게 빛내며 내 손에 든 수정을 빼앗아 햇빛에 비춰 보았다.

"우와, 이렇게 생긴 아이템이었구나……. 이거, 순식간에 HP를 다 회복시켜 준다던데, 정말이야?"

"정말이야."

"어떻게 쓰는 건데?"

"그야 당연히 우득우득 씹어서……."

거기까지 얘기했다가 데스 게임 공략의 생명선이 될 핵심 아이템 사용법을 가지고 농담을 해서는 안 되겠다는 생각이 들어서, 헛기침을 한 번 한 뒤, 아스나의 손에서 수정을 회수했다.

"좀 진지하게 얘기할게. 결정 아이템에는 전부 다 해당하는 얘기지만 사용법은 아주 간단해. 첫 번째, 손가락으로 결정을 탭하면 메뉴가 나오는데, 거기서 ≪사용≫을 선택하는 것. 두 번째, 이렇게 한 손으로 든 상태에서 자기 몸에 사용할 때는 그대로, 남에게 사용할 때는 다른 한쪽 손을 상대의 몸에 꾹 댄 채로 히……, 아차!!"

내가 내던진 회복 결정을 아스나가 "뭐야!"라는 외침과 함께 공중에서 받아냈다.

"가, 갑자기 던지면 어쩌자는 거야?!"

"아, 아니……, 그걸 든 채로 '힐'이라고 말하기만 해도 사용되거든. 하마터면 HP가 풀인 상태에서 써 버릴 뻔 했지 뭐야……."

이마에 식은땀을 흘리며 기행의 이유를 설명하자, 아스나는 깊고 긴 한숨을 지었다.

"저기 있잖아, 어차피 너는 베타 시절에 여러 번 써 본 거 아냐?"

"여러 번 써 보지는 못했어. 10층에서도 귀중품 취급을 받았으니까……. 나나 다른 테스터들이나 절체절명의 상황에서 결정을 욕하면서 죽곤 했지."

"이번에는 그런 일 없게 조심해야 돼. 자기 자신이나 파트너가 위기에 처하면, 주저하지 말고 히……, 아차!!"

아스나가 별안간 소리치면서 마치 새빨갛게 달궈진 돌이라도 되는 양 회복 결정을 집어던졌고, 이번에는 내가 그걸 받아냈다.

"…………."

"…………."

우리 둘은 서로를 마주보며 한동안 침묵에 잠겼다. 아스나가 중얼거렸다.

"그거, 이제 넣어 두는 게 좋지 않을까?"

"그, 그게 좋겠다."

나는 고개를 끄덕이고 왼쪽 허리의 벨트 파우치를 열려다가 문득 손길을 멈추었다.

"아니……, 이건 아스나가 갖고 있어."

"아니, 그쪽에 드롭됐으니까 그건 키리토 군 거잖아."

"우리 콤비는, 굳이 구분하자면 내가 전위고 아스나가 후위잖아? 결정 아이템은 상황을 파악하기 용이한 후위가 들고 있는 게 정석이야."

진지하게 그렇게 말하면서 크리스털을 내밀자, 아스나가 살짝 입술을 깨물었다.

내 말은 거짓말이 아니었다. 전위 플레이어는 눈앞의 적에게 지나치게 집중하다 보면 자신의 잔여 HP를 제때 파악하지 못하는 경우가 있고, 일반적으로 양손을 다 쓸 때가 많기에, 결정을 사용하려면 전투 중에 무기나 방패를 놓아야만 한다.

사실 나는 항상 왼손이 비어 있으니 마음만 먹으면 전투 중에도 아이템을 꺼낼 수는 있지만, 다행히 아스나는 그 점을 지적하려 하지 않고, 내 손의 회복 결정을 받아 들었다.

"……후위 취급은 좀 마음에 안 들지만, 일단 알았어. 그럼 이건 내가 갖고 있기로 할게."

"그냥 갖고 있지만 말고, 아까 아스나 입으로 얘기했던 것처럼 자기가 위험한 상황에 빠졌을 때도 주저 없이 써야 돼."

"……응."

아스나는 고개를 끄덕이면서 벨트 파우치에 결정을 집어넣었다.

문득 그냥 내가 갖고 있는 게 낫지 않았을까 하는 생각이 뇌리를 스쳤다. 그러면 나 자신을 위한 사용은 최대한 자제하고, 아스나를 위해서는 얼마든지 사용할 수 있다. 어쩌면 아스나도 똑같은 생각을 한 것 아닐까.

……아니, 그렇다면 그냥 둘 다 가지면 그만이다. 베타테스트 시절에는 회복 결정이나 정화 결정이 엄청난 레어 아이템

이었지만, 7층에서 처음 잡은 몬스터가 드롭한 걸 보면 정식 서비스에서는 드롭률이 상향조정되었을 가능성도 있다.

아스나도 나와 같은 결론에 도달했는지 주위의 초원을 둘러보며 말했다.

"……저기, 회복 결정은 아까 그 투구벌레만 드롭하는 거야?"

"아니, 그렇지는 않아. 드롭률이 높은 몬스터가 몇몇 있긴 하지만, 7층 이후의 몬스터들은 기본적으로 극히 낮은 확률로나마 드롭할 수 있게 되어 있을 거야."

"극히 낮은 확률……. 구체적으로 어느 정도 낮은데?"

"으—음……, 이건 어디까지나 베타테스트 시절에 검증된 수치지만 6층에서 0.01퍼센트, 7층에서 0.1퍼센트……, 정도였던 것 같아."

"0.01퍼센트라면……, 만 마리를 잡아야 한 번 떨어질까 말까 할 정도라는 거야?!"

아스나가 눈을 부릅뜨는 바람에 나는 황급히 고개를 가로저었다.

"잠깐, 그건 6층의 수치야! 실제로 우리는 6층에서 엄청 많은 몬스터들을 잡았지만, 결정이 드롭된 적은 한 번도 없었잖아? 하지만 7층은 0.1퍼센트니까……."

"그래 봤자 천 마리에 하나라는 거잖아!"

"그, 그건 그렇지만……, 그래도 베타 시절보다 확률이 상승했을 가능성도 있어."

내가 그렇게 말하자 그제야 아스나의 분노가 사그라들었다.

"……하긴, 처음 잡은 몬스터가 드롭했으니까. 그럼……,

근처에 사람도 없으니까 투구벌레 사냥을 조금 더 해 볼까?"
"그게 좋겠어."
시야 한쪽의 시간 표시를 슬쩍 쳐다보았다. 오후 1시 15분. 현재 위치에서 카지노도시 월룹타까지는 천천히 걸어도 2시간이면 넉넉하게 도착할 수 있다. 여기서 한 시간쯤 더 사냥하고 가도 날이 저물기 전에 도착할 수 있을 것이다.
"……그럼 창투구벌레 공략 연습도 할 겸, 이 부근에 눌러앉아서 사냥 좀 하고 가자."
"알았어!"
아스나는 빙긋 웃으며 그렇게 대답하더니 곧바로 길을 벗어나 북쪽 평원으로 들어섰다.

나와 아스나는 1시간 반 동안 15마리의 ≪베르디안 랜서 비틀≫와 2층에서 수없이 상대했던 벌 형태 몬스터의 강화형인 ≪베르디안 포이즌 와스프≫ 약 10마리, 그리고 땅바닥에서 쑥 기어 나오는 뱀 같기도 하고 지렁이 같기도 하고 도마뱀 같기도 한 몬스터, ≪그린 웜 리저드≫ 5마리를 잡았다.
몬스터 리스폰이 적은 ≪순풍의 길≫에서 3분에 한 마리씩 잡은 셈이니 상당히 빠른 페이스였다. 아스나도 창투구벌레 공략법인 ≪드러누우면서 소드 스킬≫을 금방 마스터해서, 뒤로 드러누운 지점에서 웜 리저드가 튀어나오는 바람에 당황한 적이 한 번 있기는 했어도 전체적으로 안정적인 사냥을 할 수 있었다.
돈과 경험치, 소재 아이템은 듬뿍 쌓였지만, 애석하게도 정작 우리가 원하던 결정 아이템은 하나도 떨어지지 않았다. 고작 30마리 가지고 드롭률 변동 여부를 판단하기는 힘들지만, 적어도 흔하게 쏟아져 나오는 건 아닌 건 분명했다.

"……어떻게 할래? 조금 더 시도해 볼까?"

아스나가 레이피어를 움켜쥔 채 물었기에 나는 잠시 고민에 잠겼다가 대답했다.

"아니, 이제 그만하자. 더 이상 여기에 연연하다가는 날이 저물기 전에 월룹타에 도착하기 힘들 것 같으니까."

"날이 저물면 문제 되는 일이라도 있어?"

그 진지한 질문에 나는 말문이 턱 막혔다. 저녁노을 속 월룹타의 경치가 무지하게 아름다우니까……, 라고는 차마 말할 수 없어서, 대충 이유를 둘러댔다.

"어쨌거나 처음 오는 길이니까, 어두워지면 길을 잃을 것 같아서."

얘기하면서 하늘을 올려다보았다. 시각은 아직 오후 3시도 되지 않았지만, 공간을 채운 빛은 어느덧 금색 광채를 띠기 시작했고 기온도 약간 내려가기 시작한 것 같았다.

"어차피 외길이니까 그럴 일은 없을 것 같은데……. 뭐, 상관없지만."

어쨌거나 납득한 듯 아스나는 서늘한 소리를 내며 검을 집어넣었다. 나도 애검을 등의 칼집에 집어넣은 뒤 조금 걸어서 벽돌 길로 돌아왔다.

"……그건 그렇고, 한 시간 반이나 사냥했는데 다른 플레이어가 한 명도 안 지나가다니……, 왜 그런 거지……."

내가 고개를 갸우뚱거리며 말하자, 아스나도 이제야 깨달은 듯 길 앞쪽과 뒤쪽을 번갈아 쳐다보았다.

"그러고 보니 그랬네. ……역시 DKB도 ALS도 에길 씨 일행도 다들 ≪역풍의 길≫로 간 거 아닐까?"

"뭐라고? 그쪽 길의 이점이라고는 카지노에서 파산할 위험이 없다는 것밖에 없는데?"

"……그럼 우리가 가는 길에는 파산할 위험이 있다는 얘기 아냐?"

나는 긁어서 부스럼을 만들었다는 생각에 미간을 찌푸리며 남서쪽을 가리켰다.

"하, 하여튼 빨리 가기나 하자. 월룹타에 도착하면 카지노 말고도 할 게 많으니까 말야."

아직도 의심이 남은 듯한 아스나를 재촉하며, 나는 저녁노을빛으로 물들어 가는 가도를 종종걸음으로 걸어갔다.

3

그 뒤로는 몬스터와 맞닥뜨리는 일도 거의 없이 우리는 직경 5킬로미터에 이르는 베르디아 초원 횡단을 마쳤다.

마지막 언덕 꼭대기에 오른 순간, 아스나가 "우와!" 하는 탄성을 지르고 타박타박 몇 발짝을 뛰어갔다.

언덕 밑에는 마치 판타지 세계 같은……아니, 실제로 판타지 세계지만, 하여튼 아인크라드에서 지금까지 지나온 수많은 도시들 전체로 따져도 1, 2위에 해당할 만큼 수려하고 아기자기한 시가지가 펼쳐져 있었다.

오른쪽에서 왼쪽으로 완만하게 내려가는 사면에 계단식으로 늘어선 집들은 하나같이 순백색 회반죽 벽이다. 커다란 건물은 지붕이 짙은 파란색으로 칠해져 있고, 그 풍경이 금빛 저녁노을과 수많은 화톳불을 받아 빛나는 광경은 이루 표현할 말이 없을 만큼 아름다웠다. 베타 시절에는 주거 구역과 같은 회색 석조건물들이었던 걸로 기억하는데, 아마 정식 서비스 전에 도시를 통째로 리노베이션한 모양이었다. 가장 낮은 지대에 늘어선 집들 너머에는 새하얀 백사장과 에메랄드빛 수면이 엿보였다.

내가 그토록 보여주고 싶었던 그 풍경을 한동안 하염없이 바라보던 아스나가 이윽고 한숨 섞인 목소리로 중얼거렸다.

"예쁘다……. 꼭 산토리니 섬 같아……."

"산토리니 섬……. 그거 실제로 있는 거야?"

내 질문에 아스나는 꿈에서 깬 듯한 표정으로 이쪽을 쳐다보았다.

“당연히 실제로 있지. 에게해에 있는 그리스령 섬. 거기에 저 도시랑 쏙 빼닮은 이아라는 마을이 있어.”

“흐, 흐으음…….”

가 본 적이 있느냐 하는 질문을 애써 되삼키고, 대신 다른 질문을 건넸다.

“그럼 그곳을 모델로 해서 만들었을지도 모르겠네. 그 이아라는 곳에도 카지노가 있어?”

“으—음……. 그리스에는 카지노가 몇 군데 있다고 듣긴 했지만, 아마 산토리니 섬에는 없었던 것 같아.”

누구한테 들었냐는 질문을 애써 되삼키고 나는 어깨를 으쓱했다.

“그랬구나. 저기……, 도시 안쪽을 잘 봐.”

내가 가리킨 곳은 계단식 시가지 끝에 우뚝 솟아 있는 유난히 거대한 건물이었다.

코발트블루색 돔형 지붕을 가진 8각형 저택 좌우에 원추형 지붕을 가진 첨탑이 붙어 있었다. 얼핏 보면 궁전 같지만, 그 건물이 바로 베타테스트 때 수많은 플레이어들을 환희와 절망의 구렁텅이에 빠뜨렸던 ≪월릅타 그랜드 카지노≫였다.

“……저게 아까 얘기한 그거야?”

아스나의 목소리에 나는 가만히 고개를 끄덕였다.

“그래. 잘 들어, 아스나. 저 카지노는 온갖 방법으로 우리의 정신력을 시험하고 들 거야. 절대로 흥분하지 말고, 그렇다고 겁을 집어먹지도 말고, 냉정하면서도 대담하게……."

"그런 소리는 됐어."

오른손을 내밀어 내 입을 틀어막은 아스나가 말했다.

"냉큼 침 300개를 따서 비치에서 푹 쉬고, 키즈멜을 만나러 가자."

"……네."

아스나는 고개를 끄덕인 내 입에서 손을 떼자마자 부리나케 언덕을 내려가기 시작했다.

월룹타 시가지는 면적은 주거 구역 렉시오와 비슷한 정도였지만, 활기는 렉시오보다 세 배쯤은 더 강했다.

회반죽으로 칠한 순백색 문을 들어선 순간, 메인스트리트 좌우에 처마를 맞대고 있는 노점이며 식당이며 술집들에서 왁자지껄한 목소리와 매혹적인 향기가 쏟아져 나왔다.

렉시오에서 끝내주게 맛있는 치킨라이스와 팟카프라오를 먹었었잖아, 하고 자기 자신을 타이르려 했지만, 생각해 보면 그걸 먹은 지도 벌써 여섯 시간이나 지났다. 예정에 없던 사냥 때문에 체력을 소모하기도 했고 저녁노을도 점점 더 짙어져 가고 있으니, 좀 이르지만 이쯤 해서 저녁식사를 해도 좋지 않을까.

"……저기, 아스나."

내가 옆을 향해 입을 여는 것과 동시에 파트너도 이쪽을 쳐다보았다.

"저기, 키리토 군."

먼저 얘기하라고 손짓하자 아스나는 몇 번 눈을 깜박이고 말했다.

"어차피 카지노는 밤늦게까지 열려 있을 테니, 먼저 식사부터 하는 게 어때?"

"밤늦게까지 정도가 아니라 24시간 영업이지만 말야."

"아, 그래……."

"하지만 밥 먹자는 얘기는 찬성이야. 뭘 먹을까?"

"뭐가 명물인데?"

또 한 번 날아든 그 질문에 나는 끄응 하고 고민에 잠겼다.

베타테스트 시절에는 7층 클리어에 들어간 시간의 절반 이상을 이 도시에서 소모했지만, 솔직히 음식에 대한 기억은 거의 없었다. 왜냐하면 그 당시의 나는 아까 언급한 "냉정하면서도 대담하게"라는 충고와는 정반대——즉 공황과 나약에 빠져서 "아와와와와"만 연발하는 지경이었기 때문이다.

"으, 으—음……, 이번에는 아스나 양의 감과 지식과 음식운에 맡기는 게 어떨까 싶은데……."

"뭐라고……? 뭐, 안 될 건 없지만……."

미간을 찌푸리면서도, 아스나는 내 의견이 싫지만은 않았던 듯 거리를 좌우로 둘러보았다.

산비탈에 자리 잡은 월룹타 시가지는 북쪽의 업타운이 주택가, 남쪽의 다운타운이 상업 구역으로 이루어져 있었는데, 음식점은 거의 전부가 시가지 중앙을 동서로 가르는 메인스트리트 주변에 밀집되어 있었다.

그리고 거리의 끝에 있는 월룹타 그랜드 카지노 쪽에 가까워질수록 음식점의 격이 높아지는 구조로 되어 있는데, 특히 카지노 바로 앞에 있는 최고급 레스토랑은 7층의 수준을 아득히 뛰어넘는 금액을 뜯어낸다.

눈앞에서 천천히 걷고 있는 아스나가 그 가게를 고르기라도 하면 어쩌지……, 하고 나는 뒤늦은 공포에 휩싸였지만, 다행히 하얀 가죽 부츠가 또각 하는 소리와 함께 멈춰 선 곳은 메인스트리트의 3분의 1쯤 되는 위치에 있는 가게 앞이었다.

넓은 입구를 활짝 열어 놓고 처마 밑에도 테라스석을 마련해 둔 가게의 분위기는 레스토랑이라기보다는 식당에 가까워 보였다. 밝은 가게 안에서는 식기며 유리잔이 부딪치는 소리와 활기찬 목소리들의 쉴 새 없이 흘러나오고 있었다. 내 입장에서는 싫지 않지만 아스나의 취향과는 좀 거리가 먼 것 같은 느낌이 들었다.

"정말 여기서 먹을 거야……?"

그렇게 물으려던 순간, 귀가 따갑도록 시끄러운 목소리가 들려왔다.

"야, 야, 오늘은 내가 다 쏜다! 눈치 보지 말고 팍팍 시켜!"

순간, 환호성과 손휘파람 소리가 작렬했다.

"오, 배포 봐라!" "역시 삐죽머리!" "누님, 여기 생맥주 특대로 세 잔!" "여긴 네 잔!" "그리고 모둠 소시지 두 개!"

나와 아스나는 서로를 마주봤다가 레스토랑 문으로 가서 가게 안을 들여다보았다.

그다지 넓지 않은 가게 중앙에 놓인 두 개의 대형 테이블에는 눈에 익은 짙은 금속색과 모스그레이색 장비를 착용한 플레이어들이 빼곡하게 둘러앉아 있었다. 굳이 컬러 커서의 길드 태그를 확인해 볼 것도 없었다. 그들은 2대 공략 길드 중 하나인 아인크라드 해방대의 멤버들이었다. 그리고 왼쪽 테이블 한가운데서 특대 맥주잔을 들고 단숨에 들이켜고 있는 삐죽머리 남자가 바로 길드 리더인 키바오다. 그 주위에는 오코탄, 쉰켄슈펙, 홋카이이쿠라 등 주력 멤버들의 모습도 보였다.

"……저 녀석들, 왜 벌써 여기에 와 있는 거지?"

그렇게 중얼거리는 내 바로 옆에서 아스나도 당황한 듯 말했다.

"우리보다 더 일찍 이 도시로 출발했었다는 건가……?"

≪순풍의 길≫에서 그들이 우리를 앞질러간 적은 없으니 그렇게 생각할 수밖에 없었다. 즉 ALS 멤버들은 어젯밤은 7층 주거 구역 렉시오의 숙소에서 묵고, 오늘 아침 일찍 출발해서 월룹타로 이동했다는 얘기가 된다.

렉시오가 재미없는 도시인 건 사실이지만, 퀘스트도 제법 있고 인근에는 나름 괜찮은 사냥터도 있다. 비교적 임기응변이 자유로운 소규모 팀과는 달리, 대규모 길드는 아무래도 멤버들 간의 레벨 차가 벌어지기 십상이다 보니 새로운 플로어에 도착하면 최소 하루 정도는 주거 구역 인근에서 레벨업을 하는 게 일반적이다. 그런데 어떻게 이렇게 일찍 거점을 옮기고, 게다가 초저녁부터 술판까지 벌이고 있는 것인가.

아스나와 나란히 고개를 갸우뚱거리고 있으려니 뒤에서 또 다른 환호성이 들려왔다.

"……?"

우리는 동시에 고개를 돌려서 길 건너편을 쳐다보았다.

거기에는 ALS가 눌러앉아 있는 가게와 비슷한 규모이지만 약간 더 고급스러워 보이는 레스토랑이 있었다. 종종걸음으로 길을 건너가 보니 입구 문이 닫혀 있어서 창문을 통해 조심스럽게 가게 안을 들여다보았다. 그 순간──.

"오늘의 승리를 축하하며!"

그런 목소리에 이어서, "건배─!"라는 함성이 울려 퍼졌다.

두 개의 커다란 테이블 주위에 가득 앉아 있는 이들은 메탈 실버와 코발트블루색 장비를 갖춰 입은 플레이어들이었다. 그들이 또 하나의 공략 길드, 드레곤나이츠 브리게이드 멤버들이라는 건 의심의 여지가 없었다.

가게 안쪽에 혼자 서서 에일이 든 커다란 맥주잔을 들고 있는 자는 긴 머리칼을 뒤로 묶은 호리호리한 사내였는데, 길드 리더 린드였다. 근처에는 간부인 시봐타와 하프너의 얼굴도 보였다.

"DKB까지……, 어떻게 된 거지……?"

그런 아스나의 물음에 나도 덩달아 물었다.

"게다가 저 녀석들, 왜 초저녁부터 술판을 벌이고 있는 거야?"

"오늘의 승리를 축하하며, 라고 했지? 필드보스라도 잡은 건가?"

"월룹타 주위에는 연회를 열 정도로 대단한 필보는 없었던 것 같은데."

아스나는 내 성의 없는 약칭에 미간을 찌푸리며 창문에서 떨어졌다.
“하여튼, 이 도시에 와 있는 걸 보면 두 길드 모두 카지노에 갈 생각일 텐데, 경쟁이라도 하듯이 길 양쪽에 있는 가게에서 연회를 벌이고 있는 게 영 찜찜해. 또 말썽에 휘말리기 전에 상황을 파악해 두는 게 좋을 것 같아.”
내 의견도 아스나와 같았다. 5층에서는 DKB와 ALS의 길드 플래그 쟁탈전, 6층에서는 플로어보스 토벌 경쟁에 얽혀드는 바람에 지독하게 시달린 적이 있으니, 양측이 또 다른 이유로 힘겨루기를 벌이고 있는 거라면 발을 뺄 수 없는 지경이 되기 전에 정보를 입수해 두고 싶었다.
그런 상황에서 의지할 수 있는 사람은 한 명밖에 없다.
“어차피 그 녀석도 이 도시에 와 있을 테니까, 연락해 볼까…….”
내 말에 아스나는 초롱초롱한 얼굴로 고개를 끄덕였다.

만나서 얘기하고 싶다는 인스턴트 메시지에 답변이 돌아온 것은 2분 뒤였다.
【지금 불타오르는 중이니까 15분 뒤에 만나도 될까? 분수 광장 동쪽에 있는 ≪폿츤폿츠≫라는 가게에서 보자】
내 윈도우를 들여다본 아스나가 어리둥절한 듯 말했다.
“불타오르는 중……? 경험치 노가다라도 하고 있는 걸까?”
“아니, 그건 아닐걸…….”
“그럼 뭔데?”
“나중에 본인한테 물어봐.”

나는 그렇게 말하고 윈도우를 닫았다.

상대가 지정한 분수 광장은 월릅타 시가지를 동서로 가로지르는 대로와 시가지를 남북으로 가르는 대계단이 교차하는 지점에 있었다. 현재 위치에서 불과 100미터도 떨어지지 않은 곳이다. 그냥 걸으면 5분도 걸리지 않을 거리이기에, 거리 좌우에 늘어선 식당들을 살펴보면서 천천히 걸어서 10분 정도 만에 목적지에 도착했다.

분수 광장은 내 기준으로 월릅타에서 셋째 가는――1위는 물론 카지노, 2위는 해변――관광명소였다. 면적은 그리 넓지 않지만 광장 중앙에는 새의 머리를 가진 여신상이 우뚝 서 있고, 그 발치에 있는 천연 바위에서 맑은 물이 졸졸 솟아 나와서 원형의 연못을 이루고 있었다.

연못으로 다가간 아스나가 철책 너머로 안을 들여다보자마자 “앗” 하는 탄성을 터뜨렸다.

“저기 봐, 금화랑 은화가 잔뜩 들어 있어!”

그 말대로 화톳불 조명에 비춰져 보이는 연못 바닥에는 수많은 동전들이 반짝반짝 빛나고 있었다. 착각인지 몰라도 베타 시절보다 수가 늘어난 것 같아 보였다.

“뛰어들어서 주울 생각은 하지 마. 위병이 부리나케 달려올 테니까.”

“줍긴 누가 주워?!”

내 옆구리를 꾹 찌른 아스나는 다시 연못을 들여다보았다.

“……멋져. 트레비 분수 같아.”

“아, 그건 나도 알아. 로마에 있는 거 말이지?”

"정답. 나도 동전 하나 던져 봐야지."

그렇게 얘기한 아스나가 벨트 파우치의 작은 주머니에서 은화 두 개를 꺼냈다.

"잠깐, 200콜이나 던지려고?! 여기에 동전을 던진다고 해서 무슨 버프가 걸리거나 하는 것도 아닌데?"

"괜찮아!"

다시 한 번 나를 째려보더니 어째선지 연못 쪽에서 등을 돌린 채 어깨 너머로 동전 두 개를 던졌다. 가벼운 물소리와 함께 물에 빠진 동전은 일렁일렁 흔들리면서 가라앉아서, 한 동전이 다른 동전 위에 살짝 얹어지는 형태로 연못 바닥에 정지했다.

"……그래도 두 개나 던질 건 없잖아……."

200콜이면 렉시오에 있는 민 씨의 가게에서 치킨라이스 곱배기를 5접시나 먹을 수 있는데, 하는 생각을 하면서 계속 투덜거리고 있으려니, 아스나가 한숨 섞인 목소리로 대답했다.

"트레비 분수에는 던진 동전 개수에 따라 각기 다른 소원이 이루어진다는 전설이 있어."

"호오, 어떻게 달라지는데?"

"한 개를 던지면 다시 로마에 올 수 있게 돼. 두 개를 던지면 사랑하는……."

그런데 거기까지 말하다가 갑자기 입을 꾹 다물고 고개를 홱 돌렸다.

"거기부터는 직접 알아봐."

"아인크라드에서 무슨 수로 알아보라는 건데……."

"현실세계로 돌아간 뒤에 검색이라도 해 보면 될 거 아냐?"
"까마득하네."
그때쯤 되면 다 잊어버릴걸, 하고 생각하면서 시야 우측 구석을 쳐다보았다.
"이런, 1분 남았잖아."
"아, 그랬었지."
우리는 허둥지둥 연못을 떠나서 광장 남서쪽으로 뛰어갔다. 하지만 거기에는 관광안내소만 있을 뿐, 상대가 지정한 폿츤폿츠라는 가게는 찾아볼 수 없었다.
"어라, 없잖아……. 장소를 잘못 찾아왔나?"
"아니, 잠깐 기다려 봐."
나는 왼손으로 아스나의 튜닉 소매를 붙잡고 코를 킁킁거렸다. 아주 미세하지만 뭔가 먹음직스러운 냄새가 밤바람에 실려 있었다.
"……이쪽인가……."
광장 남쪽으로 이동하니 도시를 관통하는 대계단이 똑바로 뻗어 있었다. 말이 좋아 계단이지, 한 단의 길이가 3미터, 폭은 10미터 정도나 되고 중앙에는 화단까지 놓여 있어서 실질적으로는 말끔한 도로나 다름없었다. 계단으로 쭉 내려가면 그 끝에는 커다란 문이 우뚝 서 있고, 문 너머에는 백사장과 바다(정확하게 말하자면 호수지만)가 펼쳐져 있어서 아득히 먼 플로어 외곽 경계면과 끝없는 저녁노을까지 조망할 수 있었다. 더없이 아름다운 풍경이지만, 지금은 그 경치를 구경하고 있을 시간이 없었다.

아스나의 소매를 잡아끌고 대계단을 내려가서, 오른쪽에 있는 좁다란 곁길로 갔다. 그러자 관광안내소 건물 뒷면에 해당하는 곳에 조그만 입간판이 서 있었다. 삐뚤빼뚤한 서체로 적혀 있는 가게명은 상대가 지정했던 대로 ≪Pots N Pots≫ 같았다——하지만 의미는 알 수 없었다.

"아, 여기구나!"

그런 아스나의 목소리와 함께 샤타타탓 하는 발소리가 들려왔다. 골목 저편에서 작달막한 그림자 하나가 맹렬한 속도로 달려와서, 우리가 경계태세를 취할 틈도 주지 않고 눈앞에서 정지했다.

"미안미안, 20초 늦었네!"

그렇게 말하면서 꾸벅 고개를 숙인 것은 샌드그레이색 후드케이프를 뒤집어쓴 아담한 몸집의 플레이어——≪생쥐≫ 아르고였다.

내 손에 잡혀 있던 소매를 재빨리 홱 빼낸 아스나가 한 발 앞으로 나서서 밝은 목소리로 말했다.

"아니, 우리도 지금 막 왔어!"

"그랬구나. 아스낭자 오랜만……도 아니네. 바로 어젯밤에 만났으니까."

슬쩍 어깨를 으쓱하는 아르고를 향해 나도 가볍게 오른손을 들어 보이며 말했다.

"여어, 불타오르고 있는데 방해해서 미안."

"아니, 마침 마무리하던 참이었어."

"이겼어?"

"본전치기 정도? 오늘은 어디까지나 서전조사 때문에 온 거니까."

어리둥절해 하던 아스나가 별안간 언성을 높여 소리쳤다.

"아—, 불타오르고 있었다는 게 혹시 카지노 얘기였어? 아르고 씨, 도박을 하고 있었던 거야?"

"도박이라고 하니까 어째 범죄스럽게 들리는데~. 갬블이라고 표현해 줘."

"그게 그거잖아."

아르고는 그 지적에 이히히히 하고 웃고는 아스나의 오른쪽 팔꿈치 언저리를 툭툭 쳤다.

"너무 그러지 마. 오늘 밤 중으로 공략본 7층편 제1호 판매를 시작할 예정이니까. 이것도 다 정보상의 업무란 말이지."

과연 그럴까……, 하고 생각하다가 퍼뜩 깨달았다.

"어라……. 7층 공략본 아직 안 팔고 있었어? 네 공략본을 읽은 덕분에 ALS와 DKB 녀석들이 월릅타로 직행한 건 줄 알았는데……."

내 말에 아르고는 다시 어깨를 으쓱했다.

"뭐, 베타테스터는 얼마든지 있으니까. 그 베타테스터들을 통해서 정보를 얻은 거겠지……. 그나저나 가게에 좀 들어가는 게 어때? 배고파 죽겠어."

그 말을 들은 순간, 내 가상의 위도 꿈틀꿈틀 뒤틀렸다. 아스나도 말없이 힘주어 고개를 끄덕였기에 우리도 아르고를 따라서 정체불명의 가게, 폿츤폿츠로 들어갔다.

가게 내부는 렉시오의 치킨라이스 가게보다도 더 비좁았는데, 카운터석 네 개가 고작이었다. 그중 세 자리를 아르고, 아스나, 내가 차례대로 차지하고 앉았다. 나는 우선 메뉴판을 찾아보았지만 카운터에서는 찾아볼 수 없었다. 여기저기를 두리번거리고 있으려니 아스나를 사이에 둔 건너편에서 목소리가 날아들었다.

"키리도령, 메뉴판은 정면 벽에 있어."

"어엉?"

고개를 들어서 안쪽 벽을 쳐다보자 아르고의 말마따나 작은 알파벳들이 빼곡하게 들어찬 판자가 걸려 있었다. 장식품인 줄 알았는데, 그게 메뉴판이었던 모양이다.

"으으음……. 치킨 앤 토마토……, 치킨 앤 빈……, 치킨 앤 머쉬룸……."

그 다음부터 어느 정도 건너뛰고 읽어 보니, 치킨 다음에는 비프 앤 어쩌고, 그 다음에는 피쉬 앤 어쩌고, 그 다음에는 머튼(mutton) 앤 어쩌고 하는 식으로 이어졌으며, 판자 왼쪽으로 시선을 옮기니 래빗, 디어, 파트리지 등의 단어도 눈에 들어왔다.

"래빗은 토끼, 디어는 사슴이겠지……. 그런데 파트리지는 뭐지?"

내가 고개를 갸우뚱거리자 이번에는 아스나가 도움의 손길을 내밀어 주었다.

"아마 산메추라기였을 거야."

"산메추라기……. 그건 노멀 메추리랑 어떻게 다른데?"

"산에 사는 거 아닐까? 나도 잘 모르겠지만."

"그, 그렇구나."

고개를 끄덕이고 다시 메뉴판으로 시선을 되돌렸다. 빼곡하게 들어찬 이름들은 아마 100종류도 넘어 보였지만, 문제는 그것들이 어떤 음식인지 감조차 잡기 힘들다는 점이었다. 파트리지 앤 빈을 주문했다가 산메추라기 통구이에 콩이 빼곡하게 박혀 있는 게 나오기라도 하면, 아무리 굶주린 상태라도 좀처럼 입에 대기 힘들 것 같다. 점원에게 물어보고 싶었지만 카운터 너머의 주방에는 아무도 없었다.

이걸 어쩌나 싶어서 고민하고 있으려니——.

"나는 비프 앤 포테이토."

"나는 래빗 앤 허브."

왼쪽의 두 여자가 잇따라 주문하자 어디선가 "네—에" 하는 목소리가 돌아왔다.

움찔 놀랐다가 엉거주춤하게 일어서서 카운터 너머를 들여다보았다. 그랬더니 왼쪽에 있는 문에서 조그만 사람이 총총총 걸어오더니, 양손에 들고 있던 동그란 무언가를 오른쪽의 오븐에 집어넣었다.

이 NPC가 가게 주인일까. 크게 부푼 요리사 모자를 깊이 눌러 쓰고 새빨간 스카프를 귀 가까이까지 감고 있어서 남자인지 여자인지, 젊은이인지 늙은이인지도 판별하기 힘들었다. 한 가지 확실한 점은 주문하지 않고 있으면 내 저녁밥은 아무리 기다려도 나오지 않을 거라는 것이었다.

"아아, 저기, 그럼 나는 파트리지 앤 파스닙!"

기왕 먹는 김에 이름의 시작부터 끝까지 다 정체불명인 걸로 하자! 라고 반쯤 될 되로 되라는 생각으로 주문하자, 쉐프는 다시 "네—에" 하고 대답하고 어두컴컴한 주방 안쪽으로 사라졌다. 그리고는 다시 정체를 알 수 없는 동그란 무언가를 가져와서, 앞서 했던 것처럼 오븐에 집어넣었다.

음식의 실체는 아직 알 수 없었지만, 불과 1분여 만에 엄청나게 식욕을 자극하는 향긋한 냄새가 가게에 감돌기 시작해서 나는 가슴을 쓸어내렸다. 적어도 못 먹는 물건의 냄새는 아닌 것 같았고, 애초에 이 가게를 선택한 건 아인크라드 최고의 정보상인 ≪생쥐≫이니까.

1분이 더 지나자 쉐프가 오븐에서 둥근 접시 두 개를 꺼냈다. 그것을 소박한 나무 쟁반에 얹고, 나이프와 포크, 스푼을 곁들여서 아스나와 아르고 앞에 놓았다.

어떤 음식인가 싶어서 살펴보니, 그건 노릇하게 구운 둥근 빵이었다. 먹음직스러워 보이기는 한데……, 비프와 래빗은 어디로 사라진 걸까.

하지만 아스나는 음식의 어떤 구조인지 알고 있는 듯, 주저없이 빵 위쪽을 잡고 확 들어 올렸다. 순간, 뭉게뭉게 김이 피어올라서 내 입에서 "오오"라는 감탄사가 터져 나왔다. 직경 15센티미터쯤 되는 둥근 빵은 속이 말끔하게 파여 있고, 그 속에 짙은 갈색 스튜가 듬뿍 들어 있었다.

"아아, 그런 구조였구나……."

내가 감탄하자 아스나가 그런 나를 슬쩍 쳐다보며 의기양양하게 말했다.

"가게 이름을 보면 대충 상상이 가잖아."

"응? 폿츤폿츠……, 그게 무슨 뜻인데?"

"포트가 잔뜩. 이거 포트 스튜야."

"아, 아아, 그런 거였구나……."

생쥐 자식, 미리 얘기해 줬어야지! 하고 속으로 생각하며 아스나 너머를 쏘아보았지만, 아르고는 벌써 둥근 빵의 뚜껑 부분을 빵 속의 스튜에 찍어서 와삭와삭 먹고 있었다.

하마터면 나도 모르게 침을 흘릴 뻔 한 바로 그때, 내 눈앞에도 노릇하게 구워진 둥근 빵이 화려하게 등장했다. 내 음식이 나오기를 기다려 준 아스나와 동시에 "잘 먹겠습니다"라고 말하고 뚜껑을 들어 올렸다.

빵 속에 들어 있던 것은 우윳빛 스튜였다. 아르고가 했던 대로 뚜껑을 반으로 잘라서 스튜에 적셔 먹었다.

맛있었다. 현실세계에서 흔히 먹던 크림스튜의 맛과 비슷하지만, 어딘가 야성적으로 느껴지는 향기와 은은한 단맛이 액센트를 주고 있었다. 게 눈 감추듯 뚜껑을 먹어치우고, 오른손으로 스푼을 들었다. 우선 파트리지, 즉 산메추라기 고기를 입에 머금고 짙은 향취와 야들야들한 식감을 만끽한 다음, 정체불명의 허여멀건한 건더기를 스푼으로 떴다. 그 반원형 건더기는 감자 같아 보이기도 하고 무 같아 보이기도 했다.

"……이게 파스닙인가……."

그 건더기를 이리저리 뜯어보면서 중얼거리자, 아스나가 안쓰럽다는 듯 나를 쳐다보았다.

"뭔지도 모르면서 주문한 거야?"

"응."

"그거, 도마뱀 꼬리야."

"……뭐?"

입으로 가져가려 하던 스푼을 반사적으로 멀리 떼었다. 물론 여기는 가상세계니까, 내가 먹은 산메추라기 고기도 아스나의 토끼고기도 아르고의 소고기도 디지털 데이터일 뿐이고, 그런 점은 도마뱀 고기도 마찬가지이긴 하지만……, 그래도 기분 문제는 엄연히 존재하기 마련이다.

"……메추라기 앤 도마뱀이라니, 뭐 그런 조합이 다 있지……."

나도 모르게 그런 소리를 중얼거린 순간, 아스나와 아르고가 동시에 웃음을 터뜨렸다.

"키리도령은 속여 먹는 재미가 있다니까. 그건 척 봐도 식물이잖아."

"어, 진짜?"

"그래, 진짜. 일본어로는 설탕당근이라고도 하고 미국방풍나물이라고 부르기도 해."

태연하게 대답하는 아스나를 곁눈질로 쏘아본 뒤, 나는 하얀 덩어리를 입에 넣었다. 아삭한 식감은 당근과 비슷하지만 독특한 향기와 달콤함이 느껴졌다. 독특하지만 거슬리는 맛은 아니었다.

"이런 맛이었구나. 설탕당근이라는 표현이 딱 들어맞는 맛이네."

삼키고 나서 그렇게 평가하자, 아스나가 곧바로 덧붙였다.

"정확하게는 셀러리에 더 가깝다는 모양이지만 말야."

"……도마뱀만 아니면 뭐든 다 괜찮아."

그렇게 대꾸하고 본격적으로 오른손을 움직이기 시작했다. 두 입, 세 입, 계속 먹고 있으려니 또 다시 아르고의 목소리가 들려왔다.

"다들, 좀 바꿔 먹어 보는 게 어때?"

나와 아스나는 서로를 마주보며 동시에 찬성의 뜻을 표했다.

가장 먼저 내 포트스튜를 아르고 앞에 가져다 놓고, 아르고의 스튜를 아스나 앞에, 아스나의 스튜를 내 앞으로 옮겼다. 이건 래빗 앤 허브……, 즉 토끼고기와 향초라고 했던가. 먹어 보니 메추라기보다 육질이 탄탄하지만 질기지는 않고, 몇 종류의 허브에서 풍기는 자극적인 향기와 아주 잘 어울렸다.

다시 3분의 1을 먹고 두 번째 이동. 아르고가 주문한 비프 앤 포테이토는 정석적인 맛이라, 큼식하게 들어간 고기와 포슬포슬한 감자의 조합이 만족감을 주었다. 빵 밑바닥까지 싹싹 긁어 먹고 나서 아스나를 향해 속닥거렸다.

"저기 말야, 이거, 그릇 역할을 하는 빵도 먹을 수 있는 거 아냐?"

"먹어도 되지 않을까? 나이프도 줬으니까."

"아, 이거, 빵 자르라고 준 거구나……."

수긍한 나는 속이 텅 빈 둥근 빵을 톱니 나이프로 양분했다. 이어서 두 조각으로 자른 빵을 다시 조그맣게 잘라서 스튜가 촉촉하게 밴 빵을 먹었다.

맛있게 냠냠 먹고 있으려니, 아스나가 나보다 능숙한 솜씨로 빵을 자르면서 말했다.

"키리토 군은 어떤 스튜가 1등이었어?"

"어……, 으—음, 난 셋 다 맛있었는데. 산메추라기랑 도마뱀, 아니 설탕당근이 들어간 건 난생 처음 보는 맛이었고, 토끼랑 허브가 들어간 건 자극적이었고, 비프랑 포테이토로 만든 건 안정적으로 맛있었어……. 그래도 굳이 1등을 뽑자면, 토끼였던 것 같아."

"어머, 그랬어? 왜?"

"식감이 제일 내 취향에 맞았거든."

"흐으응, 그랬구나……."

뭘 납득한 건지는 모르겠지만 아스나는 고개를 한 번 끄덕한 다음, 정방형으로 깔끔하게 자른 빵을 포크로 찍어서 우아하게 먹었다.

식사를 마치고 가게를 나서니 윌룹타 시가지의 풍경은 완전히 야경으로 변모해 있었다. 해변 쪽에서 불어오는 시원한 바람을 가슴 깊숙이 들이마시며 기지개를 쭉 폈다.

"하아—, 잘 먹었다……. 아르고, 좋은 가게를 알려줘서 고마워."

"광장 바로 뒷골목에 있어서 의외로 알기 힘든 곳이지. 정보료는 공짜로 해 줄게."

"그것참 고맙네."

내가 쓴웃음을 지은 순간, 옆에서 아스나가 "앗!" 하는 소리를 터뜨렸다.

"가, 갑자기 왜 그래?"

"……아르고 씨한테 연락했던 게, 같이 밥 먹으려고 그런 건 아니었던 것 같아서."

그 말을 듣는 순간, 나와 ≪생쥐≫도 "앗" 하고 소리쳤다.

방금 계산까지 다 마치고 나온 ≪폿츤폿츠≫에 다시 들어가는 건 아무래도 좀 바보 같은 짓이고, 이제 와서 카페를 찾아나설 기분도 들지 않았다. 그렇게 판단한 우리는 일단 숙소에 체크인부터 하기로 했다.

월룹타의 숙소는 바다와 접한 도시 남부에 밀집되어 있는데, 최고급 숙소는 카지노 위층에 있다. 하지만 거기서 숙박하려면 콜 화폐가 아닌 카지노 칩이 필요했다.

우리는 대계단을 느릿느릿 내려가서 위병들이 보초를 서고 있는 호화로운 게이트 앞에서 오른쪽으로 꺾었다. 이 정도까지 해변 가까이 오니, 오히려 높은 석벽에 가려서 바다도 백사장도 보이지 않는다.

"……이렇게 근사한 비치가 카지노 손님 전용이라니, 도시 주민들의 불만이 터져 나오거나 하지는 않는지 몰라."

아스나가 얘기한 순간, 잠시 "그야 어차피 NPC니까"라고 대답할 뻔 했지만 애써 그 말을 꾹 되삼켰다.

다크 엘프 기사 키즈멜뿐만 아니라, 6층에서 만났던 미이아나 세아노, 부흘름 등의 NPC들도 진짜 인간과 분간하기 힘들 만큼 고도의 대화 능력과 감정표현 능력을 갖추고 있었다. 모든 NPC들이 다 그런 건 아니지만, 월룹타에도 동등한 수준의 AI를 보유한 주민은 있을 것이다.

이 플로어에서는 될 수 있으면 NPC가 죽는 건 보고 싶지 않은데……, 하고 생각하고 있으려니, 아르고가 아스나의 질문에 대답했다.

"으음, 불만이 없지는 않을 거야. 이 도시는 저 거대 카지노의 지배하에 있는 거나 마찬가지니까."

"지, 지배? 그거 어째 흉흉한걸……."

"현실세계에도 기업도시 같은 게 있잖아? 월룹타의 경제는 카지노를 찾아온 고객들 덕분에 돌아가고 있으니까, 비치에 못 들어가게 되더라도 주민들 입장에서는 불만을 표시할 수 없겠지."

그 설명을 들은 아스나가 슬쩍 왼쪽 석벽을 올려다보았다.

"……그 얘기를 들으니까 비치에서 느긋하게 놀기가 좀 미안해지는걸……."

"어라, 아스낭자 일행은 비치에 가려고 온 거였구나. 내가 괜한 말을 했네."

"아니, 알려줘서 고마워."

그렇게 대답하는 아스나의 옆얼굴을 쳐다보며 나는 물었다.

"으—음……, 비치에 가는 건 그만둘래?"

"아니, 안 그만둘래."

아스나는 의외로 단호하게 대답하더니 말을 이었다.

"6층에서 이 세계는 표면적인 설정대로만 움직이는 게 아니라는 걸 똑똑히 실감했으니까……. 뭐든지 두 눈으로 똑똑히 보고, 두 귀로 똑똑히 듣고 나서 생각하기로 했어. 기껏 설명해 준 아르고 씨한테는 미안하지만."

"이히히, 사과할 것 없어. 나도 평소에 남에게 들은 소식은 함부로 믿어서는 안 된다는 신조를 갖고 있으니까……. 아,

내가 보기엔 이 숙소가 괜찮은 것 같더라고."

앞쪽에 보이는 4층짜리 건물을 가리킨 아르고는 싱긋 웃으며 덧붙였다.

"물론 여기 묵을지 말지는 아스낭자가 두 눈으로 똑똑히 보고 결정하도록 해."

4

아스나는 아르고가 추천한 ≪앰버문 인≫이라는 숙소를 보자마자 마음에 쏙 든 모양이었다.

이미 DKB와 ALS가 대거 이동해 온 상태라, 괜찮은 숙소를 구하기 힘들 수도 있겠다는 생각에 걱정했었는데, 아마 그들은 숙소 확보를 뒷전으로 미뤘거나 카지노에 딸린 최고급 호텔에 묵을 작정인 듯, 아직 대부분의 방이 비어 있었다.

아르고도 체크인은 아직 하지 않은 상태라고 했기에 4층의 플라티나 스위트룸을 셋이서 빌렸다. 제법 살 떨리는 가격이었지만 셋이서 나눠서 내면 그럭저럭 감당할 수 있는 수준이었다. 당연히 침실도 세 개 있으니 3층의 다크 엘프 야영지나 6층의 갈레성에서 겪었던 것 같은, 중2 남학생의 대처 능력을 넘어서는 상황은 벌어지지 않을 것이다……. 아마도.

엘리베이터는 없었기에 열심히 계단을 올라서 4층으로 갔다. 퍼즐이 아닌 일반적인 열쇠로 문을 딴 아스나가 방에 한 발짝 들어서자마자 "멋지다!"라고 외쳤다.

뭐가 멋지다는 건지 나도 바로 알 수 있었다. 드넓은 거실 정면의 벽이 아인크라드에서 보기 드문 세 개의 커다란 창문이 나란히 뚫려 있는 구조로 되어 있어서, 도시 남쪽에 펼쳐진 백사장과 바다를 한 눈에 조망할 수 있었다.

해는 이미 진 뒤였지만 해변에는 화톳불이 일정한 간격으로 늘어서 있고, 아인크라드 외벽의 구멍에서 비쳐든 달빛이 수면에 파르스름한 빛의 길을 만들어내고 있었다. 방의 인테리어는 다크 엘프의 성보다는 못하지만, 창밖으로 내다보이는 풍경은 지금까지 묵었던 방 중에서 1, 2위를 다툴 정도일 것이다.

커다란 창문가로 다가가서 호화로운 야경을 바라보는 아스나의 뒷모습은 배경의 효과까지 더해져서 마치 한 폭의 그림 같았다. 나도 모르게 넋을 잃고 쳐다보고 있다가, 오른쪽 뺨에 날아드는 시선을 느끼고 고개를 돌렸다.

"……뭘 그렇게 싱글벙글 웃는 건데?"

"아니, 아무것도 아냐."

이히히 하고 웃은 아르고는 후드 케이프를 벗고 거실 한쪽에 있는 키친 코너로 걸어갔다. 현실세계였다면 차가운 음료가 든 냉장고가 놓여 있었겠지만, 아인크라드에는 열교환기도 빙결마법도 존재하지 않았다. 레인지에 불을 붙이면 차는 끓일 수 있겠지만, 한낮보다는 못해도 아직 한여름 기분이 드는 기온이라 뜨거운 음료는 웬만하면 사양하고 싶었다.

"잠깐, 아르고, 난 그냥 거기 있는 물 마실게."

나는 그렇게 말한 뒤, 직접 물을 따르러 아르고가 있는 키친으로 갔다. 그런데 아르고가 재빨리 주전자를 빼앗아 갔다.

"이 누나가 다 알아서 할 테니까 그냥 있어."

아르고는 쟁반에 주전자와 유리잔 3개를 얹고 거실 중앙의 소파 세트로 이동했다. 하는 수 없이 나도 그 뒤를 따라가서 나지막한 테이블에 유리잔을 놓는 작업을 거들고, 푹신푹신한 소파에 걸터앉았다.

"아스낭자도 이리 와 봐. 재미있을걸."

아르고의 목소리를 듣고서야 이쪽을 쳐다본 아스나는 어리둥절해서 눈을 깜박거리며 이쪽으로 걸어왔다. 그리고 내 옆에 앉아서 고개를 갸우뚱거렸다.

"재미있다니……, 뭐가?"

"일단 한 번 보기나 해."

아르고는 세 개의 유리잔에 물을 따르고 스토리지를 열었다. 이어서 그녀가 오브젝트화한 것은 연파랑색 나무열매……, 아니, 꽃봉오리일까. 직경 2센티미터가 약간 안 되어 보이는, 한쪽이 살짝 뾰족하게 되어 있는 구체. 베타테스터 출신인 나도 본 기억이 없는 물건이었다.

아르고는 파란 꽃봉오리를 유리잔 중 하나에 살포시 떨어뜨렸다.

일단 가라앉았던 꽃봉오리가 천천히 다시 떠오르기 시작했다. 동시에 슈우슈우, 오득오득 하는 소리가 조그맣게 울려 퍼졌다.

자잘한 거품을 발생시키며 수면으로 돌아온 꽃봉오리가 사뿐히 피어났다. 반투명한 하늘색 꽃잎이 벌어져 가면서, 오득오득 하는 소리도 조금씩 커져 갔다.

5초 만에 완전히 피어난 꽃은 아름답지만 기묘한 모양을 하고 있었다. 육각형의 꽃잎들이 여섯 방향으로 뻗어 나와 있고, 한가운데에 있는 심은 정삼각형들로 이루진 12면 주사위 형태. 내가 멍하니 쳐다보고 있는 동안에도 꽃잎의 투명도가 눈에 띄게 높아지고 있었다. 식물이라기보다는 얼음 조각 같

았다.

"예쁘다……."

아스나가 그렇게 중얼거리다가 문득 몸을 쑥 내밀었다. 유리잔 바로 위에서 꽃을 내려다보고는 환한 얼굴로 "역시 그렇구나"라고 말했다.

"뭐가 역시 그렇다는 거야?"

"키리토 군도 한 번 위에서 내려다보면 알 거야."

아스나와 자리를 바꾸어 유리잔을 들여다본 순간, 나도 "앗" 하고 탄성을 터뜨렸다. 얼음 꽃은 위에서 보면 눈의 결정과 쏙 빼닮아 있었다. 나는 엉거주춤하게 선 채, 테이블 반대편에서 싱글싱글 웃고 있는 정보상에게 물었다.

"아르고, 이건 뭐야?"

"벌써 놀라면 곤란하지. 아스낭자, 한 번 마셔 봐."

"으, 응……."

아스나는 유리잔으로 손을 뻗었다가 손가락이 닿자마자 "앗 차가워" 하고 소리쳤다. 자세히 보니, 유리잔 측면에는 조그만 물방울들이 빼곡하게 맺혀 있었다.

아스나는 다시 유리잔을 잡고 들었다. 각오를 다잡은 듯 유리잔을 입에 대고는 기울였다. 수면의 꽃이 흔들려서 짤랑 하는 시원한 소리를 냈다.

일단 조금만 입에 머금고 음미하는가 싶더니, 이어서 꿀꺽꿀꺽 반쯤 마시고 휘둥그레진 눈으로 나와 아르고를 번갈아 쳐다보면서 외쳤다.

"차가워! 맛있어! 차가워!"

“지, 진짜? 나도…….”

옆으로 손을 뻗으려 하는 나에게, 아르고가 말했다.

“자, 키리도령 것도 만들었어.”

아르고 쪽을 쳐다보니 어느 샌가 나머지 두 개의 유리잔에도 얼음 꽃이 피어 있었다. 아르고가 옮겨준 유리잔을 들고 손이 달라붙을 것 같은 차가움에 놀라면서, 유리잔에 든 액체를 입에 흘려 넣었다.

틀림없는 얼음물이었다. 살짝 민트를 연상케 하는 풍미가 있는데 그 풍미가 청량감을 한층 더해 주었다. 차디찬 액체가 목구멍 너머로 넘어갔다. 더위로 달아오른 몸속에 스며드는 그 쾌감은 이루 표현하기 힘들 정도였다.

단숨에 3분의 2 이상을 마신 나는 “후우~~” 하고 행복에 찬 한숨을 토해냈다. 아인크라드에서 얼음물을 마신 건 4층의 요펠 성에서 마신 이후 처음이었다. 그때는 눈이 내릴 정도로 춥다 보니 그게 얼마나 귀한 것인지 자각하지 못했었지만, 한여름 같은 7층에서 마시는 얼음물은 고레벨의 회복 포션보다도 더 반가웠다.

“……아르고, 이 꽃은 뭐야?”

다시 한 번 묻자, ≪생쥐≫는 자기 얼음물을 한 모금 마시고 말했다.

“아이템명은 ≪스노우 트리의 꽃봉오리≫, 효과는 보다시피 유리잔 하나만큼의 물을 차갑게 만들어 주고, 그걸 마시면 두 종류의 버프가 걸리게 돼 있어.”

“어, 진짜?”

"내가 뭐 하러 거짓말을 하겠어? 참고로 얼음 꽃이 다 녹기 전에 다 마시지 않으면 버프가 안 걸려."

"어, 진짜?"

똑같은 말을 되풀이하고 유리잔을 들여다보니, 눈의 결정 모양을 한 꽃이 아까 피어났을 때보다 작아진 것처럼 보였다.

귀한 얼음물이니 나머지는 홀짝홀짝 음미하면서 마시고 싶었지만, 어떤 버프가 걸리는 건지도 궁금했다. 마음을 다잡고서 유리잔에 입을 대고 한껏 기울였다.

입 안으로 흘러드는 물의 차가움을 만끽하면서 단숨에 들이켜고 자신의 HP바를 보았더니, 1초 후에 작은 아이콘 두 개가 켜졌다. 하나는 눈에 익은 HP 지속 회복 아이콘이었는데, 또 다른 방패 마크와 작은 불꽃이 겹쳐져 있는 모양의 아이콘은——.

"아……, 이거, 화염 내성 버프야?"

"예스."

나는 두 개의 버프 아이콘을 살펴보던 시선을 싱글싱글 웃고 있는 아르고의 얼굴 쪽으로 옮겼다.

"잠깐, 회복은 그렇다 쳐도 화염 내성은 레어잖아. 이렇게 아무런 위험도 없는 상황에서 그런 걸 우리한테 줘도 괜찮은 거야?"

"신경 쓰지 마. 아직 잔뜩 남아 있으니까."

"어, 어디서 구한 건데?"

"그것까지 공짜로 알려줄 수는 없겠는데."

그런 게 어디 있어! 라고 절규하고 싶은 심정이었지만, 지금 눈앞에 앉아 있는 건 정보상이다. 오히려 방금 전까지 들은 정보를 공짜로 알려준 것에 대해 감사해야 할 것이다.

"……어, 얼마인데?"

머뭇머뭇 가격을 묻자 아르고는 아직 얼음물이 가득 든 유리잔을 양손으로 감싸 쥔 채 으~~~~음 하고 신음했다.

"글쎄—, 그냥 콜로 청구할 수도 있지만……, 이번에는 노동으로 받고 싶은걸."

"노, 노동?"

옆에 앉은 파트너와 서로를 마주보고……싶었지만, 아스나는 다 마신 유리잔 안에 남은 얼음 꽃을 빤히 응시한 채 고개를 들지 않았다. 하는 수 없이 다시 정면을 쳐다보았다.

"노동이라니, 뭘 해야 되는데……?"

"너무 겁먹지 마. 내가 키리도령과 아스낭자한테 위험한 일을 시킬 리가 없잖아? 그냥 좀, 혼자서는 클리어하기 힘든 퀘를 도와달라는 거야."

"퀘스트……."

확실히 이 SAO에는 솔로플레이만으론 클리어할 수 없는 퀘스트들이 적지 않게 존재해서, 베타테스트 시절에는 몇 번인가 억울한 경험을 한 적도 있었다. 그 자리에서 즉석으로 동료를 모집하면 되겠지만, 그런 걸 쉽게 할 수 있는 인간이라면 지금쯤 2대 길드 중 하나에 소속돼 있었을 것이다.

그렇게 생각하면 대인 커뮤니케이션 스킬의 숙련도가 나보다 열 배는 더 높을 아스나가 한 달이나 솔로플레이어로 활동해 온 게 신기할 정도인데, 그 이유 중 하나는 공략 집단 내에서 현저하게 벌어진 남녀 성비의 불균형 때문인 것 같다는 생각도 들었다. 데스 게임이 시작된 지 두 달이 지난 지금도 DKB와 ALS 내의 여성 플레이어는 손에 꼽을 정도밖에 없다. 능력적인 차이는 조금도 없으니, 공략 집단의 배타적인 분위기가 여성의 참여를 가로막고 있을 가능성이 높았다. 그런 상황을 바꾸려면 역시 여성 리더가 필요하다…….

나는 찰나의 상념을 중단하고 시선의 초점을 아르고에게로 맞추었다.

"이 도시에서 솔로플레이로 클리어가 불가능한 퀘스트라면 카지노에 얽힌 거겠지."

"대단한 통찰력……이라고 할 정도는 아니네. 어차피 윌룹타에 카지노와 무관한 퀘는 거의 없으니까."

"으으음, 뭐, 도와주는 건 좋지만……, 6층의 ≪스타키온의 저주≫처럼 더럽게 긴 연속퀘 같은 건 사양하고 싶은데."

"걱정 마. 금방 끝나는 거니까……, 아마도."

수상한데, 라고 생각하면서 다시 한 번 옆으로 눈길을 돌렸지만, 아스나는 여전히 손에 든 유리잔을 응시하고 있었다.

"저기……, 아스나 씨?"

속닥거리는 목소리로 부르자 세검전사는 그제야 고개를 들었다. 우선 나를, 이어서 아르고 쪽을 쳐다보더니 어딘가 쑥스러워 하는 얼굴로 물었다.

"아르고 씨, 이 꽃, 먹어도 돼?"

"아—, 확실히 먹음직스러워 보이기는 해. 먹어 봐, 먹어 봐."

그런 대답을 들으니 나도 무시할 수 없었다.

녹아서 딱 한 입 크기로 줄어든 채 유리잔 바닥에 남아 있던 얼음 꽃은 입에 넣고 깨물자 아삭아삭 하는 소리를 내며 기분 좋게 깨졌다. 상쾌한 민트향을 음미하고 나서, 빈 유리잔을 다시 테이블에 내려놓았다.

아스나와 함께 "잘 먹었습니다"라고 말하고 아르고의 의뢰를 수락하기로 약속한 다음, 그제야 본론으로 들어갔다.

"그건 그렇고……. 이렇게 너를 부른 건 맛있는 저녁을 먹기 위해서나 좋은 방을 잡기 위해서가 아니라, ALS와 DKB가 일찌감치 이 도시에 와서 초저녁부터 연회를 벌이고 있는 이유를 알아보려고 그런 거야."

"으엥—? 무슨 일인가 했더니 그런 거였어?"

나는 가죽 소파에 몸을 푹 묻는 아르고를 살짝 째려보았다.

"뭐야, 그 태도는? 아무리 생각해도 이상하잖아. ALS 녀석들만 있었다면 그나마 이해가 가지만, 고지식 전대 DKB까지 대형 맥주잔을 들고 건배하고 있었다고."

"호오, 그건 나도 좀 구경해 보고 싶은데. 하지만 뭐, 이 도시에서 연회를 벌이고 있다면 그 이유는 하나밖에 없겠지."

태연하게 말한 아르고는 순간적으로 천장을 올려다보고 말을 이었다.

"거들먹거릴 만큼 대단한 정보도 아니니까, 정보료는 아까 그 의뢰에 다 포함시켜 놓을게. 그 녀석들이 건배하고 있던 건 카지노에서 대박을 쳐서 그런 거야."

"""뭐?"""

나뿐만 아니라 아스나까지 놀라서 소리쳤다.

"우와……, 윌룹타에 온 첫날에 대박을 쳤다고?!"

"그 사람들, 도박에서 이겨서 건배하고 있었던 거야?!"

나와 아스나의 경악은 약간 방향성이 달랐지만, 아르고는 개의치 않고 고개를 끄덕였다.

"맞아. 상상으로 하는 말이 아냐. 녀석들이 신나서 설치는 걸 나도 봤으니까."

"대체 무슨 게임에서 이긴 건데? 카드나 주사위나 룰렛 가지고는 한나절 만에 대박을 치기는 힘들지 않나?"

"……키리토 군, 무지 잘 아네."

나는 아스나의 싸늘한 시선을 왼쪽 뺨으로 받아 넘기고, 아르고의 대답을 기다렸다.

어째선지 히죽 웃은 정보상은, 오른손 손가락 하나를 척 세웠다.

"나도 카지노에 들어가 본 덕분에 알아낸 건데, 거기, 여러모로 개편이 이뤄져서 베타 시절과는 완전 딴판이 됐어."

"……예를 들면?"

"제일 큰 변경점은 메인인 그게 낮과 밤에 두 번 개최된다는 점이야."

아스나는 이해하지 못할 정보에 나는 가만히 숨을 죽였다.

"…………진짜……?"

그렇게 중얼거리며 앞으로 내밀고 있던 몸을 푹신한 소파 등받이에 묻었다. 순간, 옆에서 아스나가 왼팔을 쿡 찔렀다.

"뭐야, 그거라는 게 뭔데?"

"아……."

나는 이리저리 시선을 회피하면서, 베타테스트 때 검 한 자루를 제외한 내 전 재산을 모조리 앗아갔던 도박의 이름을 얘기했다.

"……≪배틀 아레나≫……. 몬스터 투기장이야."

5

로우 테이블 위를 치운 우리는 스위트룸에 딸린 욕실에서 땀을 씻어냈다. 참고로 같이 샤워한 게 아니라 내가 가장 먼저 들어가고 이어서 아스나와 아르고가 차례로 들어갔는데, 내가 3분 만에 샤워를 마친 것과는 달리 두 사람은 30분이 넘게 걸려서 기다리는 사이에 ≪명상≫ 스킬의 숙련도가 하나 오를 정도였다.

6층의 갈레성에서 햄버그 할아버지 부흘름 노인에게 전수받은 이 스킬도 아직 수많은 수수께끼에 싸여 있는 상태였다. ≪명상≫ 그 자체의 효과는 단순했는데, 좌선하는 포즈를 일정 시간 유지하고 있으면 HP 지속 회복 버프와 배드 스테이터스 저항 확률 상승 버프를 얻을 수 있다. 제법 유용해 보이지만, 숙련도가 0인 상태에서는 60초나 좌선을 하고 있어야 하기에 전투 중에는 도저히 써먹을 수가 없었다.

하지만 ≪명상≫의 가호가 없었더라면 갈레성을 습격한 폴른 엘프 병사의 마비독침에 대항할 수 없었을 테니, 앞으로 그들, 그리고 같은 무기를 사용하는 PK 집단과 싸우려면 필수 스킬이라 할 수 있을 것이다. 거기까지는 좋은데, 문제가 되는 건 ≪명상≫의 스킬 Mod인 ≪각성≫ 쪽이었다.

각 스킬의 숙련치를 규정된 수치까지 올릴 때마다 획득할 수 있는 스킬 Mod, 즉 부가효과는 일반적으로 아주 직관적이다. 무기 스킬이라면 ≪소드 스킬 쿨타임 단축≫이나 ≪크리티컬 확률 증가≫, ≪색적≫ 스킬로 치자면 ≪동시 색적수 상승≫이나 ≪색적거리 상승≫ 같은 식으로, Mod의 설명문을 읽을 필요도 없을 정도다.

하지만 ≪각성≫ Mod는 이름만 가지고는 효과를 알기가 힘들다. 설명문도【극한까지 정신을 집중시킴으로써 숨겨진 힘을 이끌어냄】이라는 게 전부였다. 그런 정체불명의 Mod를 얻자고 귀중한 스킬 슬롯 하나를 소모하는 건 문제가 있지 않을까……, 라는 생각이 절로 들었지만, ≪각성≫은 ≪명상≫의 숙련도가 500에 도달해야만 획득할 수 있는 Mod이기 때문에, 일단 한 번 슬롯에서 지우면 두 번 다시 되찾을 수 없을 것이다.

≪각성≫의 효과가 어떤 건지 짐작 가는 바가 전혀 없는 건 아니었다.

6층 플로어보스 ≪디 이레셔널 큐브≫와의 격투 막판에 갑자기 정체를 드러낸 PK 집단의 일원 벅섬. 그 녀석은 빈사상태에 빠진 보스의 등 뒤에서 ≪브레이크(분해)≫와 ≪바인드(결합)≫의 주술력을 가진 황금 큐브를 뽑아서, 보스방에 있던 자기 이외의 모든 플레이어를 경직시켰다.

벅섬이 미이아의 어머니 세아노를 죽이려 하는 것을 본 나는 뇌신경이 타들어갈 만큼 간절하게 "움직여"라고 염원했고……, 틀림없이 보았다. 부동화 디버프 아이콘 옆에 ≪명상≫의 버프 아이콘과 유사하게 생긴 아이콘이 나타난 것을.

좌선하고 있는 사람의 등 뒤에 금색 광륜이 그려진 그 아이콘이 점등하자마자 부동화 디버프는 해제되었다. 나는 곧장 돌진해서 소드 스킬도 아닌 단순한 평타 공격으로 벅섬의 장검과 왼팔을 절단해 냈다. 아쉽게도 벅섬은 놓쳤지만, 그때 디버프가 풀리지 않았더라면 미이아와 세아노뿐만 아니라 나와 아스나도 목숨을 잃었을 것이다.

그게 ≪각성≫ Mod의 효과였을까? 나는 '극한까지 정신을 집중'해서 '숨겨진 힘을 이끌어'낸 덕분에 황금 큐브의 속박을 풀 수 있었던 걸까?

하지만 아인크라드는 어디까지나 너브 기어에 의해 생성된 VR월드다. 진정한 의미의 기적이나 마법 같은 건 존재하지 않는 세계인데, 정량화가 불가능한 ≪집중력≫ 같은 요소를 무슨 수로 계산하는 것인가. 카야바 아키히코가 개발한 너브 기어는 아바타를 조작하기 위한 운동 명령뿐만이 아니라, 사념까지 읽어낼 수 있다는 것인가.

정체불명 얘기가 나와서 말인데, 그러고 보니 벅섬의 정체도 아직 베일에 싸여 있는 상태였다. 코 위를 완전히 가리는 샐릿 타입의 투구를 장착하고 있어서 얼굴은 알아볼 수 없었지만, 예전부터 DKB에 잠입해 있었다면 길드 멤버들에게는 얼굴을 보인 적이 있었을 것이다. DKB와 ALS가 6층 보스룸에서 그 녀석에 대한 긴급회의를 연 걸로 알고 있는데, 생각해 보면 나는 아직 그 전말에 대해서도 듣지 못했다. 나중에 DKB의 시봐타한테 물어봐야겠다……. 그런 생각을 하고 있는데 그제야 아스나와 아르고가 욕실에서 나왔다.

아스나는 치맛자락이 부푼 미니원피스에 무릎 아래까지 가는 레깅스, 아르고는 털털한 민소매 셔츠에 숏팬츠라는 낯선 차림이라서 나도 모르게 그 모습을 넋 놓고 쳐다보았다. 그런 내 얼굴을 보자마자 아르고가 음흉하게 싱글싱글 웃었다.

"뭐야, 키리도령. 이 누나의 각선미에 반한 거야?"

"바, 반하긴 누가 반해!"

그런 초등학교 저학년 수준의 대사로 반박한 나는, 고개를 홱 돌리고 덧붙였다.

"그냥 시원해서 좋겠다고 생각한 거야."

"그럼 키리토 군도 좀 더 여름다운 차림을 하지 그래?"

아스나까지 그런 소리를 했기에, 나는 자기 몸을 내려다보았다.

롱코트와 브레스트 플레이트는 해제한 상태라서 검은 긴팔 셔츠와 검은 롱팬츠뿐이다. 확실히 여름다운 차림이라고 하기에는 무리가 많지만 ≪스킨타이트 셔츠≫는 천이 얇고, ≪트라우저 오브 섀도우스레드≫는 레어 드롭 아이템인 만큼 방어력이 높으면서도 통기성이 뛰어나다. 그리고 무엇보다――.

"……더 이상 벗으면 팬티밖에 안 남으니까."

그렇게 말하기가 무섭게 아스나의 눈매가 매섭게 치켜 올라갔다.

"누가 벗으라고 했어?! 다른 옷으로 갈아입으라는 얘기야!"

"에에~, 나는 여벌 옷 같은 건 하나도 없는데……."

그 말을 들은 아스나와 아르고는 서로를 마주보더니 남자들은 이래서 탈이라니까……, 라는 표정으로 한숨을 지었다.

다행히 더 이상의 추궁은 없었기에 우리는 4층에서 1층으로

터벅터벅 내려와서 숙소 밖으로 나섰다.

밤 8시를 지난 시각. 평소 같으면 ≪공략·야간 타임≫이 시작될 타이밍이지만, 오늘 다시 권외로 나갈 예정은 없었다. 검도 필요 없을 것 같았지만 그래도 혹시 모르니, 메인 무기가 아닌 스토리지 깊은 곳에 방치되어 있던 쇼트 소드를 등이 아니라 왼쪽 허리춤에 장착해 두었다.

트로피컬한 향기가 감도는 해안도로를 느긋하게 걸어서 월룹타에 3개 있는 계단도로 중 하나, 통칭 ≪서쪽 계단≫을 따라 올라갔다. 폭은 대계단의 절반 정도인데, 수상쩍은 도구상이나 술집들이 자리를 잡고 있어서 그야말로 ≪RPG의 뒷골목≫ 분위기가 감돌았다.

이 부근에도 몇몇 퀘스트의 개시 지점이 있었던 걸로 기억하지만, 오늘 밤은 일단 그냥 넘어가기로 하고 허름한 계단을 올라갔다. 이윽고 앞쪽에 유난히 밝은 조명을 받고 있는 거대한 건물이 보이기 시작했다.

감색 돔형 지붕과 밤하늘을 찌르는 첨탑. 그 꼭대기에서 나부끼는 빨간색과 검정색으로 나뉜 삼각형 깃발. 그 건물이 바로 환희와 절망이 소용돌이치는 ≪월룹타 그랜드 카지노≫였다.

불현듯, 이제 제법 밤공기가 서늘해졌는데도 불구하고 자신의 양손에 살짝 땀이 밴 것을 깨달았다. "이 몸이……, 겁먹기라도 한 건가……?"라고 중얼거리고 싶은 심정이었지만, 두 여자가 들으면 의심하거나 황당해 할 게 불 보듯 뻔하니 참기로 했다.

서쪽 계단에서 카지노 앞 광장으로 들어서자 분위기가 180

도 달라졌다. 도시 중앙에 있는 분수 광장보다는 약간 좁지만 매끄러운 타일로 이루어진 복잡한 디자인의 문양이 바닥을 장식하고 있고, 그 바닥을 둘러싼 가게들도 격조가 높았다. 하지만 가장 압도적인 것은 광장 서쪽에 우뚝 서 있는 카지노의 위용이었다. 화톳불 조명 속에 드러난 순백색 벽과 정교한 조각으로 장식된 기둥은 왕족들이 사는 성을 방불케 했다.

아니, 저건 실제로도 월룹타의 왕성일 것이다. 이름도 얼굴도 모르지만 그랜드 카지노를 소유한 인물이 사실상 도시를 지배하고 있는 셈이니까.

활짝 열려 있는 정면 입구 양쪽에는 완전무장한 위병들이 도사리고 있고, 찬란하게 빛나는 건물 안에서는 경쾌한 현악과 흥에 겨운 목소리들이 흘러나오고 있었다. 건물로 들어가는 NPC들은 하나같이 화려하게 꾸미고 있어서, 그걸 본 아스나가 가만히 다가와서 속삭였다.

"저기 말야, 저 카지노, 드레스코드 같은 건 없어?"

"드레스코드……?"

순간적으로 장식 아이템이 딸린 DLC 코드 같은 걸 말하는 건 줄 알았지만, 이내 복장 규정을 뜻하는 말임을 깨달았다.

"아니, 전혀 없어."

나는 좌우로 고개를 가로젓고 말했다.

"팬티 한 장만 입고 들어가면 아무래도 제지당할지도 모르지만, 그 정도만 아니면 초급 장비든 넝마 로브든 전신 플레이트아머든 아무 문제없어. 애초에 DKB와 ALS의 우락부락한 남자들이 정장 같은 걸 갖고 있을 것 같아?"

"……그건 그렇네."

아스나가 납득한 듯 고개를 끄덕였다. 그와 동시에 마치 우리 대화가 소환 주문 역할이라도 한 듯, 광장 반대편에서 귀에 익은 칸사이 사투리가 들려왔다.

"좋아, 밤에도 진탕 벌어서 그 엄청 큰 검을 묵자카이!"

그 선언에 이어, "오오!" "좋았어!"라는 우렁찬 목소리가 울려 퍼졌다. 우리는 재빨리 후퇴해서 근처 가게의 처마 밑에 숨은 채 목소리가 들려온 방향인 광장 동쪽을 쳐다보았다.

메인스트리트 한복판을 걷고 있는 것은 진녹색과 흑금색 장비를 갖춰 입은 열 명 가량의 플레이어들이었다. 선두에서 걷는 남자의 삐죽머리를 굳이 확인하지 않아도 그들이 ALS 간부들임을 알 수 있었다. 아마 길드 전원의 연회는 일단 중단하고 핵심 멤버들끼리 밤의 카지노에 출정한 모양이었다.

키바오 일행은 우리의 존재를 알아채지 못한 채 성큼성큼 광장을 가로질러서 그랜드 카지노로 들어섰다. 아마 밤 9시에 다시 개최되는 배틀 아레나에서 대박을 노릴 작정인 모양이었다.

"……엄청 큰 검이라는 건 뭐지?"

베타 시절의 지식과 대입해 봐도 딱히 떠오르는 게 없었기에 나는 아르고에게 물었다. 그러나 정보상은 어깨를 으쓱하고 "본인 눈으로 직접 확인해 봐"라고 대답할 뿐이었다.

"알았어……. 그럼 우리도 가 볼까."

그렇게 말하고 벽 쪽에서 벗어나려 했을 때, 아스나가 나를 다시 홱 떠밀었다. 왜 그래, 하고 내가 따지기도 전에 또 한 번 대량의 발소리가 들려왔다.

방금 ALS 멤버들이 지나간 바로 그 코스로 걸어오고 있는 이들은 짙은 감색과 은백색으로 통일된 장비를 갖춰 입었는데, 아까와 마찬가지로 열 명쯤 되는 남자들이었다. 선두에서 걷고 있는 것은 ≪서예부원≫ 린드, 그 오른쪽에는 ≪육상부원≫ 시봐타, 왼쪽에는 ≪축구부원≫ 하프너. 또 하나의 공략 길드인 DKB였다. 그 세 사람의 별명은 아직까지는 나 혼자 마음속으로 부르고 있을 뿐이지만, 나도 ≪블래키≫라 불리는 걸 감수하고 있으니 이제 슬슬 공략 집단 사이에도 그 별명들을 침투시켜 보고 싶었다.

내가 그런 생각을 하는 동안에도 린드 일행은 성큼성큼 광장을 가로질러 그랜드 카지노 안으로 사라졌다. 그들의 목적이 키바오 일행과 마찬가지로 배틀 아레나 야간 타임라는 점은 의심의 여지가 없었다.

"……저 녀석들, 아레나 주간 타임에서 대체 칩을 얼마나 딴 거야……?"

그냥 혼잣말 삼아 중얼거린 거였는데, 이번에는 아르고가 대답해 주었다.

"그 점은 일단 확인해 뒀는데, 양쪽 다 천 개 이상은 딴 모양이야."

"천……."

천 개라고?! 하고 절규할 뻔하다가 간신히 입을 틀어막았다. 마른침을 꿀꺽 삼킨 뒤 속닥거리며 물었다.

"그 정도 벌었으면 이제 그만 털고 나와도 되는 거 아니야……? 내가 기억하기로는 칩 천 개면 최상위 상품을 받을 수 있었던 거 같은데."

"거기에 비치 통행증도 받을 수 있고 말야."

아스나가 약간 부러움 섞인 표정으로 덧붙이자, 아르고는 우리 얼굴을 번갈아 쳐다보더니 입꼬리를 틀어 놀리며 히죽 웃었다.

"안됐지만 둘 다 정보가 너무 느리네. 비치 통행증을 주는 VIP 대우를 받으려면 칩을 3만 개 따야 된다는 모양이야."

"……사, 삼만……."

아르고는 아연실색하는 아스나를 쳐다보다가 다시 내 쪽으로 시선을 옮기고는 폭탄을 하나 더 투하했다.

"그리고 최고액 당첨시의 상품도 업데이트됐어. 필요한 칩은, 무려 10만 개."

"……시, 십만……."

나도 넋이 나가서 뇌까렸다. 베타테스트 때, 나는 칩 천 개를 벌기 위해 건곤일척의 승부에 나섰다가 파산했었다. 10만 개면 그 100배……, 카지노 칩은 한 개에 100콜이니까, 무려 천만 콜에 해당하는 금액인 것이다.

"천만이라면, 10M(메가)콜이잖아……. 7층에서 메가 단위 아이템이 나와도 되는 거야? 그리고 린키바는 칩 천 개를 10만 개로 불릴 생각이라는 얘기야?"

머리가 어질어질한 감각을 견디면서 그렇게 읊조리니, 아르고는 배우처럼 멋들어지게 훌쩍 양손을 들어 올렸다.

“그럴 생각이겠지. 그도 그럴 게, 저 녀석들은 낮에 투기장에서 100개를 1000개로 불렸으니까.”

“그래 봤자 고작 10배잖아. 1000개에서 10만 개로 불리려면 100배를 불려야 된다고.”

“100배는 10배의 10배잖아.”

그런 실없는 실랑이를 주고받고 있는데, 한동안 가만히 있던 아스나가 얼굴 앞에서 양손을 교차시켰다가 좌우로 척 벌렸다.

“안 돼, 안 돼! 해변에서 반나절 노는 데 칩 3만 개, 3백만 콜이라니 말도 안 되는 얘기야! 아니, 둘이서 가면 6백만 콜, 아르고 씨까지 포함하면 9백만 콜이잖아! 그 정도 돈이면 해변에 있는 집 한 채를 통째로 살 수도 있어!”

“……엄밀히 말하면 바다가 아니라 호수지만.”

“그게 중요한 게 아니잖아! 하여튼 카지노에서 노는 건 취소야, 취소! 빨리 다음 도시로 가자!”

단호하게 말하고 떠나가려 하는 아스나의 둥글게 부푼 치맛자락을 나는 황급히 붙잡았다.

“자, 잠깐, 잠깐. 도박은 안 해도 되지만 아르고의 의뢰는 클리어해야 할 거 아냐?”

“……아.”

멈춰 선 아스나를 보며 아르고도 싱긋 웃었다.

“≪스노우 트리의 꽃봉오리≫ 구하는 법이 궁금하지 않아, 아스낭자?”

“……으으.”

약간 긴 신음을 흘리고 나서, 아스나는 아르고 쪽을 돌아보았다.

"그래서, 뭘 하면 되는데?"

설명은 안에 들어가서 할게, 라는 대답만 남기고 아르고가 발걸음을 옮겼기에 나와 아스나도 살랑살랑 흔들리는 곱슬머리를 쫓아갔다.

모자이크 타일로 장식된 광장을 비스듬하게 가로질러서 월룹타 그랜드 카지노 정면 입구로 향했다. 현실세계의 최고급 호텔을 연상케 하는 대리석 외장재도, 문 양옆에 서 있는 위병들의 번쩍번쩍한 금속 갑옷도 베타 시절보다 몇 단계는 업그레이드되어 있었다.

하지만 아르고는 움츠러드는 기색도 없이 가죽 샌들을 찍찍 끌며 안으로 들어갔다. 그 뒤를 따라 들어가니 먼저 선선하고 쾌적한 공기가, 이어서 경쾌한 현악과 달콤한 꽃향기가 우리를 맞이했다.

거대한 샹들리에가 걸린 현관홀은 눈이 부시도록 밝았다. 밤마다 대체 얼마나 많은 기름과 양초를 소비하는 건지 궁금할 지경이었지만, 그런 건 가상세계에서는 무의미한 걱정이었다. 팔각형 홀 중앙에는 분수 광장에 있던 것과 같은 새 머리 조각상이 들어앉아 있고, 그 너머에는 플레이룸으로 통하는 세 개의 거대한 문이 있으며, 오른쪽 벽 쪽에는 위층 계단, 왼쪽 벽 쪽에는 아래층으로 가는 계단이 보였다. 아래층 계단은 자유로이 드나들 수 있게 되어 있었지만, 위층 계단은 빨간 로브와 검은 옷을 갖춰 입은 NPC들이 틀어막고 있었다. 현악기 합주 소리는 위층에서 들려오는 것 같았다.

"……위에는 뭐가 있는 거야?"

그런 아스나의 질문에 아르고가 대답했다.

"베타테스트 때와 같은 구조라면 2층은 VIP 전용 고급 플레이룸, 3층에는 고급 호텔이 있을 거야. 4층은 나도 몰라. 키리도령은?"

"몰라."

고개를 가로젓자 아스나가 어깨를 살짝 으쓱했다.

"뭐, 어차피 갬블은 안 할 거니까 상관없겠지. ……그건 그렇고 아르고 씨가 우리한테 부탁하고 싶다는 퀘스트는 어디서 받을 수 있는데?"

"너무 서두르지 마, 아스낭자. 돈은 안 걸어도 좋으니까, 분위기 정도는 즐겨도 되잖아."

싱긋 웃은 아르고가 다시 성큼성큼 발걸음을 옮겼다. 여신상을 우회해서 안쪽에 있는 세 개의 문 쪽으로.

활짝 열려 있는 문을 지난 순간, 우아한 현악이 뒤쪽 멀리 사라지고 왁자지껄하고 열띤 소음이 몰아닥쳤다.

학교 체육관 정도 넓이의 플레이룸은 수없이 많은 게임 테이블들과 도박을 즐기는 손님들로 북적거리고 있었다. 전체적인 형태는 현관홀을 둘러싸는 'ㄷ'자 모양으로 되어 있는데, 오른쪽에는 룰렛, 왼쪽에는 주사위 게임, 그리고 가장 넓은 정면 부분에는 카드 게임. 이 배치는 베타 시절의 형태 그대로였다.

홀 중앙에는 콜을 카지노 칩으로 바꿔주는 환전 카운터와, 칩을 아이템으로 바꿔주는 교환 카운터, 음료며 가벼운 식사를 주문할 수 있는 두 개의 바 카운터가 거대한 기둥을 둘러싼 정사각형 형태로 배치되어 있었다. 나는 넋 나간 얼굴로 옆에 서 있는 잠정 파트너에게 말했다.

"아스나, 상품 구경이나 좀 하러 가자. 칩 10만 개로 어떤 아이템을 받을 수 있는지 궁금하지 않아?"

그러자 아스나는 몇 번 눈을 깜박거리다가 노골적인 경계감을 드러내며 대답했다.

"궁금하긴 하지만 탐나니까 도박을 하겠다는 소리는 절대 하지 마."

"안 해, 안 해. 자, 빨리 가자."

아스나의 등을 떠밀어서 4면 카운터로 향했다. 아르고도 싱글벙글한 얼굴로 따라왔다.

걸어가면서 시선을 움직여 플레이룸 좌우를 살펴보았지만, 게임을 즐기고 있는 사람들은 대부분……아니, 전부가 NPC여서, 플레이어의 녹색 커서는 하나도 찾아볼 수 없었다. 만약 여기가 주거 구역이었다면 일확천금을 꿈꾸는 플레이어들이 텔리포트 게이트로 올라오자마자 물밀듯 쇄도했겠지만, 렉시오에서 이 월룹타까지 이동하는 데에는 어느 정도 위험이 따랐다. 공략 집단에 가담한 길드 소속이 아니면, 첫날에 도달하기는 쉽지 않다.

거기까지 생각했을 때쯤, 나는 플레이룸 안에 DKB나 ALS 멤버의 모습도 보이지 않는다는 걸 깨달았다. 그건 그들이 현관홀에서 지하 1층으로 직행했다는 뜻이리라. 현재 시각은 8시 30분. 충분히 ≪야간 타임≫에 참가할 수 있는 시간이다.

아니아니, 그건 안 되지, 하고 입 속으로 중얼거리며 유혹을 뿌리쳤다. 정면의 환전 카운터를 오른쪽으로 우회하고 바 카운터를 지나서 뒷면의 교환 카운터로.

검은 베스트 차림의 여성 NPC들 뒤에는 폭 30미터는 됨직한 대리석 기둥이 우뚝 서 있고, 거기에 호화로운 진열 케이스가 비치되어 있었다. 케이스 안에 진열되어 있는 아이템의 종류는 베타 시절보다 5배는 많아 보였다.

최하단에는 칩 몇 개 정도로 교환할 수 있는 포션 등의 소모품 아이템, 그 위 칸에는 실용적인 도구류, 그 위에는 다양한 액세서리류며 소형 장비 아이템, 그리고 최상단에는 샹들리에 불빛을 받아 찬란하게 빛나는 장검 한 자루가 있었다.

넓적한 칼날은 거울 같은 은색이었고, 옆면에는 황금이 박혀 있었다. 코등이도 황금, 칼자루는 붉은 가죽, 자루 끝에는 거대한 보석.

"우와, 무지 화려한 검이네……."

그런 아스나의 목소리에는 나도 동의하지 않을 수 없었지만, 문제는 스펙이었다. 저 검이 칩 10만 개, 즉 천만 콜의 가격에 걸맞은 물건이라면, 얼마나 강한 공격력을 갖고 있을지 상상도 안 될 정도였다.

나는 교환 카운터로 두 발짝 다가가서 발돋움을 하고 검을 응시했다. 하지만 아이템의 프로퍼티 윈도우를 보려면 손가락으로 해당 아이템을 탭해야 하는데, 내 키의 두 배쯤 되는 높이에 전시되어 있는 검에 손이 닿을 리가 없었다.
무턱대고 발꿈치를 들었다 내렸다 하고 있으려니, 뒤에서 아르고가 황당하다는 듯 말했다.
"저기 말야, 키리도령. 카운터에 얘기하면 교환 아이템 팸플릿을 준다고."
"그, 그럼 일찍 얘기했어야지."
민망함을 헛기침으로 무마하고 두 발짝 더 전진해서 교환 카운터 앞으로. 우아한 미소로 맞이해 주는 NPC 누님에게 "경품 팸플릿 하나 주세요!" 하고 부탁하자, 누님은 내 털털한 복장에 개의치 않고, 카운터 안쪽에서 돌돌 말린 양피지 하나를 꺼내 주었다.
"여기 있습니다."
"고맙습니다."
인사하며 양피지를 받아 들고 옆으로 이동해서 서둘러 펼쳐보았다. 아스나도 오른쪽에서 양피지를 들여다보았다.
양피지는 정교한 컬러 일러스트가 곁들여진 본격적인 팸플릿이었다. 이 세계에는 인쇄 기술이 존재하지 않으니 이론상으로 따지면 이 일러스트는 화가가 한 장 한 장 손으로 그린 거라는 얘기가 되겠지만, 이런 건 게임 세계의 방편이라고 해둬야겠지.
일러스트 밑에 있는 상품명은 전부 알파벳 표기로 되어 있었지만 다행히 설명문은 일본어였다. 포션이며 도구, 액세서리류는 나중에 보기로 하고 양피지를 끝까지 펼치자 금은보석검의 일러스트가 나타났다.

일러스트 아래에 적혀 있는 아이템명은 【Sword of Voluptа】. 이건 아마 ≪소드 오브 월룹타≫라고 읽는 것이리라. 그 오른쪽에는 【100000VC】라고 적혀 있었다. VC는 그랜드 카지노 내에서 사용하는 칩의 정식 명칭, ≪월룹타 코인≫을 나타내는 기호일 것이다. 아르고가 한 말을 의심했던 건 아니지만, 실제로 10만이라는 숫자를 보고 나니 머리가 어질어질해지는 기분이었다.

가볍게 고개를 가로저은 뒤 가장 중요한 설명문을 읽었다. 그 내용인즉슨――.

【수룡 살리에가를 퇴치하고 월룹타를 세운 영웅 팔할리의 검. 가진 자의 상처를 치유하고 온갖 독을 정화하고 휘두르면 전부 회심의 공격이 된다】

"……으, 으~~~~음."

내가 끙끙거리는 동시에 아스나의 입에서도 "으음~~……" 하는 목소리가 흘러나왔다.

"이것만 보고는 성능을 가늠하기가 힘들 것 같아. 뭔가 굉장해 보이기는 하지만, 제대로 된 스펙 표기를 보고 싶은데……."

그렇게 중얼거리는 파트너에게 나는 카운터 쪽을 가리키며 말했다.

"아스나, 내가 목말을 태워줄 테니까 저 검을 탭해 보는 건 어때?"

"죽어도 안 해."

매정하게 거절당했지만 애초에 카운터 안으로 들어가면 그 즉시 우락부락한 검은 옷 위병들이 부리나케 달려올 것이다. 장검을 가리키던 검지를 거둬들이고 눈길을 설명문 쪽으로 되돌렸다.

"……이것만 가지고는 공력력의 수치나 강화 시행 회수 같은 건 알 수 없지만, 그래도 이 문장에 나온 정도의 부가 효과가 있다면 천만 콜이라는 가격도 이해가 가긴 해. 문자 그대로라면 장착하기만 해도 HP 자동 회복, 대미지독과 마비독 모두 무효화, 공격은 전부 크리티컬로 적용한다는 뜻이잖아?"

자기 입으로 그렇게 중얼거리다 보니, 7층 부근에 존재해서는 안 될 만큼 차원이 다른 ≪소드 오브 월룹타≫의 성능이 실감 나게 느껴졌다. 나는 진열 케이스 최상단에서 번쩍이는 장검을 다시 한 번 올려다보았다.

휘황찬란한 디자인은 솔직히 네 취향과는 거리가 멀었지만, 지금 상황에서는 무기의 외관은 둘째 문제였다. 자신의, 그리고 파트너의 생존력이 상승한다면 저것보다 100배 촌스러운 검이라도 얼마든지 장착할 수 있다.

그렇게 마음속으로 결의하긴 했지만 애초에 물리적으로나 가격적으로나 감당이 안 되는 물건이었다. 지금 내가 가진 전 재산을 칩으로 환전해 봤자 불과 900개, 그걸 10만 개로 불리려면 룰렛으로 적중시 2배를 받는 적흑 도박을 7번 연속 맞혀야만 한다. 확률로 따지자면──.

"……아스나, 0.5의 7제곱이 얼마였더라?"

"응? 으으음……, 0.0078어쩌고쯤 되지 않을까?"

"고마워. 그럼 대충 0.8퍼센트 정도라는 얘기네……."

중얼거리는 내 얼굴을 어리둥절한 표정으로 쳐다보던 세검 전사가, 매섭게 눈썹을 치켜 올렸다.

"아, 방금 그거, 2배 도박을 7번 연속으로 맞힐 확률을 물어본 거였지?!"

"오오, 역시 눈치가 빠르시네."

"척 보면 알아. 애초에 0.8퍼센트 확률을 무슨 수로 맞히겠다는 거야!"

"새, 생각 정도는 해볼 수도 있잖아."

"그 다음에는 '100콜 정도 걸어 보는 건 괜찮잖아'라고 말할 거잖아!"

속사포 같은 말다툼에 크크크 하는 숨죽인 웃음소리가 겹쳐졌다.

고개를 돌려 보니 ≪생쥐≫의 양쪽 뺨에 있는 수염 페인트가 바들바들 떨리고 있었다. 아르고는 몸을 좌로 우로 꼬면서 5초 넘게 웃어댄 뒤에야 고개를 들었다.

"정말이지……, 너희 둘을 보고 있으면 시간이 가는 줄을 모르겠다니까. 제발 부탁이니까, 앞으로도 계속 콤비로 활동해 줘."

"뭐……, 해산할 예정은 없긴 한데……."

쑥스러움을 숨기려고 일부러 퉁명스럽게 대답하자, 아스나가 즉시 덧붙였다.

"카지노에서 파산하는 사람이 나오지 않는 한은 말야."

내 이성이 무너지기 전에 플레이룸을 떠나서 현관 홀로 돌아오니 시간은 8시 40분이었다.

유혹을 뿌리치기 위해, 오른손에 쥐고 있던 팸플릿을 스토리지에 집어넣고 아르고를 쳐다보며 물었다.

"……그래서, 어떤 일을 의뢰하려는 건데?"

"아—, 그러고 보니 그랬지."

아르고는 손가락을 딱 튕기더니 메뉴 윈도우를 어마어마한 속도로 조작하기 시작했다. 아르고에게서 날아든 파티 신청을 나와 아스나가 수락하자, 시야 좌측 상단에 세 줄의 HP바가 나타났다.

"이제 퀘가 공유됐을 거야. 이쪽으로 가자."

그렇게 말한 아르고가 걸어간 곳은 지하 1층으로 내려가는 계단이었다. 거기는 위험할 텐데……라는 생각이 들었지만 의뢰인의 뜻을 거스를 수는 없다.

진홍색 융단이 깔린 계단은 팔각형 형태의 내벽을 따라 4분의 3바퀴를 돌아서 우리를 지하 1층의 홀로 인도했다.

이 홀 중앙에도 석상이 있는데, 여기 있는 것은 새 머리를 가진 여신이 아니라 사자 머리를 가진 우락부락한 전사가 도마뱀 머리 전사를 짓밟고 있는 모습이었다. 석상 뒤에는 1층과 마찬가지로 세 개의 문이 있는데, 1층과는 달리 그 문 안은 어둠침침했다.

——결국, 다시 여기에 오게 됐구나.

나는 머릿속으로 그런 말을 뇌까리면서 아르고를 따라 ≪배틀 아레나≫, 즉 몬스터 투기장 문으로 들어섰다.

어렴풋이 들려오던 현악 연주 소리를 흥분으로 달아오른 술렁거림이 덮어버렸다. 위층 플레이룸과는 전혀 다른 종류의 열기로 가득한 기다란 홀은 사발처럼 중앙부가 움푹 파인 구조로 되어 있었는데, 그 가장 아래에는 금색 철창으로 둘러싸인 스테이지가 보였다.

홀 오른쪽과 왼쪽에는 서서 식사할 수 있는 다이닝바가 있고, 그 한쪽에는 티켓 구입용 카운터도 갖추어져 있었다. 스테이지 주변과 두 다이닝바에는 총 50명 이상의 손님들이 있었지만 어두워서 얼굴은 보이지 않았다. 하는 수 없이 한 사람 한 사람의 실루엣에 시선을 집중해서 컬러 커서를 확인했더니——.

"……아, 찾았다, ALS야."

내가 나지막한 목소리로 그렇게 말하는 것과 동시에, 옆에서 걷던 아스나도 속닥거렸다.

"DKB 발견."

시선으로 서로에게 위치를 알려주었다. ALS는 홀 오른쪽, DKB는 왼쪽 다이닝룸에 자리를 잡고 앉아 있었는데, 양쪽 모두 테이블에 펼쳐 놓은 커다란 종이를 쳐다보며 열띤 대화를 주고받고 있는 것 같았다.

"……뭘 저렇게 뚫어지게 쳐다보는 거지?"

"저건 배당표야. 앞으로 스테이지에서 싸울 몬스터들의 이름과 간단한 해설, 그리고 배당 확률이 실려 있지. 티켓 카운터에 가면 공짜로 받을 수 있어."

"필요 없어."

나는 아스나의 싸늘한 시선을 비스듬한 각도로 슬쩍 흘려

넘겼다.
"다, 당연히 그렇지. 그건 그렇고……, 이봐, 아르고, 퀘스트 NPC는 어디 있지? 퀘스트 마크가 안 보이는데."
우리는 지금 파티를 맺은 상태이니, 이미 아르고가 수주한 퀘스트라 해도 해당 NPC의 머리 위에는 퀘스트 진행 중임을 나타내는 ≪!≫ 마크가 떠 있어야 정상이다. 하지만 아레나 안을 샅샅이 살펴봐도 그런 건 발견할 수 없었다.
"그야 안 보이겠지. 퀘NPC는 다른 곳에 있으니까."
아르고가 이쪽을 쳐다보며 그렇게 대꾸했기에 나도 모르게 "뭐라고?"라고 되물었다.
"그럼 여긴 뭐 하러 온 거야?"
"뻔한 걸 뭘 물어? ≪심부름≫하러 온 거지."
"……."
원칙적으로 SAO의 퀘스트는 크게 4종류로 나뉜다. 주로 권외에서 소재 아이템을 모으는 수집계, 특정 몬스터를 잡는 토벌계, NPC를 특정 위치로 데려다주는 호위계, 그리고 다양한 종류가 존재하는 심부름계. 심부름 퀘스트의 정석은 이름 그대로 어떤 물건을 배달하는 것, 혹은 어떤 물건을 받아 오는 것이지만, 그런 퀘스트라면 수신자나 의뢰자에 해당하는 NPC가 아레나 안 어딘가에 있어야 한다. 그런 NPC가 없다는 얘기는——.
"……탐색이나 조사?"
내 물음에 아르고는 걸어가면서 "정답"이라고 대답했다. 나도 모르게 조그만 목소리로 "으에엑……"이라고 중얼거렸다.

탐색 퀘스트와 조사 퀘스트는 심부름계 중에서도 가장 성가신 부류에 속하는 것들이었다. 돌이켜보면, 6층에서 우리를 동분서주하게 만들었던 ≪스타키온의 저주≫ 퀘스트도 황금 큐브를 찾아달라는 탐색 의뢰에서 시작해, 온갖 예측불허의 상황이 개입된 끝에 최종적으로는 플로어보스 토벌전까지 이어졌다. 설마 그런 대 장편 퀘스트는 아니겠지……, 라는 희망을 담아서 다시 한 번 물었다.

"이 플로어에서 분실물 같은 걸 찾는 거야?"

"아냐."

"그럼 사람 찾기?"

"아냐."

아르고는 단호하게 부정하면서 사발 모양 플로어를 가로지르는 계단을 내려갔다. 이윽고 최하단에 도착하고는 철책에 둘러싸인 스테이지, 통칭 ≪배틀 케이지≫를 둘러싼 NPC 무리 사이로 끼어들어서 한가운데에 자리 잡았다.

상류계급 NPC들은 상단부에 설치된 유료 소파석이나 좌우의 다이닝바에서 관전하고 있기에 배틀 케이지 주위에는 약간 질 나쁜 사내들밖에 없었다. "너 뭐야?" "끼어들지 마" 등등의 목소리가 들려왔지만, 아르고는 개의치 않고 황금 철창에 기대어 나와 아르고를 쳐다보았다.

"제1시합 시작 시간까지 10분 남았네. 그럼, 내가 부탁하고 싶은 게 뭔지 얘기할게."

아르고가 팔랑팔랑 손짓을 했기에, 왼쪽 귀를 그녀의 얼굴 쪽으로 가져갔다. 아스나는 오른쪽 귀를 갖다 대서 자연스럽게 코앞에서 서로의 얼굴을 마주보는 상태가 되었지만, 이제 와서 새삼스럽게 자세를 고칠 수도 없는 노릇이었다. 다행히 아스나는 딱히 의식하지 않는 것 같았기에 나도 포커페이스를 유지한 채 아르고의 설명을 들었다.

"이제 곧 이 철창 안에서 몬스터 두 마리의 싸움이 시작될 거야."

"응."

"내 의뢰인의 말로는, 그중 한쪽이 뭔가 부정행위를 하고 있다나 봐."

"뭐라고?"

나도 모르게 약간 언성을 높인 순간, 아르고와 아스나가 재빨리 내 입에 검지를 척 세웠다. 머릿속 볼륨 조절 레버를 왼쪽으로 꾹 누르고 말을 이었다.

"부정행위를 한다고 해 봤자……, 싸우는 건 인간이 아닌 몬스터잖아. 부정행위를 할 만큼의 지능이 있기는 한 거야……?"

"코볼트나 쉬루맨 같은 거라면 있지 않을까?"

아스나의 지적에 나는 어깨를 으쓱했다.

"베타 시절의 설정 그대로라면 아인종 몬스터는 이 투기장에 출전하지 못하게 돼 있을 거야. 아마 너무 독한 설정이라고 생각해서 그런 거겠지만……."

"주간 타임에는 안 나왔어."

가볍게 고개를 끄덕인 아르고가 언제 준비한 건지 숏팬츠 주머니에서 꼬깃꼬깃 접은 양피지를 꺼냈다. 펼쳐 보니 티켓 카운터에서 배부하는 배당표였다.

"자, 여기에 제1시합의 대진표가 적혀 있어."

나는 양피지를 받아 들고 아스나와 머리를 맞대다시피 해서 들여다보았다. 아르고가 가리킨 위치에 카타카나로 적혀 있는 이름은 ≪바운시 슬레이터≫와 ≪러스티 리카온≫. 배당률은 전자가 1.64, 후자가 2.39.

"……어라? 이런 도박의 배당률은 손님이 어느 쪽에 얼마를 거는지에 따라서 결정되는 거 아냐?"

아스나가 어리둥절한 표정으로 중얼거렸다. 아스나의 지적은 타당했지만, 이 배당률표에는 한 가지 신기한 장치가 되어 있었다.

"숫자를 잘 봐."

내가 속삭이는 목소리로 대답한 순간, 양피지에 적혀 있던 검은 숫자가 살아있는 생물처럼 움직여서, 전자의 배당률이 1.62, 후자가 2.40으로 변했다.

"와, 변했잖아."

"……그런 거야. 키즈멜이 보면 '인간의 이상한 주문'이라고 하겠지."

내가 다크 엘프 기사의 이름을 언급하니, 아스나가 걱정스러운 듯 지그시 눈을 감았다. 하지만 이내 원래 표정으로 돌아와서 고개를 끄덕였다.

"알겠다, 현대의 배당률을 자동적으로 표시하는 장치인가 보구나. 즉……, 제1시합에서는 이 ≪바운시 슬레이터≫의 승리를 예상한 손님이 더 많았다는 거야?"

"꼭 그렇다는 보장은 없어. 배당률은 어디까지나 사람들이 건 금액에 따라 정해지니까, 소수의 손님이 목돈을 걸면 그쪽의 배당률이 하락하게 돼 있어."

"그렇구나……. 그나저나 리카온이 개랑 비슷한 녀석이라는 건 알겠는데, 바운시 슬레이터는 어떻게 생긴 몬스터지?"

그 질문에 대답한 것은 내가 아닌 아르고였다.

"바운시는 ≪통통 튀는≫, 슬레이터는 ≪쥐며느리≫야."

"쥐며느리……."

떨떠름한 표정을 숨기지 못하는 아스나를 대신해서 내가 물었다.

"아르고의 의뢰인은 쥐며느리와 리카온 중에 어느 쪽을 의심하고 있는 건데?"

"리카온."

"……그럼 의뢰 내용은 그 부정행위의 속임수를 밝혀내라는 거야?"

"정답."

정보상이 고개를 끄덕인 순간, 뒤쪽에서 꽈아아앙! 하는 징소리가 울려 퍼졌다. 이어서 활기찬 장내 아나운서의 목소리가 들려왔다.

"레이디스 앤 젠틀매——앤! 월룹타 그랜드 카지노의 자랑, 배틀 아레나에 오신 것을 환영합니다아—!"

고개를 돌려 보니, 케이지가 있는 플로어보다 한 단 높은 칸에 설치된 부스에서 흰 셔츠에 새빨간 나비넥타이를 맨 NPC가 스포트라이트를 받고 있었다. 물론 전등은 아니고 반사경과 대형 랜턴을 조합한 원시적인 물건이었지만, 무슨 주문이라도 걸려 있는 건지, 아니면 가상세계 특유의 반칙이라도 적용된 건지 충분하고도 남을 만큼 밝았다.

장내의 박수소리가 잠시 잦아들자, NPC는 마이크가 없음에도 장내 구석구석까지 쩌렁쩌렁하게 울려 퍼지는 목소리로 안내를 이어갔다.

"야간 타임 제1시합이 이제 곧 시작~됩니다! 티켓 구입은 5분 후에 마감되니, 서둘러 구입해 주십시오~!"

그 말을 듣고 몇 명의 손님들——그래 봤자 NPC지만——이 티켓 카운터 쪽으로 달려갔다. 다이닝바에 진 치고 있는 ALS와 DKB는 이미 티켓을 구입해 두었는지 움직이지 않았다.

"……저 녀석들, 주간 타임에서 딴 칩 천 개를 전부 다 걸었을까……."

반신반의하며 뇌까리자 아르고가 가볍게 어깨를 으쓱했다.

"걸지 않았을까? 오늘 밤 안에 천 개를 10만 개로 불리려면, 야간 타임 5시합 전부에 전액을 걸어야 될 테니까."

"으—음……."

손에 들고 있는 배당률표를 살펴보았다. 제1시합의 배율은 다시 조금 변경돼서 1.61:2.41. 제2, 제3, 제4, 제5시합도 높아 봤자 2, 3배 정도지만, 그래도 다섯 시합을 연속으로 맞히면 확실히 천 개를 10만 개로 불릴 수 있긴 하다.

하지만 그런 생각이 바로 함정이다. 나도 베타 시절에 바로 여기서 네 시합을 연속으로 맞혔다가, 한 번만 더 맞히면 최상급 경품을 받을 수 있는 상황에서…….

슬픈 기억을 떨쳐내기 위해 한숨을 한 번 내쉬고, 아르고를 향해 히죽 웃으며 말했다.

"부정행위 정보가 있는 줄 알았으면, 우리도 리카온 쪽에 베팅할 걸 그랬네."

"관두는 게 좋을걸. 퀘 진행 중에 몬배틀 티켓을 사면 퀘스트 실패가 뜬다고."

정보상은 황급히 고개를 가로젓더니 진지한 얼굴로 나와 아스나를 쳐다보았다.

"아마 이 퀘는 한 번 실패하면 다시는 받을 수 없을 거야. 그런데 나 혼자서는 부정행위의 수법을 밝혀낼 자신이 없어. 키리도령, 아스낭자, 부탁 좀 할게."

"응, 우리만 믿어!"

아스나가 시원시원하게 대답했기에 나도 "우, 우리만 믿어"라고 호응했다.

직후, 다시 한 번 징 소리가 울려 퍼졌고 홀이 한층 더 어두워졌다.

인력에 의해 움직이는 스포트라이트가 황금 철창을 비추었다. 우리를 비롯해서 장내에 있는 모든 이들이 말없이 케이지를 응시했다.

직사각형 모양의 케이지는 짧은 변이 4미터, 긴 변이 10미터쯤 되는 대형 사이즈인데, 세 면은 철책, 안쪽 벽과 바닥은 돌로 되어 있다. 천정도 금속판으로 막혀 있고, 케이지 중앙은 가변식 철책으로 막혀 있었다. 베타 시절에는 싸울 몬스터들이 우측 끝과 좌측 끝에서 리스폰되는 방식이라서 이건 좀 대충 만들었네……, 라고 생각했던 기억이 있는데 정식 서비스 때는 그 점도 개선된 모양이었다.

쿠쿠궁……하는 묵직한 소리와 함께 석벽 두 곳이 쑥 들어가는가 싶더니 이내 다시 위로 올라왔다. 동시에 나비넥타이 NPC의 멘트가 울려 퍼졌다.

"그럼! 배틀 아레나 야간 타임, 제1시합을 시작하겠습니다! 먼저 등장할 선수는……, 강철 갑옷을 두른 살인 벌레! 바운시 슬레이터어어어어——!"

왼쪽 낙하문에서 비척비척 기어 올라온 것은 아르고가 설명한 대로 쥐며느리——하지만 길이는 80센티미터 정도나 되어 보이고, 척 봐도 튼튼해 보이는 갑각은 파르스름한 금속성 광택을 띠고 있었다. 베타테스트 때 몇 번 싸워 본 적이 있었는데, 힘만 믿고 참격 무기로 갑각을 쪼개려고 들었다가는 순식간에 무기의 내구도가 닳아 버리는 만만치 않은 적이다.

"상대는……, 쇳덩이도 씹어 버리는 붉은 사신! 러스티 라키오오오온!"

오른쪽 낙하문에서 그르르르……하는 나직하고 위협적인 목소리가 울려 퍼졌다. 어둠속에서 걸어 나온 것은 검은 얼룩이 있는 자주색 털가죽으로 덮인 개 형태 몬스터였다. 리카온계는 울프계보다 체격이 퉁퉁하고 코도 짧지만, 그만큼 튼튼하고 이빨의 위력도 얕볼 수 없었다. 꼬리를 제외한 크기도 쥐며느리보다 한참 컸다.

두 몬스터의 머리 위에 컬러 커서가 나타났다. 색의 농도를 통해 강약을 판단하는 걸 막기 위해서인지, 몬스터의 일반적인 커서 색인 빨간색이 아니라 NPC와 같은 노란색이었다.

나는 쥐며느리 쪽으로 되돌리려던 시선을 리카온에 고정했다. 아르고가 받은 퀘스트 의뢰인의 말에 따르면, 이 러스티 리카온에는 모종의 부정행위가 심어져 있다고 했다.

쥐며느리와 리카온은 모두 7층 후반에 출현하는 몬스터인데, 베타 시절에 나를 더 애먹였던 건 쥐며느리 쪽이었다. 리카온도 결코 쉬운 상대는 아니었지만, 이 녀석이 위협적이었던 건 항상 2, 3마리씩 집단으로 출현하기 때문이었는데, 한 마리씩 분리시켜 놓고 처리하면 효율적으로 사냥할 수 있었다. 장내 아나운서 NPC는 '쇳덩이도 씹어버린다'고 했지만, 그건 약간 과장된 느낌이 있었다.

실제 배당률도 라키온 쪽이 더 높으니, 이 투기장에 있는 입장객들은 쥐며느리 쪽에 더 큰 금액을 걸었다는 뜻이 된다. 그러니 역배당인 리카온 쪽에 돈을 걸고, 부정행위를 해서 확실하게 승리하도록 하면 한 몫 벌 수 있다는 얘기다. 문제는 이렇게 많은 사람들이 지켜보는 몬스터 배틀에서 어떤 부정행위로 리카온이 이기게 만드는가 하는 점인데…….

"……겉보기에는 딱히 특별한 건 없는 것 같네……. 철제 의치나 인공 손톱이라도 달고 온 줄 알았는데……."

"그런 걸 달면 단번에 들키잖아."

아스나는 내 코멘트를 매정하게 부정하더니 이어서 중얼거렸다.

"나는 흥분제 같은 걸 먹인 게 아닐까 했는데, 애초에 저 몬스터를 보는 게 이번이 처음이라 어떻게 판단할 수가 없네.

키리토 군은 알 수 있겠어?"

"으—음……. 비정상적으로 흥분한 느낌도 아닌데. 애초에 그런 약을 쓰면 HP바에 아이콘이 나오지 않나? 버프에 해당하는지 디버프에 해당하는지는 모르겠지만."

"아, 그랬지."

아스나가 고개를 끄덕인 직후, 나비넥타이의 목소리가 드높게 울려 퍼졌다.

"강철 살인 벌레가 짓부술 것인가! 붉은 사신이 씹어버릴 것인가! 제1시합……, 시작합니다아아아아!"

꽈아아아앙! 하는 징소리가 울려 퍼졌고, 케이지 중앙의 철책이 바닥 밑으로 들어갔다. 쥐며느리의 길쭉한 겹눈과 리카온의 빨간 두 눈이 매섭게 번뜩였다.

"너희 둘만 믿을게."

속닥거리는 아르고의 목소리가 몬스터들의 포효와 손님들의 환호성에 파묻혔다.

"샤아아아아악!" 하고 쥐며느리가 포효하고,

"캬오오오오오!" 하고 리카온이 울부짖었다. 양측이 동시에 돌진……이라고 해 봤자 쥐며느리는 턱을 크게 벌린 채 7쌍의 다리를 꿈틀꿈틀 움직여서 똑바로 나아가는 게 고작인 데 비해서, 리카온은 세 달음 만에 케이지 우측으로 넘어가서 적의 뒤를 장악하려 들었다.

쥐며느리도 방향전환을 시도했지만 아무래도 움직임이 더뎠다. 꼬리 뒤쪽을 장악한 리카온이 주저 없이 달려들어서 쥐며느리의 다리 하나를 물어뜯었다.

"그르윽!"

사지를 바닥에 힘껏 딛고 버텨 서서 고개를 거세게 흔들어 대자, 다리가 뿌리부터 찢겨 나가서 피 대신 새빨간 대미지 이펙트가 흩날렸다.

"슈우우욱!"

쥐며느리가 노성인지 비명인지 알 수 없는 목소리로 울부짖었다. HP 게이지가 7퍼센트쯤 깎여 나갔다. 장내의 관객들 사이에서도 환희와 비탄의 함성이 소용돌이쳤다.

내 머릿속에는 그러고 보니 린드와 키바오 일행은 어느 쪽에 칩을 걸었을까, 하는 의문이 뒤늦게 떠올랐다. 그들의 반응을 보면 알 수 있겠지만, 그렇다고 지금 케이지 안에서 시선을 뗄 수는 없는 노릇이었다.

첫 충돌에서는 리카온이 이겼지만, 그 과정에서 부정행위가 있었던 것 같지는 않았다. 민첩성 면에서는 리카온이 압도적으로 앞서니까, 쥐며느리가 우직하게 쫓아다니기만 한다면 계속 꼬리를 잡혀 공략당할 게 뻔하다.

다시 리카온이 공격을 퍼부어서 또 하나의 다리를 뽑아버렸다. 대미지가 15퍼센트까지 확대되고, 중계석의 NPC가 호들갑을 떨었다.

"붉은 사신의 연속공격—! 벌레는 결국 벌레일 뿐이었던 것인가—!!"

그 말을 이해하기라도 한 듯 다시 멀찍이 물러선 리카온이 나지막이 울었다.

"그르르르……."

그 입에서 뜯겨 나간 쥐며느리의 다리가 파란 빛가루로 변해 흩어졌다.

이제 남은 다리는 12개. 만약 다리를 다 잃으면 쥐며느리는 움쭉달싹 못 하는 신세가 된다……. 아니, 그 이전에 HP가 다 닳아 버린다. 똑같은 전개가 계속 되풀이되면 그렇게 될 가능성도 있겠지만, 이대로 맥없이 우왕좌왕하다가 끝날 몬스터였다면 내가 베타 시절에 그렇게 애를 먹을 일도 없었을 것이다.

"슈우……."

나지막하게 뇌까린 쥐며느리가 별안간 몸을 둥글게 말았다.

머리도 더듬이도 남은 다리도 검게 번쩍이는 갑각에 싸여 보이지 않게 되었다. 직경 40센티미터쯤 되는 새까만 공으로 변한 적을 리카온은 경계심 가득한 눈으로 쏘아보았다. 4, 5초 정도 정적이 흐르고, 답답해진 한 관객이 "몰아붙여, 멍멍이!"라고 소리친 바로 그 순간.

리카온이 아닌 쥐며느리가 움직였다. 그렇다고 공 모양에서 원래 모습으로 돌아온 건 아니고, 둥글게 만 몸을 고무공처럼 푹 찌그러들었다가, 펑! 하는 폭발적인 소리와 함께 공중으로 튀어 오른 것이다.

어마어마한 속도로 자기 자신을 발사시킨 쥐며느리는 우선 천장에 격돌해서 불꽃을 흩뿌리며 튕겨 나왔다. 이어서 입체 핀볼처럼 철창, 바닥, 다시 철창에 부딪치고 튕겨 나와서는 리카온의 옆구리에 격돌했다.

"캬옹!"

리카온은 누가 들어도 비명으로 들리는 소리를 내지르며 나가떨어졌다. 철창에 부딪쳐서 낙하한 리카온은 이내 다시 일어서긴 했지만, HP게이지는 단 한 번의 일격에 3할 가까이 깎여나가 있었다.

이 고속 바운드가 바로 쥐며느리의 유일하고도 가장 강력한 공격이며, 몬스터의 고유명이 ≪바운시 슬레이터≫인 이유였다. 전장이 넓은 평원이라면 직선적인 돌격만 피하면 그만이지만, 숲속에서는 나무들에 반사되는 면공격이 되며, 던전 내에서는 바닥과 천장에도 튕겨 나오는 입체공격으로 변한다. 회피 요령을 익힐 때까지는 나도 옆에서 위에서 뒤에서 정신없이 얻어맞기만 했었다.

"드디어 나왔습니다아아아아! 슬레이터의 필살기이이! 사신 리카온도 이 공격에는 속수무책인 것인가아아아!"

나비넥타이의 중계가 노도와도 같은 환호성에 덮여버렸다.

다시 쥐며느리의 몸이 찌그러졌고, 리카온도 상체를 낮추어 회피를 준비했다.

퍼엉! 하고 튕겨나간 쥐며느리가 이번에는 뒤쪽의 석벽과 충돌하고 튕겨 나와서 리카온의 옆구리를 향해 덮쳐들었다. 리카온은 펄쩍 뛰어 그 첫 공격을 회피했다. 그러나 다시 철책과 바닥과 충돌하고 튀어나온 쥐며느리는 아직 공중에 있던 리카온의 몸에 격돌했다.

사정없이 나가떨어져서 천장에 부딪치고 추락한 리카온의 HP가 4할 이하로 떨어져서 HP바가 노란색으로 변했다.

"……뭐야, 부정행위를 하고 있기는 한 거야?"

나도 모르게 그렇게 중얼거렸지만, 아르고와 아스나는 대답이 없었다. 아직 아무것도 찾아내지 못한 것이리라.

비틀거리며 일어선 리카온에게로 관객들의 격려가 날아들었지만 그리 많지는 않았다. 역시 관객들의 태반은 쥐며느리 쪽에 돈을 건 모양이었다.

한 번만 더 바운드 공격을 얻어맞으면 리카온의 HP는 아마 0이 될 것이다. 그리고 이 비좁은 케이지 안에서 상하좌우로 고속 반사하는 3차원 공격을 피해 없이 회피할 방법은 없어 보였다.

쥐며느리의 몸이 다시 찌부러졌다.

파열음과 함께 검은 구체가 대각선 위쪽으로 발사되었다. 깡깡깡! 하고 천장과 바닥에 번갈아 튕겨서 반사되더니 만신창이 상태인 리카온에게로 닥쳐들었다.

이제 승부가 난 건가……, 하고 내가 예상한 바로 그 순간.

"크롸아아아아아아!!"

지금까지 들은 것 중에서 가장 사나운 목소리로 울부짖은 리카온이 쥐며느리를 향해 도약했다. 칼날마저 튕겨내는 단단한 딱지를 단순한 몸통 박치기 정도로 튕겨내는 건 불가능한 일이다. 이번에도 나가떨어져서 승부는 끝──.

별안간 리카온이 몸의 중심선을 축으로 해서 맹렬하게 회전하기 시작했다. 입을 한껏 벌린 채 물리법칙을 뛰어넘은 속도로 스핀했다. 빨간 드릴이 되어 돌진하는 리카온과 포탄으로 변한 쥐며느리가 공중에서 격돌했다.

귀를 찢어발길 듯한 금속성 충돌음이 메아리 치고, 접촉점에서 막대한 양의 불꽃이 튀었다. 양측은 한동안 공중에서 힘 싸움을 벌이다가, 이윽고 한쪽의 HP 게이지가 급격하게 깎여 나가기 시작했다. 서로 밀착하고 있는 상태라 어느 쪽의 HP가 깎여나가는 건지 좀처럼 판별하기 힘들었다.

돈을 걸지 않은 나조차도 숨 턱 막힐 만큼 긴장감 가득한 몇 초의 시간이 흐르고……, 와그작! 하는 파열함과 함께 대량의 파편이 흩날렸다. 그 파편들을 뚫고 비상해서 케이지 한쪽에 착지한 것은 빨간 털가죽으로 덮인 리카온이었다.

몇 초 동안의 정적을 깬 것은 요란하게 울려 퍼지는 징 소리였다. 대량의 노성과 욕설과 환호성이 터져 나오고, 드넓은 아레나가 쿵쿵 울렸다.

"이럴 수가아아아아! 대, 대, 대애애애애역전! 승자는 붉은 사신, 러스티 리카온이었습니다아아아아아아아!"

나비넥타이의 절규가 울려 퍼지는 가운데, 아르고의 나지막한 목소리가 가까스로 귀에 들어왔다.

"이게 뭐야, 러스티 리카온이 저런 특수 공격을 할 줄 알았었나……?"

"베타 시절에는 한 번도 못 봤는데……."

나도 그렇게 대답하고 덧붙였다.

"하지만 정식 서비스가 시작되고 나서 공격 패턴이 추가된 몬스터도 적지 않으니까, 저 녀석도 그런 부류일지도 모르잖아."

"정말 그렇다면 여기서 본 게 다행인 셈이네. 아무리 블래키 선생이라도 저런 대형 공격을 처음 보고도 완벽하게 대처하기는 힘들 테니까."

왜 나 가지고 그래, 하고 따지고 싶었지만, 사실 맞는 말이었다. 개 형태 몬스터가 고속 스핀 공격을 하는 건 상상의 범주를 완전히 벗어나는 일이었고, 가까스로 가드에 성공해 낸다 해도 저 정도 위력이면 검이 박살 나버렸을지도 모른다.

도박꾼들도 이 전개는 예상하지 못했던 모양이다. 입석에 있던 질 나쁜 NPC들은 저마다 욕지거리를 퍼부어대고, 뒤쪽의 좌석에서도 낙담 어린 탄식이 들려왔다.

또 한 번 징소리가 울려 퍼지더니 케이지 오른쪽의 낙하문이 열렸다. 승리한 리카온은 약간 발을 절며 어둠속으로 사라졌다. 나비넥타이의 목소리가 드높이 울려 퍼졌다.

"제1시합이 끝났습니다! 여러분, 멋진 승리를 거둔 러스티 리카온에게 우렁찬 박수를!"

그 말을 들은 손님들이 손뼉을 치긴 했지만, 패한 쪽에 건 사람이 더 많은 모양인지 그 손뼉에서는 열기를 찾아볼 수 없었다. 그러나 나비넥타이는 개의치 않고 신나게 중계를 이어갔다.

"감사합니다! 제2시합은 10분 뒤, 9시 20분부터 시작됩니다! 티켓은 지금도 구입하실 수 있으니, 더 큰 대박을 노리시는 분도, 잃은 돈을 만회하고자 하시는 분도, 여러분의 많은 참여 바랍니다아아아!"

중계석을 비추던 스포트라이트가 꺼져서 장내가 약간 밝아졌다. 한결 누그러진 분위기 속에서 관객들이 출구며 좌우의 다이닝바로 이동하기 시작했다.

그러고 보니 우리 동료들의 올인 베팅은 어떻게 된 걸

까……, 하는 생각이 들어서 DKB 멤버들이 앉아있는 테이블 쪽으로 시선을 옮겼다. 그러자 린드와 시봐타, 하프너 일행이 목이 긴 유리잔을 드높이 치켜들고 있는 모습이 보였다. 보아하니 배당률 2.41배인 러스티 리카온에게 돈을 걸어서 멋지게 대박을 친 모양이었다.

몸을 돌려서 ALS가 있는 다이닝바 쪽으로 눈길을 돌렸다. 그 순간, 내 입에서 "말도 안 돼……"라는 신음이 흘러나왔다. 키바오 패거리도 웃음 가득한 얼굴로 맥주잔을 쨍쨍 부딪치며 건배를 하고 있는 것 아닌가. 돈을 잃은 분풀이를 하는 것 같지는 않았다.

다시 몸을 돌려서 아직 케이지를 응시하고 있는 두 사람에게도 얘기해 주었다.

"린키바 둘 다 돈을 땄나 봐."

"으엑, 진짜?"

이쪽을 돌아본 아르고가 나와 같은 감상을 피력했다.

"적어도 두 쪽 중에 한쪽은 나가떨어질 줄 알았는데. 이제 양쪽 다 칩 2400개를 넘게 된 셈이네……. 이제 어쩔 거야? 진짜 10만 개를 벌어서 두 쪽 다 번쩍번쩍 소드를 손에 넣을지도 모르잖아. 그게 두 개가 있다면 말이지만."

"어, 어쩌긴 뭘 어째? 공략 속도가 빨라지기만 한다면 나야 대환영이지."

그렇게 우등생 같은 대답을 늘어놓긴 했지만, 아주 조금은……, 작은술 반 스푼 정도의 부러움을 느꼈다는 건 부정할 수 없었다. 역시 나는 데스 게임 SAO에 갇힌 피해자인 동시에 뼛속까지 온라인 게이머인 것이다.

공략 집단의 기반을 닦은 ≪기사≫ 디어벨이 아르고에게 중개를 의뢰해 가면서까지 내 옛 애검 애닐 블레이드를 구입하려 했던 것도, 그리고 1층 플로어보스 막타 보너스를 차지하기 위해 무모한 돌격을 감행했던 것도, 레벨 면에서나 장비 면에서 다른 플레이어들에게 많이 따라잡힌 지금은 충분히 이해가 갔다. 아니, 그건 오만한 생각이리라. 왜냐하면 디어벨은 아인크라드에 갇힌 사람들을 구하겠다는 진심 어린 신념을 갖고 있었지만, 나는 결국 자신이 강해지는 것 말고는 관심이 없는 놈이니까.

나답지 않게 그런 반성을 하고 있는데, 말없이 케이지를 응시하고 있던 아스나가 이쪽을 돌아보고 말했다.

"아까 리카온이 한 특수공격은 부정행위가 아니었겠지?"

특유의 초능력으로 내 자학적 생각을 감지해 낸 건 아닌 것 같았기에 나는 황급히 고개를 끄덕였다.

"으, 응. 그게 부정행위면 쥐며느리의 바운드 공격도 부정행위일 테니까."

"그러니까 말이지……. 미안해, 아르고. 아쉽지만 나는 저 리카온이 어떤 부정행위를 했는지 못 알아냈어."

그 말을 들은 아르고가, 가볍게 고개를 가로저었다.

"아니아니, 아스낭자가 사과할 필요는 없어. 나도 전혀 몰랐으니까……. 키리도령은 뭐 좀 알아냈어?"

얘기가 내 쪽으로 돌아왔다. 나는 아르고처럼 양손을 슬쩍 들어 보이며 말했다.

"나도 전혀 모르겠어. 리카온이 쥐며느리의 반사공격을 정통으로 얻어맞고 철창에 격돌했을 때, 이제 죽는 거 아닌가 하는 생각까지 했을 정도니까……. 퀘스트 로그에 뭐 갱신된 내용은 없어?"

"어디 보자……."

몸을 숙여서 윈도우를 열어 본 아르고가 다시 고개를 가로저었다.

"아니, 아까 그대로야. ≪배틀 아레나 야간 타임 제1시합 때, 리카온에게 설치된 부정행위를 파헤쳐라≫라는 내용밖에 없어."

"힌트도 없다는 건가. 하지만 퀘스트 실패로 나오지도 않았다는 거지……."

그렇게 중얼거리면서, 아까 리카온이 황금 케이지에 부딪쳤던 부분을 별 생각 없이 쳐다보았다. 설마 순금은 아니겠지만, 그렇게 거센 충격을 받았는데도 철창에는 조금의 찌그러짐도 없었다. 아마 건물 본체와 마찬가지로 파괴 불능 오브젝트로 취급하는 것이리라. 그렇지 않으면, 상급 몬스터가 마구 날뛰어서 케이지를 부수고 객석에 난입할 가능성도 있을 테니까.

만일 그런 사태가 벌어진다 해도, 여기는 범죄 방지 코드가 적용된 권내이니 플레이어의 HP가 줄어드는 일은 없겠지만, NPC 관객들은 어떻게 될까. 그 이전에, 애초에 배틀을 벌이는 몬스터들은 무슨 수로 권내로 데려오는 걸까…….

그런 두서없는 생각을 하면서, 황금 케이지를 멍하니 쳐다보던, 그 때.

"……응?"

나는 무언가를 발견하고 미간을 찌푸렸다.

번쩍번쩍하게 닦인 철창 몇 개에 붉은 얼룩 같은 무언가가 미세하게 묻어 있었다. 리카온이 격돌한 바로 그 위치였다.

뭐, 그렇게 거세게 부딪쳤으니까 피 좀 나는 것쯤은 당연하겠지……, 라고 순간적으로 생각했지만, 애초에 SAO에는 출혈 묘사 자체가 존재하지 않는다. 게다가 지금까지 전투 후에 혈흔 같은 걸 본 기억도 없었다. 6층에서 했던 ≪스타키온의 저주≫ 퀘스트의 경우, 선대 영주 파이사구르스가 그 제자 사이론에게 맞아 죽었을 때 범행 도구로 쓰인 황금 큐브에 피 묻은 증서가 붙어 있었다는 내용이 있었지만, 그건 어디까지나 설정상 그렇다는 거고…….

"……아."

나는 다시 작게 목소리를 흘리며 자신의 몸을 내려다보았다. 방어구를 해제해서 검은 셔츠와 검은 바지 차림에 쇼트 소드 한 자루만 장착한 상태이며, 주머니에도 아무것도 안 들어있었다.

"저기 말야, 버려도 상관없는 손수건 같은 거 없어? 가능하면 흰색으로."

파티 멤버 가시 모드로 되어 있는 퀘스트 로그를 들여다보고 있던 아스나와 아르고에게 물으니, 두 사람은 동시에 나를 쳐다보았다. 아르고는 안타깝다는 표정만 지어 보일 뿐이었지만 아스나는 황당하다는 듯 말했다.

"키리토 군, 손수건 정도는 갖고 다녀야지."

"펴, 평소에는 벨트 파우치에 넣고 다녀……. 하지만 그건 흰색이 아니라서 말야."

"이거면 돼?"

아스나가 미니 원피스의 커다란 앞주머니에서 꺼낸 것은 그야말로 순백색 손수건이었다.

"돌려줄 수는 없을 것 같은데, 괜찮아?"

"괜찮아. 재봉 스킬로 얼마든지 만들 수 있으니까."

나는 그런 아스나의 대답을 끝까지 듣지도 않고, 재빨리 손수건을 낚아채서 왼쪽으로 2미터쯤 이동했다. 주위를 둘러보며 키바오 패거리도 린드 패거리도 NPC 관객들도 이쪽을 쳐다보지 않다는 걸 확인하고, 오른손에 들고 있던 손수건으로 창살에 묻은 빨간 얼룩을 꾹꾹 문질렀다.

충분히 닦아낸 뒤에 창살에서 떨어진 나는 손수건을 펼쳐서 응시해 보았다. 마른 핏자국 치고는 너무 빨간 것 같다는 생각도 들었지만……, 가상세계이니 뭐라 확신할 수는 없었다.

"키리도령, 그거, 리카온의 피야?"

"그냥 창살을 닦는 거면 걸레 조각으로 해도 되는 거 아냐?"

여성 플레이어들의 떨떠름한 코멘트에 굴하지 않고, 나는 빨간 얼룩을 코에 갖다 대서 냄새를 맡아 보았다. 피 특유의 금속성 냄새는 전혀 느껴지지 않았다. 그 대신 아주 미세하게나마 꽃향기 같은 달콤한 향기가 느껴졌다. 그게 리카온의 피 특유의 냄새는 아닐 테고, 아마도…….

"이건 피가 아냐."

조그맣게 말하자 아르고와 아스나가 어리둥절한 표정으로 되물었다.

"피가 아니면 뭔데?"

"아마 염료 같은 거 아닐까……."

"염료? 그런 게 왜."

거기까지 말하다가 아르고는 시선을 왼쪽으로 옮겼다. 내 등 뒤가 아니라, 시야에 표시된 메시지를 보는 것이었다.

"……퀘스트 로그가 갱신됐어."

"어? 어떻게 바뀌었는데?"

아스나가 아르고 쪽으로 몸을 붙이자, 아르고는 열려 있는 윈도우를 가리켰다. 나도 재빨리 그쪽으로 가서 아스나의 어깨 너머로 윈도우를 들여다보았다.

갱신된 로그는 【리카온에 장치된 부정행위를 밝혀냈다. 의뢰인에게 보고하자】라는 내용이었다. 부정행위를 밝혀낸 듯한 아르고가 히죽 웃으며 오른쪽 주먹을 내밀었기에 나도 가볍게 주먹을 툭 마주쳐서 화답했으나, 아스나는 아직 이해가 가지 않은 듯 고개를 갸우뚱거렸다.

"염료가 부정의 증거라는 거야? 대체 왜……, 아!"

아마 아스나도 내가 해답을 알려주기 전에 스스로 진상을 파악한 모양이었다. 하지만 여기서 떠들었다가 다른 사람들이 듣기라도 하면 일이 복잡하게 꼬인다. 나는 검지로 "쉿" 하는 제스처를 취한 뒤 아르고에게 속삭였다.

"의뢰인은 이 근처에 있어?"

"3층의 호텔에 있어."

“어, 거기는 VIP 전용 호텔 아냐? 너, 통행증을 갖고 있는 거야?”

“의뢰인이 1일 통행권 같은 걸 줬거든. 걱정 마. 일행도 같이 들어갈 수 있을 거야……. 아마도.”

말끝이 약간 불안했지만 어차피 이미 시작한 일이니 어쩔 수 없다. 제2시합을 관전할 수 없게 되는 건 아쉽지만, 어차피 돈을 건 것도 아니다.

“좋아, 가자.”

“가는 건 좋지만 품위 있게 굴어야 돼, 키리도령.”

아르고는 나한테만 그렇게 말하고 빙글 돌아 발걸음을 돌렸다. 그 뒤를 따라가면서 슬쩍 옆을 쳐다보니, 아스나는 웃음을 애써 참는 듯 뺨에 힘을 꾹 주고 있었다.

6

ALS와 DKB 패거리의 눈에 띄지 않도록 목을 움츠린 채 인파 속에 숨어들어 아레나를 탈출한 우리는 일제히 안도의 한숨을 휴 내쉬었다. 어쩌면 이미 우리의 존재를 알아챘을지도 모르지만, 녀석들도 지금은 우리에게 신경 쓰고 있을 상황이 아닐 것이다. 제2시합의 배당률 까지는 확인해 두었는데, 현 시점에서 2.07배와 2.75배. 이번에도 린드 등이 배당률 높은 몬스터에게 걸어서 승리하면 칩은 6600개에 달하게 된다.

애초에 그 녀석들은 어떻게 배당률 높은=승률 낮은 리카온에게 거는 결단을 했던 걸까. 단순히 역배당에 건 걸까, 아니면 모종의 비밀 정보를 얻은 걸까……?

그렇게 생각한 나는 1층 홀로 올라가는 계단을 종종걸음으로 걸어 아르고를 따라잡고 속닥거리며 물었다.

"저기 말야, 린키바도 너와 같은 퀘스트를 받았을 가능성은 없어?"

"에엥? ……아아, 그 녀석들이 러스티 리카온한테 돈을 걸었으니까?"

곧바로 내 생각을 알아챈 정보상은 잠시 고개를 갸웃거렸다가 말했다.

"으—음, 그랬을 가능성도 0은 아니겠지만, 아마 아닐 거야. 이 퀘는 베타테스트 때는 없었던 거고, 개시 시점을 찾아내기도 무지 어려우니까……. ALS와 DKS 양쪽 모두가 월릅타에 도착하자마자 발견할 가능성은 없을 것 같아."

거기서 잠시 쉬었다가 다시 말을 이었다.

"애초에 퀘를 통해 부정행위 정보를 얻을 수 있는 건 아까 그 시합뿐이니까, 린키바 패거리가 주간 타임에서도 연승을 거둔 이유는 설명이 안 되잖아?"

"아……, 아아, 그렇구나……."

아르고의 설명은 충분히 납득이 갔지만, 결국 ALS와 DKB가 대박을 친 이유는 끝내 알 수 없었다. 등장하는 몬스터 대부분이 처음 보는 종류이니, 지식과 경험을 통해 돈을 딴 것도 아닐 것이다. 설마 단순히 린드와 키바오의 현실 행운치가 높기 때문일까. 그들이 정말 그렇게 10연승을 거두고 ≪소드 오브 윌룹타≫를 차지하기라도 한다면, 나는 스스로의 플레이스타일을 재검토하고 싶어질 것 같다.

나는 한 번 크게 심호흡을 한 뒤, 다시 부정적인 방향으로 흐르던 생각을 리셋했다. 아무래도 이 도시에 온 뒤로 마음이 좀 들뜬 모양이다. 베타 시절에 나를 애태우게 만들었던 도박의 열기가 아직 완전히 식지 않은 건지도 모르지만, 이제 나는 기댈 곳 없는 솔로 플레이어가 아니다. 제1플로어에서 "파트너를 맺지 않겠는가" 하고 아스나에게 먼저 얘기한 건 나였으니, 그녀가 다음 스테이지로 나아갈 때까지 파트너의 역할을 다해야 할 책임이 있다.

그런 생각을 하면서 슬쩍 오른쪽을 쳐다보니, 당사자인 세검전사도 뭔가 생각에 잠긴 듯 바닥의 빨간 융단을 내려다보고 있었다. 애석하게도 내 대인 커뮤니케이션 스킬만 가지고는 아스나가 무슨 생각을 하고 있는지 추측하기 힘들었다. 직설적으로 물어보면 얘기해 줄 것 같기는 하지만, 중2 남학생에게는 그런 질문조차 버거웠다.

어영부영하는 사이에 우리는 계단을 올라 1층 홀에 도착했다. 한복판에 있는 여신상을 우회해서 반대편으로 가니, 검은 옷 NPC와 하얀 로프로 막혀 있는 2층 계단이 보였다.

샌들을 쩍쩍 끌며 나아간 아르고가, 아마 싸우면 위병 NPC 못지않게 강할 우락부락한 검은 옷 NPC에게 다가가더니 어느 틈엔가 오브젝트화한 회색 금속 플레이트를 들어 보이며 말했다.

"나와 일행 두 명, 들어가도 돼?"

그러자 검은 옷 NPC가 말없이 로프 한쪽을 기둥에서 떼고, 멍하게 고개를 숙였다. 아르고가 그 앞을 태연하게 통과했고, 나와 아스나도 그 뒤를 따랐다.

등 뒤에서 검은 옷 NPC가 다시 로프를 기둥에 거는 소리를 들으며 계단을 올라 2층으로 향했다. 아르고는 VIP 전용 고급 플레이룸에는 눈길도 주지 않고 빨간 융단이 깔린 홀을 가로질러 한 층 더 위로 향했다.

3층 홀도 아래층과 같은 팔각형 형태였지만, 조명은 상당히 어둠침침했다. 융단은 빨려들 것만 같은 검정색이다. 4층도 분명 있으련만 위로 가는 계단은 찾아볼 수 없고, 홀 중앙에는 새 머리를 가진 승려 같은 석상이 들어앉아 있었다.

"……왜 하필 새지?"

내가 석상을 올려다보며 중얼거리자, 아스나도 고개를 갸웃거리며 말했다.

"가톨릭교 사제들이 쓰는 사제관은 물고기의 머리를 본떠서 만들었다는 얘기를 들은 적이 있지만……, 이건 상관없을 것 같아."

"얼굴이 좀 징그럽게 생기기도 했고 말야."

"4층에 나왔던 반어인들과도 좀 다른 느낌이야."

우리가 그런 얘기를 주고받는 동안, 아르고는 안쪽에 있는 중후한 모양의 카운터로 다가가서 여성 NPC에게 다시 플레이트를 보여주었다. 그리고 곧바로 이쪽을 돌아보며 우리를 손짓해 불렀다.

서둘러 그쪽으로 다가가니, 아르고가 건물 안쪽으로 뻗어 있는 복도를 타박타박 걷기 시작했다. 2층에서 연주되고 있던 현악 소리는 어느덧 완전히 사라졌다. 우리는 너무 조용해서 오히려 귀가 따가울 정도인 복도를 한동안 걷다가 막다른 곳에서 왼쪽으로 꺾고, 잠시 후 다시 오른쪽으로 꺾고, 한참을 더 걸은 끝에 어느 문 앞에 멈춰 섰다.

"17호실……, 여기 맞지?"

확인하듯 중얼거린 아르고는 반질반질 윤이 나는 검은색 문을 크게 두 번 노크했다.

몇 초 후, 안에서 조그만 목소리가 들려왔다.

"누구신지?"

"아르고야. 그리고 일행……이 아니라 조수 두 명도."

잠깐의 침묵 끝에 딸칵 하는 우아한 소리와 함께 문이 열렸다. 천천히 열리는 문 안쪽은 복도보다도 더 어두웠다.

무장을 재장착해야 할까, 하다못해 검 정도는 장비해 두는 게 좋지 않을까……. 순간적으로 그런 생각이 들었지만, 아르고가 경계하는 기색도 없이 안으로 들어갔기에 하는 수 없이 그 뒤를 따랐다. 일단 왼쪽 허리춤에 쇼트 소드가 있긴 하니, 여차하면 아스나가 완전무장할 때까지 시간을 버는 정도는 가능할 것이다.

문 안으로 들어가 보니 그곳은 앰버문 인의 플라티나 스위트룸이 순간 초라하게 보일 정도로 넓고 호화로운 방이었다. 조명은 희미한 램프가 전부였지만 남쪽으로 열린 거대한 창문을 통해 파르스름한 달빛이 쏟아지고 있었다. 그 앞에는 다섯 명쯤은 넉넉하게 앉을 수 있을 법한 소파가 있었는데, 지금 앉아 있는 사람은 한 명뿐이었다.

실루엣밖에 보이지 않았지만 몸집이 상당히 아담해 보였다. 시선을 집중해서 응시해 보니 NPC의 노란 컬러 커서가 나타났다. HP바 밑에는【Nirrnir】라는 이름이 적혀 있는데, 어떻게 읽어야 할지 확신이 서지 않았다. 머리 위에는 퀘스트 진행 중임을 나타내는【?】입체 마크가 떠 있었다.

니르르니……니니르……리어나이어……? 그렇게 머릿속으로 이런저런 독음법을 조합해 보고 있는데, 바로 왼쪽에서 여자 목소리가 들렸다.

"허리에 차신 무기는 잠시 맡아 두겠습니다."

"흐익?!"

반사적으로 펄쩍 뛰어 회피했다가 오른쪽에 서 있던 아스나와 부딪치고 말았다.

"뭐야! 좀 조심해."

볼멘소리를 늘어놓으면서도 등을 떠받쳐 준 파트너에게 "미안"이라고 속삭인 나는 새삼 왼쪽의 어둠 속을 주시했다.

문 옆에 조용히 서 있는 것은 검은 드레스과 하얀 에이프런을 입은 메이드……인 줄 알았는데, 가슴에는 번쩍거리는 검정 브레스트 아머를 장착하고 있으며 스커트는 선형으로 덧댄 화살촉 모양 금속판으로 보강되어 있었다. 장갑과 부츠에도 장갑판이 달려 있었고 왼쪽 허리에는 레이피어가……. 아니, 이건 칼날이 없는 찌르기 특화형 검, 에스터크인가.

전투 메이드는 일본의 애니메이션이나 게임에서는 주류 설정이라고 해도 과언이 아니지만, 아인크라드에서 보는 건 처음인 것 같았다. 컬러 커서는 소파에 있는 사람과 같은 노란색. 이름은【Kio】──이건 '키오' 이외의 독음법은 없다.

내가 넋 나간 얼굴로 쳐다보고 있으려니, 메이드는 단정하게 가르마를 탄 앞머리 아래로 보이는 날카로운 눈으로 나를 매섭게 쏘아보고는 거듭 말했다.

"허리에 차신 무기를."

"아……, 아, 네."

무기가 없어지는 건 불안했지만 체술 스킬도 있긴 있으니까. 그렇게 스스로를 설득하면서 왼쪽 허리춤에 차고 있던 쇼트 소드를 칼집째로 풀었다. 풀어낸 검을 내밀기가 무섭게 메이드가 그것을 낚아채더니 쇼트 소드를 반쯤 뽑아서 칼날을 검사했다.

"……평범한 검이군."

나도 모르게 "오리할콘이 아니라 죄송합니다"라는 말이 목구멍까지 튀어나왔지만, 어차피 못 알아들을 것 같았기에 꾹 참았다. 메이드는 쇼트 소드를 근처의 선반에 걸어 놓고, 한 반짝 물러서서 말했다.

"니르니르 님께 실례를 범하지 않도록 유의하시길."

보아하니 Nirrnir는 니르니르라고 읽는 모양이었다. 이름 참 재미있네, 하는 감상도 입 밖으로 꺼내지 않는 게 좋겠지.

키오라는 전투 메이드의 허가가 떨어지기가 무섭게, 바로 앞에 멈춰 섰던 아르고가 방 안쪽으로 걸어갔다. 나와 아스나도 그 뒤를 따랐다.

엄청나게 푹신한 카펫을 밟으며 대형 소파로 다가간 후에야 니르니르 님의 모습을 제대로 볼 수 있었다. 여러 겹으로 쌓은 쿠션에 칠칠치 못하게 기대어 앉은 그 모습은 아담하게 느껴지는 게 당연한 일이었다――외모만 보면 12살 정도 되는 여자아이였던 것이다.

튈(tulle)인지 오건디(organdy)인지는 잘 모르겠지만, 반투명한 천이 여러 겹으로 겹쳐진 검은 서머드레스를 입고 있었다. 옷 밖으로 드러난 팔다리가 무척 희고 물결치는 금발이 너무나도 어여뻐서, 처음 봤을 때는 인형인 줄 알았을 정도였다.

그 금발이 사뿐히 움직였고, 앳됨과 요염함이 공존하는 미모를 파르스름한 달빛이 비추었다. 빨간 입술에서 약간 혀 짧은 목소리가 흘러나왔다.

"아르고, 어서 와. 조수를 구한 거야?"

"그래, 전부터 알던 사이야. 너희들도 니르 님에게 인사해."

그렇게 대답하는 아르고의 모습은 평소 모습 그대로여서, 어떤 태도를 취해야 좋을지 몰라 머뭇거렸다. 그러자 아스나가 한 발짝 앞으로 나서서는 영화 속에서나 보았던 인사를 건넸다. 양손으로 원피스 자락을 사뿐히 들어 올리고, 오른발을 뒤로 빼는 동시에 오른쪽 무릎을 굽히며 이름을 댔다.

“만나 뵙게 되어 영광입니다, 니르니르 님. 저는 아스나라고 합니다.”

그리고 원래 자세로 돌아와서 한 발짝 물러섰다. 이번에는 내 차례인데 아스나를 따라하고 싶어도 스커트가 없었다. 이걸 어쩌지, 싶어서 열심히 머리를 굴린 나는 외국 영화에서 귀족 같은 사람이 했던 인사를 필사적으로 떠올렸다. 그리고 아스나가 했던 것처럼 오른발을 빼서 왼쪽 다리와 교차시키고, 오른손을 가슴에 대고, 왼손은 옆으로 뻗으며 인사했다.

“마, 만나 뵙게 되어 영광입니다, 키리토입니다.”

제대로 한 건지 어떤지는 모르겠지만, 소녀는 우아하게 고개를 끄덕이더니 “아스나와 키리토……, 라고 부르면 될까?” 라고 물었다. 대부분의 AI화된 NPC들이 하는 이름 발음 확인이었다. 억양도 완벽했기에 우리는 동시에 “네”라고 대답했다.

“그래. 잘 부탁해. 앉지 그래?”

그렇게 말한 소녀가 가리킨 곳은 거대한 소파의 비어 있는 공간이 아니라, 소녀의 발치에 놓인 3인용 소파였다. 나, 아르고, 아스나 순으로 그 소파에 앉으니, 언제 준비한 건지 키오가 나지막한 대리석 테이블에 찻잔을 늘어놓기 시작했다.

그녀는 작업이 끝나자, 찻잔을 얹고 있던 쟁반을 든 채 매끄럽게 이동해서 두 소파의 중간쯤에 자리를 잡고 섰다. 내가 주인에게 무슨 짓이라도 하면, 그 즉시 에스터크로 꿰어버릴 수 있는 위치였다.

물론 실제로 그렇게 될지 확인해 볼 생각은 없었기에, “감사합니다”라고 인사한 뒤 차를 한 모금 음미했다. 설탕도 크림도 넣지 않은 홍차였는데, 머스캣을 연상케 하는 향기와 어렴풋한 달콤함이 감돌았다. 오른쪽에서 “맛있다” 하고 아스나의 작은 목소리가 들려온 걸 보면, 상당한 고급 홍차이리라.

우리가 잔을 내려놓자 소파에 드러누워 있던 니르니르가 반쯤 몸을 일으키고 말했다.

“이렇게 돌아온 걸 보면, 그 멍멍이에게 심어져 있던 부정행위의 속임수를 밝혀낸 모양이지, 아르고?”

“뭐, 대충은. 설명해 드려, 키리도령.”

밑도 끝도 없이 화살이 나에게 돌아왔다. 나도 모르게 “에엑?!” 하는 목소리가 터져 나왔지만 부정할 수 있는 분위기가 아니었다.

하는 수 없이 바지 주머니에 손을 넣어서 고이 접은 손수건을 꺼냈다. 내가 그것을 니르니르에게 건네려고 엉덩이를 들기가 무섭게 왼쪽에서 키오가 오른손을 쑥 뻗었다.

“……부, 부탁할게요.”

그 손에 손수건을 건네주자 키오는 그것을 양손으로 펼쳤다. 손수건 한가운데 묻어 있는 빨간 얼룩을 보고는 눈살을 찌푸렸지만, 아무 말도 하지 않고 거대 소파 뒤로 우회해서 주인님의 오른쪽에 무릎을 꿇고 손수건을 내밀었다.

손수건을 받아든 니르니르도 어리둥절한 얼굴로 그것을 들어 올리며 나를 쳐다보았다.

"……이게 어쨌다는 거지, 키리토?"

"그 얼룩은 제1시합에서 승리한 러스티 리카온이 창살에 부딪쳤을 때 묻은 것입니다."

"그럼 그건 멍멍이의 피……는 아닌가 보네. 피 냄새가 하나도 안 나는 걸 보니까."

코를 갖다 대지도 않고 그렇게 단언하는 니르니르의 말에 나는 고개를 끄덕이고 대답했다.

"네, 그건 아마 모종의 식물로 만든 염료일 겁니다."

"염료……?"

니르니르가 인형처럼 커다란 눈을 지그시 찌푸렸다. 지금까지 검은 색인 줄 알았던 눈동자가 달빛을 받아 짙은 붉은색으로 번뜩였다.

"그 말은, 멍멍이의 털에 염색이 되어 있었다는 거야?"

"맞습니다."

고개를 끄덕인 나는 러스티 리카온에 심어져 있던 부정행위의 속임수를 최대한 명료한 목소리로 설명했다.

"이 플로어 서쪽, ≪백골 평원≫에 출몰하는 러스티 리카온은 원래 그런 색깔입니다. 하지만 일부러 같은 색으로 염색하는 건 아무런 의미도 없죠……. 즉 제1시합에서 쥐며느리, 아니, 바운시 슬레이터와 싸운 건 러스티 리카온이 아니라, 원래는 다른 색 털을 가진 상위종이었던 것 같습니다."

"……."

내가 설명을 마친 뒤에도 니르니르는 좀처럼 입을 열지 않았다.

혹시 뭔가 오류라도 있었던 게 아닐까 싶어 불안해졌을 때쯤, 소녀는 손을 움직여서 손수건을 키오에게 돌려주었다. 하지만 그 손은 여전히 공중에 정지해 있었다.

키오는 증거물인 손수건을 재빨리 에이프런 앞주머니에 집어넣고는 근처 사이드 테이블에 놓여 있던 와인병을 집어 들었다. 그리고 검은색에 가까울 만큼 짙은 적색의 액체를 손가락 두 개 정도 깊이로 와인잔에 따랐다.

왼손으로 와인잔을 받아 든 니르니르는 레드와인으로 보이는 액체를 단숨에 들이켰다. 어린애가 술을 마시다니! 그러면 못써, 그럼 안 된다고! 그런 생각이 들었지만, 미성년자 음주를 금지하는 법률이 아인크라드에 존재할 것 같지는 않았다.

게다가 니르니르 님은 다 마신 와인잔을 머리 위로 치켜들어서 바닥에 내동댕이치려 하기까지 했다. 그러나 직전에 참기로 한 듯, 천천히 와인잔을 내려서 키오에게 건넸다. "후우……" 하고 긴 한숨을 내쉬더니 고개를 들어 이쪽을 쳐다보았다.

아름다운 눈썹을 매섭게 치켜 올린 그 미모에서는 앳된 면모는 이제 조금도 찾아볼 수 없었다. 나이만 보면 6층에서 만났던 미이아와 별 차이가 없으련만, 뿜어져 나오는 박력은 소녀의 수준을 한참 벗어나 있었다.

"……코를로이 할배, 감히 이런 짓을 하다니."

그 목소리는 분노의 불꽃으로 붉게 물들어 있었는데, 낯선 이름이 언급되어서 반사적으로 되물었다.

"코를로이가 누구죠?"

"……키오, 설명해 줘."

니르니르가 가볍게 손을 좌우로 젓자, 키오는 와인잔을 테이블에 내려놓고 자신의 원래 자리로 이동했다. 그리고 나를 굽어보며 말했다.

"이 월룹타 그랜드 카지노를 운영하고 있는 주체가 니르니르 님이 문주로 계신 나크토이 가문과, 그 인척인 코를로이 가문이라는 건 알고 있나?"

둘 다 처음 듣는 이름이었다. 베타 시절에 들어 본 기억도 없었다. 곁눈질로 오른쪽을 쳐다보니 아르고와 아스나도 고개를 가로저었기에 나는 다시 키오를 올려다보며 대답했다.

"죄, 죄송해요. 모릅니다."

"……이제 막 이 도시에 온 모험가라면 그럴 수밖에 없겠지. 나크토이 가문과 코를로이 가문은 둘 다 영웅 팔할리의 혈족이야. 팔할리의 이름 정도는 알고 있겠지?"

들은 적이 있기는 한 것 같은데 어디서 들었었지……. 난잡하게 뒤섞인 기억 속을 헤집고 있으려니 아스나가 구원의 손길을 내밀었다.

"수룡 잘리에가를 퇴치하고 월룹타의 기반을 닦은 분이죠?"

"그렇다. 팔할리는 잘리에가의 제물이 될 뻔 했던 소녀와 결혼해서 쌍둥이 아들을 낳았다. 하지만 두 아이는 어린 시절부터 사이가 안 좋았고, 커서도 팔할리의 후계자 자리를 두고

다툼을 벌였어. 노쇠한 팔할리는 두 아들이 직접 칼을 맞대지 못하도록 하는 대신, 각자가 길들인 괴물을 대신 싸우도록 해서 5판 3선승제로 승리한 자가 월룹타의 다음 지배자가 되도록 하라는 유언을 남겼지."

"하아……."

하긴 쌍둥이 형제가 직접 골육상쟁을 벌이는 것보다는 평화로운 해결책일지도 모르지만, 싸움에 동원되는 몬스터 입장에서는 짜증나는 일이겠네……. 그런 생각을 하고 있는데 니르니르가 그런 내 생각을 읽기라도 한 듯이 말했다.

"너희 모험가들도 헤아릴 수 없이 많은 괴물들을 죽여 왔을 텐데."

"하, 하긴 그러네요. 옳으신 말씀입니다."

그런 내 대답을 들은 니르니르는 흥 하고 코웃음을 한 번 치더니 얘기를 계속하도록 키오에게 손짓했다.

"……시조 팔할리가 세상을 떠난 뒤, 쌍둥이들은 유언에 따라서 자신들이 길들인 괴물들로 5판 3선승제 대결을 벌이려 했다."

"자, 잠깐만요."

이제 막 재개된 설명에 끼어들자 키오는 노골적으로 짜증난 표정을 드러냈다. 나는 무심코 목을 움츠리면서 다시 한 번 질문했다.

"길들인다는 얘기를 당연하다는 듯이 말씀하셨는데……, 그런 게 가능한 건가요?"

"나나 너 같은 일반인은 불가능하지."

키오는 딱 잘라 말하고는 약간 의기양양한 표정으로 말을 이었다.

"하지만 영웅 팔할리는 괴물을 길들이는 비술을 터득했어. 쌍둥이 아들들도 팔할리에게서 계승받은 그 힘으로 괴물들을 길들인 거지."

"비술……."

멍하니 중얼거린 나는 옆에 앉은 아르고의 귀에 최소 음량으로 속닥거렸다.

"이봐, 아르고. SAO에 테이밍 스킬은 없지 않아?"

"스킬 선택 리스트에는 없지. 있다면 엑스트라 스킬에 있을 텐데……."

"어, 진짜?"

나도 모르게 꿀꺽 마른침을 삼켰다.

내 스킬 슬롯에 존재하는 두 개의 엑스트라 스킬, ≪체술≫과 ≪명상≫은 둘 다 NPC로부터 시련을 받는 퀘스트를 클리어하고 습득한 것들이었다. 혹시 이 퀘스트도 그 부류에 속하는 걸까? 클리어하면 SAO에는 존재하지 않는다고 알려진 ≪테이밍(길들이기)≫ 스킬을 습득할 수 있는 건가……?

"본론으로 돌아가도 되겠나?"

짜증 섞인 키오의 목소리에 나는 황급히 몸을 돌렸다.

"아, 네, 말씀하세요."

"시조 팔할리가 세상을 떠난 뒤, 쌍둥이들은 유언에 따라서 자신들이 길들인 괴물들로 5판 3선승제 대결을 벌이려 했다."

아까 하려다가 중단됐던 말을 토씨 하나 틀리지 않고 반복

한 키오는 설명을 재개했다.

"하지만 그들은 자신들이 준비한 괴물들의 힘에 자신이 없었다. 그래서 대결을 차질 없이 진행할 수 있을지 확인한다는 명목으로 본 대결 전에 시험 대결을 하기로 했어. 저택 앞 광장 일부를 목제 우리로 둘러싸고, 출입구를 두 개 만들고, 그 출입구를 통해 괴물을 집어넣어 싸우게 만들기로 한 거지. 수많은 주민들이 지켜보는 가운데 대결이 벌어졌는데, 괴물이 우리를 넘어가거나 힘을 주체하지 못해서 부숴버리는 등 보통 난리가 아니었다더군."

고작 나무 우리 가지고는 그렇게 될 수밖에 없겠지……, 라고 생각했지만 키오의 이야기는 아직 끝나지 않았다.

"하지만 그렇다고 사망자나 부상자가 나온 건 아니었기에 주민들은 그 시험 시합을 신나게 즐겼어. 당시의 월룹타는 어업과 농업으로 근근이 먹고 사는 작은 도시였고, 동쪽의 렉시오나 서쪽의 플라미오에도 이렇다 할 오락거리는 없었으니까. 그 다음 주에 우리를 보강해서 치른 두 번째 시험 시합 때는 월룹타뿐만 아니라 렉시오와 플라미오에서까지 관광객들이 몰려와서, 노점이나 도박 하우스가 생기는 등 완전 축제 분위기였다나 봐."

"……어떻게 된 얘기인지 슬슬 짐작이 가네."

중얼거리는 아르고의 목소리에 나도 말없이 고개를 끄덕였다. 키오는 이제 우리를 째려보지도 않고 손짓 몸짓을 곁들여 가며 옛날이야기를 이어갔다.

"그 모습을 본 쌍둥이는 생각했지. 굳이 서둘러 본시합을 할 것 없이 시험 시합만 계속하면, 월롭타에서 돈을 쓰는 손님들을 매주 모아들일 수 있지 않을까, 하고 말이야. 그 계산은 적중했고, ≪투기장≫으로 이름을 바꾼 시험 시합은 두 도시에서 몰려든 수많은 관객들로 북적이게 됐어. 쌍둥이들은 후계자 쟁탈전은 뒷전에 미뤄둔 채 자기들이 도박장을 직접 관리하기 시작했지. 대결 막간의 여흥거리나 그 밖의 놀거리도 갖춰졌고, 어느덧 두 사람의 저택은 개축돼서 이 월롭타 그랜드카지도가 되었다. 쌍둥이는 늙어서 세상을 떠나고, 그 자식들의 대, 손자들의 대가 되어 가면서 시조 팔할리의 유언은 형식적인 구실로만 남게 되었는데…….”

거기서 말을 끊은 키오를 대신해서 니르니르가 이야기를 매듭지었다.

“너희들이 지하에서 봤다시피, 당초의 목적을 상실한 시험 시합이 매일 밤낮으로 열리게 된 거야.”

“…….”

젊고 아름다운 문주의 냉정한 말투만 봐서는 형식화된 유언에 대한 그녀의 생각을 읽기 힘들었다. 애초에 니르니르는 시조인 영웅 팔할리 이후로 몇 대째 문주인 걸까.

기사 키즈멜이 가르쳐준 다크 엘프의 전승에 따르면, 부유성 아인크라드는 태곳적에 수많은 도시며 마을들이 땅까지 통째로 대륙으로부터 뽑혀 나오고, 마법의 힘이 닿지 않는 고공으로 추방당해서 만들어졌다고 한다. ≪태곳적≫이라는 게 구체적으로 어느 정도 옛날인지는 알 수 없지만, 겨우 100년이나 200년 정도를 가지고 태곳적이라고 일컫지는 않을 터였다.

키즈멜은 이런 말도 했었다. ≪대지 단절과 여섯 비밀 열쇠에 관한 전승을 전부 계승한 건 오직 여왕폐하 한 분뿐. 이 부유성이 탄생한 시기가 언제인지도 아주 먼 옛날이라는 것밖에는 알 수 없다≫——그런데 영웅 팔할리가 몇 년 전에 살았던 사람인지를 밝혀내면 ≪태곳적≫의 하한선까지는 판명되는 셈이다.

나는 마음을 굳게 먹고 니르니르에게 그 질문을 해 보려 했다. 하지만 내가 입을 열기 직전에 오른쪽에서 아스나의 목소리가 날아들었다.

"영웅 팔할리의 힘이 쌍둥이 아들들에게 계승됐다면, 그 혈통을 이어받은 니르니르 님도 괴물을 길들이는 힘을 갖고 계신 건가요?"

"맞아."

니르니르 님의 짤막한 대답을 키오가 보충했다.

"정확히 말하자면, 나크토이 가문의 문주이신 니르니르 님과 또 한 사람……, 코를로이 가문의 문주 바당만이 ≪사역≫의 힘을 구사할 수 있지."

"그렇다면 지하 투기장에서 매일 싸우고 있는 몬스터……, 괴물들의 절반은 니르니르 님이 몸소 길들이신 건가요?"

"맞아."

이번 대답도 짤막했지만 아스나의 말투가 나보다 1.5배 정도 공손했기 때문인지 문주가 몸소 정보를 보태 주었다.

"그렇다고 내가 직접 숲이나 산이나 동굴로 사냥을 다니는 건 아니고, 포획돼서 끌려온 괴물들을 길들이는 것뿐이지만. 사실 나도 마음 같아서는 직접 찾아다니고 싶어. 하지만 키오나 호위들이 허락해 주지 않아서 말야."

"그건 당연한 일입니다!"

키오가 부리나케 끼어들었다.

"코를로이 가문에서는 니르니르 님의 목숨을 호시탐탐 노리고 있습니다. 그런 마당에 산야로 나가시는 건 공격해 달라고 하는 거나 마찬가지입니다."

"차라리 그냥 대놓고 공격해 주는 게 독살 같은 것보다는 훨씬 속 편할 것 같은데."

그 살벌한 대화를 듣다가 나는 또 무심코 끼어들고 말았다.

"저, 저기, 목숨을 노리고 있다고 하셨는데……, 나크토이 가문과 코를로이 가문은 공동으로 그랜드 카지노를 운영하고 있는 것 아닌가요? 아레나에서 싸우는 몬스터의 절반을 공급하는 니르니르 님이 사라지면, 코를로이 가문 입장에서도 곤란해질 것 같은데요?"

"그런 간단한 이치도 이해하지 못할 만큼 바당 코를로이가 완전히 노망이 났다는 거지. 늙는다는 건 참 끔찍한 일이야."

아이답지 않은 말을 뱉은 니르니르는 다시 쿠션에 몸을 묻고 드러누웠다. 맨다리로 다리를 꼰 채 발끝을 허공에 달랑거리며, 반쯤 혼잣말처럼──.

"……바당도 옛날에는 나를 많이 예뻐해 줬었어. 하지만 수명이 다할 날이 가까워져 가면서 죽음에 대한 두려움에 완전히 사로잡혀 버렸지. 지금 바당은 조금의 생명을 사는 데 필요한 거금을 모으는 데에만 정신이 팔려서 다른 건 안중에도 없는 지경이야. 투기장에서 좀스러운 부정행위를 저지르는 것도 그것 때문이고……. 칩을 걸 때 10퍼센트씩 붙는 수수료는 시합에 이기는 쪽이 독차지하게 되어 있으니까."

"생명을……, 산다고? 누구한테서?"

도구상에서 파는 회복 포션은 말할 것도 없고, 7층에서는 초어레 어이템인 회복결정조차도 수명 자체를 늘려 주지는 못할 것이다. 그런 생각에 건넨 질문이었으나, 니르니르는 물결치는 금발을 가만히 가로저었다.

"너희들이 그것까지 알 필요는 없어. 하여튼……, 일단 리카온에게 심어져 있던 속임수를 간파해 준 것에 대한 보상은 해야겠지. 키오."

주인의 지시를 받은 메이드가 우리 앞으로 이동했다. 그리고 자리에서 일어선 아르고에게 조그만 가죽 보따리를 내밀었다.

"고맙습니다!"

아르고가 가죽 보따리를 받아든 순간, 니르니르의 머리 위에 떠 있던 【?】 마크가 조그만 효과음과 함께 소멸했다. 우리가 공유하고 있던 퀘스트가 클리어된 것이다. 임무는 끝난 셈이긴 한데 스토리 면에서는 영 찜찜하네……. 그런 생각을 하고 있을 때였다.

소파에 드러누운 소녀의 머리 위에 새로운 퀘스트의 출현을 알리는 【!】 마크가 나타났다. 가죽 주머니를 오른손에 든 아르고가 그 마크를 보자마자 물었다.

“니르 님, 혹시 더 맡길 일 없어?”
“뭐……, 없지는 않아. 하지만 이번 의뢰는 꽤 복잡한 일이라서 말야.”
“괜찮아, 괜찮아. 키리토와 아스나가 발바닥에 불 나도록 뛰어다닐 테니까.”
별 고민 없이 수락하는 아르고의 태도에 니르니르는 후훗 웃으며 상체를 일으켰다. 하지만 이내 표정을 바꾸더니 심각한 말투로 얘기를 시작했다.
“그럼 설명할게. ……너희들이 정체를 간파한 러스티 리카온 말인데, 코를로이 측은 아마 그 멍멍이를 내일 밤에도 출전시킬 거야.”
“어, 대미……, 아니 부상을 꽤 크게 입은 것 같던데요.”
내 지적에 소녀는 가녀린 어깨를 으쓱했다.
“물론 응급처치 정도는 해 주겠지. 그리고 그 리카온은 오늘로 벌써 4일 연속 출전하고 있는걸.”
“그렇다면 4연승이었다는 거네요……. 아니, 잠깐만요. 니르니르 님은 그 리카온이 수상하다는 걸 오늘 시합 전부터 간파하고 계셨던 거죠?”
“오늘이 아니라 사흘 전……, 두 번째 시합 때 알아챘어.”
그렇게 대답하는 니르니르에게 나는 머뭇거리며 물었다.
“그럼 왜 더 강한 몬스터를 붙이지 않은 거죠? 바운시 슬레이터도 약하지는 않지만, 예를 들어……, 베르디안 록보아나 블레이징 뉴트 같은 걸로…….”
7층 굴지의 강적들을 기억 속 창고에서 끄집어내 언급하자 소녀는 씁쓸한 표정을 감추지 않았다.

"록보아는 케이지 입구를 통과할 수 없고, 블레이징 뉴트는 투기장에 내보냈다가는 화재가 나잖아. 애초에 한쪽이 압도적으로 강한 대진표를 짜면 도박 자체가 성립되지 않으니까."

"그럼……, 대진표는 어떤 방식으로 짜는 건가요?"

"7층에 서식하는 괴물들 중, 케이지 안에서 안전하게 싸울 수 있는 크기에 해당하는 것들의 이름과 특징을 총망라한 일람표가 있어."

그 말을 들은 순간, 옆에 앉은 아르고의 몸이 움찔했다. 정보상 입장에서 보자면 군침을 흘릴 만한 물건이리라. 훔칠 생각 같은 건 꿈도 꾸지 마……, 라고 생각하면서 니르니르의 설명을 들었다.

"그 일람표에 실려 있는 괴물들은 전력차에 따라 열두 개의 등급으로 나뉘어 있어. 대진표상 맞붙게 되는 건 같은 등급으로 분류된 괴물뿐이지. 바운시 슬레이터와 러스티 리카온은 둘 다 6등급이야."

"……참고로……."

"가장 약한 게 1등급이고 가장 강한 게 12등급. 즉 7등급 이상에 속하는 상위종을 6등급인 리카온으로 변장시켜서 내보냈다는 얘기지."

또 다시 내 마음을 읽기라도 한 것처럼 대답한 니르니르는 진홍색 눈동자를 살벌하게 번뜩였다.

"나크토이 가문과 코릴로이 가문은 비록 서로 으르렁거리는 사이이긴 해도, 그랜드 카지노에 관한 약속만은 엄수해 왔어. 그런데 바당은 몇 푼 되지도 않는 돈 때문에 넘어서는 안 될 선을 넘은 거야. 그 대가는 톡톡히 치르게 해 줘야겠지."

"……뭐야, 복잡한 의뢰라는 게 설마 암살 같은 일은 아니겠지?"

아르고의 거리낌 없는 질문에 소녀가 쓴웃음을 지었다.

"그런 부탁까지는 안 해. 그런 걸 하려면 내 손으로 직접 해야지."

태연한 얼굴로 살벌한 소리를 했지만 니르니르의 인형 같은 손으로는 검은커녕 대거도 휘두르기 힘들어 보였다. NPC의 스테이터스는 외모만 봐서는 알 수 없고, 6층에서 함께 싸웠던 미이아도 어린아이라고는 믿기 힘들 만큼 강했다. 하지만 어머니인 세아노에게 철두철미한 수련을 받았던 미이아와는 달리 니르니르는 구중궁궐에 사는 양갓집 규수다. 파티를 맺으면 레벨이 얼마인지 알 수 있지만, 아마 그런 전개는 일어나지 않을 것이다.

불과 2초 만에 기본 표정으로 돌아온 니르니르는 이야기를 본론으로 되돌렸다.

"너희들에게 부탁하고 싶은 건 ≪나소스의 나무≫라는 식물의 열매와 ≪우르츠석≫이라는 돌을 모아 오는 일이야. 그 열매를 빻아서 짜낸 액체와 우르츠석을 1대1 비율로 섞고 약불로 졸이면 모든 염료의 색을 빼내는 강력한 탈색제를 만들 수 있어."

"색을 빼낸다……."

앵무새처럼 되뇐 순간, 그 액체의 용도를 깨달았다.

"그럼 그 러스티 리카온의 털을 염색한 염료를 탈색시키겠다는 거야……?"

"그것도 투기장에서, 시합 직전에. 100명 넘는 관객들의 눈앞에서 속임수가 들통나면 바당 코를로이가 아무리 잔꾀를 써 봤자 빠져나갈 도리가 없을 거야."

"하지만……. 그랬다가는 그랜드 카지노 자체의 신뢰도에 금이 가지 않을까요? 나크토이 가문에게도 피해가 미칠 것 같은데요."

머뭇머뭇 지적하니 니르니르는 조그맣게 한숨을 지었다.

"그건 어쩔 수 없어. 내 쪽에서 준비한 괴물이 전혀 다른 등급의 괴물에게 당해서 죽은 것도 분통이 터지지만, 그 이전에 카지노에서 일어난 부정행위는 절대 간과하고 넘어갈 수 없어. 공식적으로 사과하고 그 리카온이 출전했던 전 시합의 판돈을 환불해 주는 정도는 해야겠지."

정말 어린애 맞아? 라는 생각이 들 만큼 합리적인 해답을 유창하게 얘기한 니르니르는 내 쪽을 향하고 있던 시선을 아르고 쪽으로 옮겼다.

"그래서 아르고, 의뢰는 수락할 거야?"

"음, 으~~음."

아르고는 그녀답지 않게 고뇌에 젖은 신음을 흘리고는 니르니르와 키오를 번갈아 쳐다보고 말했다.

"리카온에 숨겨진 부정행위를 찾아내는 임무를 나한테 의뢰했던 건 나크토이 가문 사람이 케이지 바로 앞에 들어앉아 있을 수는 없어서 그랬던 거겠지만, 돌이나 열매 채집 정도는 문제 될 거 없는 거 아냐? 나크토이 가문에는 베테랑 괴물 포획 부대가 있잖아? 그 녀석들에게 겸사겸사 시키면……."

"물론 능력 면만 따지자면 포획 부대에게 시켜도 충분하겠지."

그렇게 대답한 것은 키오였다.

"하지만 문제가 두 가지 있다. 우선 우르츠석은 월룹타 바로 서쪽에 흐르는 강의 강변에서 주울 수 있는데, 수가 워낙 적은 데다 새까만 돌이라 낮에만 찾을 수 있어. 나크토이 가문의 수하가 우르츠석을 찾고 있는 걸 코를로이 가문 사람이 보기라도 하면……."

"탈색제 제작 시도를 들킨다는 거군."

"그래. 그리고 또 하나의 재료인 나소스 나무는 월룹타에서 멀리 떨어진 7층 중앙 부근의 숲에서 자라. 그쪽은 코를로이 가문 패거리에 들킬 가능성은 낮지만 다른 문제가 있어. 그 ≪흔들바위 숲≫에는 흑엘프족 요새가 있다는 점이지."

그 말을 들은 순간, 나는 무심코 허리를 꼿꼿이 폈다. 아마 아스나도 마찬가지이리라.

키오는 우리를 슬쩍 흘겨보았으나 그대로 설명을 이어갔다.

"나크토이 가문이나 코를로이 가문이나, 오랜 옛날부터 흑엘프의 눈을 피해서 숲속의 괴물들을 잡고 다녔으니까. 이제 흑엘프들은 포획부대를 발견하면 다짜고짜 덤벼든다. 아무리 베테랑들이라도 숲속에서는 엘프 기사나 궁수들을 당해낼 재간이 없어."

당연한 얘기다. 흑엘프나 숲엘프는 기본적으로 그 층에 출현하는 몬스터보다 상당히 고레벨로 설정되어 있고, 이 7층에서는 종전보다 강한 상위 클래스도 출현할 것이다. 지금의 나도 1대1 대결로는 이길 자신이 없다. 애초에 ≪시길 오브 류슬라≫를 장착하고 있는 한, 다크 엘프의 공격을 받을 일은 없겠지만.

그런 생각까지 미리 읽은 듯, 키오는 반지 낀 내 왼손을 빤히 응시하면서 말했다.

"키리토, 아스나. 보아하니 너희들은 흑엘프와 우의를 맺고 있는 것 같군. 그렇다면 숲에서 나무열매 몇 개 모은다고 해서 공격 받을 일은 없겠지. 멀쩡한 나무를 베거나 꺾거나 하면 어떻게 될지 장담할 수 없겠지만."

"베……, 베지도 않고 꺾지도 않아요."

"그러는 게 좋을 거야. ——그럼 맡아 주는 걸로 알면 되겠지?"

그 물음에 대답하는 건 아르고의 역할이다. 정보상은 2초쯤 침묵한 뒤에, "뭐, 여기까지 와서 포기하는 건 영 찜찜하니까"라며 중얼거리고는 자리에서 일어섰다. 나와 아스나도 서둘러 몸을 일으켰다.

"좋아, 수락할게."

그 순간, 니르니르 머리 위에 떠 있던【!】마크가【?】로 변했다. 착각일지도 모르지만 어쩐지 조금 안도한 것처럼 보이는 문주는 고개를 끄덕이며 말했다.

"그래, 다행이야. 내가 채집을 부탁하고 싶은 건 잘 익은 나소스 나무 열매 20개, 그리고 우르츠의 돌……, 50개쯤이 좋겠어. 나소스 나무가 있는 ≪흔들바위 숲≫까지는 왕복 3시간, 우르츠석은 5시간 정도면 혼자서도 다 모을 수 있을 거야. 끓여서 졸이는 시간까지 고려하면 내일 오후 1시까지는 가져다줘야 시합 시간 전에 작업을 끝낼 수 있어."

"오후 1시란 말이지? 뭐, 그 정도면 어떻게든 되겠지. 일단 의뢰를 맡기로 한 이상, 오늘 밤은 일찍 자는 게 좋겠네."

"미안하게 됐어. 마음 같아서는 이 호텔에서 묵도록 해 주고 싶지만, 아직 너희들에게 그 정도 편의까지 베풀어줄 수는 없어서 말야."

니르니르가 그렇게 사과하자 아르고는 히죽 웃었다.

"니르 님이 그랜드 카지노의 규칙을 어기도록 할 수는 없지. 그럼 내일 점심 식사 전까지 돌아올게."

뭐야, 그렇게 선불리 받아들여도 되는 건가, 하고 생각한 나는 니르니르와 키오에게 인사하고 문 쪽으로 가는 아르고 뒤를 따라가려 했다. 하지만 두 번째 발짝을 내딛기도 전에 메이도가 나를 불러 세웠다.

"이건 가져가야지, 키리토."

고개를 돌려 보니 어이없어 하는 표정의 키오가 내게서 압수했던 쇼트 소드를 내밀고 있었다. 허둥지둥 받아드는 나를 보면서 니르니르 님이 살짝 웃은 것 같다는 느낌이 들었지만, 그건 아마 그냥 내 착각이었으리라.

7

계단을 통해 1층으로 돌아와서 카지노 밖으로 나가려 했을 때, 나는 문득 한 가지 떠오른 생각이 있어서 아스나와 아르고를 불러 세웠다.

"아, 잠깐만. 일단 ALS와 DKB의 베팅 결과를 확인해 봐도 될까?"

물어보기가 무섭게 두 사람이 도끼눈으로 쏘아보았기에, 나는 황급히 고개를 좌우로 왕복시키며 변명했다.

"오해하지 마. 부러워서 그런 게 아니라, 그 녀석들이 대박을 친 데에도 뭔가 이상한 이유가 있었을 것 같지 않아?"

"뭐……, 없다고 하기 힘들긴 하지. 하지만 최종전은 아직 안 끝났을걸."

아르고의 지적에 나는 시야 한쪽의 시간 표시를 쳐다보았다. 느낌상으로는 니르니르의 방에서 꽤 오랫동안 얘기했던 것 같은데, 실제로는 아직 10시 10분이 조금 지난 정도였다.

야간 타임에 열리는 다섯 시합은 아마 9시, 9시 20분, 9시 40분, 10시, 10시 30분에 시작하게 되어 있었을 테니, 지금은 제4시합이 막 끝난 정도일 것이다. 아직 제5시합이 남아 있지만, 지금까지 계속 돈을 따 왔다면 두 길드 모두 흥이 최고조에 달한 상태이리라.

"잠깐 살펴보기만 할게!"

나는 그렇게 우겨서 두 사람을 설득하고 종종걸음으로 계단을 내려갔다. 배틀 아레나의 커다란 문을 지나 안으로 들어선 순간, 도박꾼들의 흥분이 열기로 변해 몰아닥쳤다.

제2시합이나 제3시합에서 돈을 잃었다면, DKB와 ALS는 아직 좌우의 다이닝바에 있을 것이다. 무질서하게 움직이는 NPC들 사이를 누비고, 바가 보이는 곳으로 가려 했을 때――.

"어라, 키리토 씨."

느닷없이 나를 부르는 목소리가 들려왔다. 화들짝 놀라 발걸음을 멈추었다.

오른쪽을 돌아보니 헐렁한 반팔 셔츠에 헐렁한 7부 바지 차림의 여성 플레이어가 서 있었다. 굵은 눈썹 위로 싹둑 자른 오렌지색 머리칼, 그 밑에 보이는 부드러운 인상의 눈과 코는 어딘가에서 본 것 같기도 아닌 것 같기도 한데――.

"……누구시더라?"

머뭇머뭇 물어보자 여성 플레이어는 서운한 듯 나를 노려보며 자기 머리 위를 가리켰다. 머리 위에 떠 있는 컬러 커서에 표시되어 있는 것은【Liten】이라는 문자열.

"아, 아아, 리텐 씨였구나!"

그렇게 외친 내 등을 마침 지금 나를 따라잡은 아스나가 탁 하고 때렸다.

"어떻게 얼굴을 까먹을 수가 있어, 키리토 군!"

"까, 까먹은 게 아니라니까. 평소 같은 풀플레이트 차림이었다면 단번에 알아봤을 거야."

나의 항변에 아르고가 태클을 걸었다.

"그 말은 결국 얼굴은 잊어버렸다는 뜻이잖아."

"그야 맨얼굴을 본 적이 거의 없으니까."
"그럼 커서부터 보면 되잖아."
"커서를 보면 이름을 잊어버렸다는 게 들통 나잖아."
그런 실랑이를 벌이고 있으려니, 뾰로통해 있던 리텐이 별안간 웃음을 터뜨렸다.
"아하하……, 다들 여전하시네요."

ALS의 풀플레이트걸 리텐은 공략 집단 내의 얼마 되지 않는 여성 플레이어면서도 최강 수준의 물리방어력을 뽐내는 탱커의 핵심이었다. 5층에서 벌어진 ALS 스틸 사건 때 협조한 이후로 우호적인 관계를 유지하고 있지만, 중학교 2학년 남학생인 내 입장에서는 아무래도 대하기 껄끄러운 면이 있었다. 왜냐하면 리텐은 DKB의 육상부원 시봐타와 사귀는 사이이기 때문이었다. ≪남자 친구가 있는 여자≫에 대한 친근감 표시는 어느 정도까지 허용되는 건지 솔직히 가늠하기 힘들었다.
그래서 나는 리텐으로부터 1미터 정도의 거리를 확보한 채 지나치게 허물없게 굴지 않도록 주의하며 물었다.
"으음……, 리텐 씨는 지금 어디 가려는 거야? 이제 곧 제5시합이 시작될 시간이잖아?"
"아—, 그게 말이죠……."
리텐은 뒤쪽의 다이닝바를 흘깃 쳐다보고 말했다.
"너무 긴장했더니 계속 식은땀이 나서, 제5시합은 관전 안 할까 해서요."

"아니, 아깝잖아!"
내가 반사적으로 소리치가 아스나가 그런 나를 홱 밀어 젖히고 앞으로 나섰다.
"이해해. 나도 이런 긴장감은 별로 안 좋아하니까."
"그죠? 차라리 직접 싸울 수 있는 플로어보스 공략전이 그나마 나은 것 같아요."
"리텐 씨는 어디서 결과를 기다릴 거야?"
"1층 홀에서 시간이나 좀 때우고 있을까 하는데……."
"그럼 우리랑 차 한 잔 하는 건 어때?"
"아, 그거 괜찮겠네요! 하지만 카지노 근처의 가게들은 다들 엄청 비싸던데……."
"카지노 1층에 있는 바 카운터는 보통 가격이었어."
"그럼 거기서 마실까요?"
대본이라도 있는 것처럼 속사포처럼 대화가 오간 끝에, 두 사람은 출입구 쪽으로 발걸음을 내딛었다. 아르고와 나도 순간적으로 눈짓을 교환하고 그 뒤를 따랐다. 예정과는 다른 전개였지만, 지금 리텐의 이야기를 들을 수 있게 된 건 귀중한 성과다.
다시 계단을 내려가서 1층 플레이룸으로 향했다. 바 카운터는 중앙의 큰 기둥 좌우에 있는데, 왼쪽이 비어 있었기에 그쪽에 자리를 잡았다. 여기서는 카지노 칩이 아닌 콜을 쓸 수 있었기에 나와 아르고는 생에일, 아스나와 리텐은 상그리아——레드와인에 과일과 향신료를 넣어 숙성시킨 것이라고 한다——를 주문했다. 3초 만에 술이 나와서 일단 한 번 건배했다. 카지노 안은 시원했지만 그럼에도 차가운 에일은 온몸에 스며드는 듯 맛있었다. 완전 차가운 수준이었다면 더 맛있었겠지만 아인크라드에서는 얼음도 사치품이다. 아르고에게 ≪스노우 트리의 꽃봉오리≫를 빌릴까 하는 생각도 잠시 했으나, 그건 살짝 민트향이 감도니까 에일과는 안 어울릴 것 같다.

맥주잔에 든 에일을 단숨에 반쯤 비우고 아르고와 동시에 캬아 하고 숨을 토해냈다. 제1플로어에 있던 시절에는 그저 새콤 쌉싸름한 액체 정도로만 느껴졌는데, 어느새 "일단 생으로 하나"라는 식의 주문을 할 수 있는 지경이 되었다. 이러다가는 현실세계로 돌아간 뒤에도 맥주를 마시고 싶어지는 게 아닐까 하는 걱정까지 들었지만, 그건 그때 가서 걱정할 일이다.

아스나와 리텐도 과일 조각이 떠 있는 상그리아를 꿀꺽꿀꺽 마셨다. 레드와인을 이용해서 만든 술이니 실제로는 알코올 도수가 10퍼센트 이상이겠지만, 이 세계에서는 아예 술통째로 들이켜도 급성 알코올 중독을 일으킬 염려는 없다.

시간은 10시 20분. 5분 뒤면 마지막 시합인 제5시합이 시작된다. 될 수 있으면 그 전에 필요한 얘기를 다 듣고 싶었다.

그렇게 생각한 나는 오른쪽에 앉은 아스나 옆의 리텐에게 월룹타에 대한 인상 같은 가벼운 주제부터 말을 걸어 볼까 했다. 그런데 오른쪽 끝에 있던 아르고가 먼저 입을 열었다.

"있잖아, 리낭자. 키바오와 린드는 왜 그렇게 몬배틀에 푹 빠진 거야? 둘 다 도박에 가진 돈을 싹 들이부을 성격은 아니잖아?"

──너무 대놓고 물어보는 거 아냐?

나는 당황했지만 리텐은 이상하게 여기는 기색도 없이 고개를 끄덕였다.

"그렇게 생각하실 법도 해요. 하지만 아무런 승산도 없이 돈을 건 건 아니에요."

"무슨 얘기지?"

"ALS와 DKB가 7층 주거 구역으로 이동한 건 어제, 아니 오늘 심야 1시쯤이었어요. 도착하자마자 숙소에서 자고 7시에 집합해서 아침 식사 후에 문이 두 개 있는 광장으로 갔더니 어떤 NPC가 말을 걸었어요."

"NPC……? 그런 이벤트가 있었던가……?"

아르고와 나와 아스나는 동시에 가만히 고개를 갸웃거렸다. 리텐이 언급한 광장은 ≪지팡이 남자≫와 ≪술잔 남자≫의 석상이 굽어보고 있는 광장을 말하는 것일 텐데, 우리에게 말을 건 NPC는 한 명도 없었던 것이다.

"그럼 선착순 이벤트였는지도 모르겠네요. 수수한 아저씨 NPC였는데, 월룹타의 몬스터 투기장 비법서를 사라고 그러더라구요."

"비법서어어어?"

너무나도 대놓고 수상쩍은 단어여서 나도 모르게 황당해하는 목소리가 튀어나왔다.

"누가 봐도 바가지 같은데……."

"저도, 그리고 다른 사람들도 당연히 그럴 줄 알았는데 말이죠."

리텐은 우리를 향해 쓴웃음을 지어 보이고 다시 아르고를 쳐다보았다.

"그 비법서라는 게 고작 100콜이었거든요. 그렇게 싼 책인데, 오늘 주간 타임과 야간 타임에 출전하는 모든 몬스터의 이름과 특징, 승패 예상까지 다 나와 있고, 월룹타까지 가는 지도와 그 길에 등장하는 몬스터에 대한 해설, 도시 안내도까지……."

"완전 대 바겐세일 수준이잖아. 그런 게 있으면 나는 이 일 접어야 될 판이야. 나 말고도 카지노에 대해 잘 아는 플레이어가 있는 건 줄 알았는데, 설마 그게 NPC였을 줄이야……."

"너무 싸서 오히려 수상하다는 의견도 있었지만, 좀 비싼 식사 한 끼 가격 정도면 밑져야 본전이라는 키바 씨 의견도 있고 해서……. 비법서를 사서 ≪순풍의 길≫로 가 봤더니 지도도 정확하고 몬스터에 대한 해설도 정확해서 손쉽게 월룹타에 도착할 수 있었어요. 그렇다면 몬배틀도 시험해 보자는 의견이 나와서 주간 타임 제1시합 때 비전서에 동그라미가 2중으로 쳐져 있던 쪽에 1000콜어치 칩 10개를 걸었더니 돈을 땄고, 제2시합 때는 10000콜어치 칩 100개를 추가해서 또 땄죠……."

거기까지 말하고 잠시 얘기를 끊은 리텐은 상그리아를 한 모금 더 마셨다. 아르고가 뭔가 생각에 잠겨 있는 것 같았기에 나는 약간의 시샘을 섞어서 말했다.

"그럼 키바오 일행은 그 뒤로도 계속 비법서의 예상대로 돈을 걸어서 대박을 쳤다는 거네. 그거 부러운데."

"그 NPC, 탐욕스러운 플레이어한테는 비법서를 안 파는 거 아니야?"

곧바로 아스나가 그렇게 비꼬았기에 나도 웃으면서 맞받아쳤다.

"그럼 아스나도 탐욕쟁이 플레이어로 판정 받았다는 거네."

"……."

늘 그렇듯 옆구리 찌르기 공격이 날아올 줄 알았는데, 의외로 아스나는 나처럼 빙긋 웃으며 말했다.

"내가 탐욕스러운 사람이 아니라는 증거로 이걸 줄게."

아스나는 상그리아 잔 안에서 큼직하게 자른 감귤류를 꺼내다가 내 에일에 투하했다.

"아앗, 무슨 짓이야!"

"맛있어질지도 모르잖아."

"말도 안 되는 소리를……."

혹시 더럽게 맛없어지기라도 하면 아스나의 얼굴에 독안개 공격을 퍼부어 줘야지, 하고 현실성 없는 생각을 하면서 맥주잔을 입에 가져갔다. 머뭇머뭇 맛을 보니,

"……어라, 나쁘지 않네."

"그치? 맥주와 오렌지 주스를 섞은 ≪비터 오렌지≫라는 칵테일도 있었을걸, 아마?"

"그거 지금 막 생각해 낸 거지?"

그렇게 태클을 걸었을 때 오른쪽에서 다시 리텐의 웃음소리가 들려왔다.

"아하하하, 정말 좋은 콤비네요."

"그, 그런 거 아냐!"

헛기침으로 얼버무린 아스나가 막무가내로 이야기를 본궤도에 되돌려 놓았다.

"……그렇다면 ALS뿐만 아니라 DKB도 그 비법서 아저씨의 제안을 받았다는 얘기네."

"아, 맞아요. 저녁때 잠깐 시바를 만났었는데 그런 얘기를 했어요."

리텐이 아무렇지도 않게 남자친구의 별명을 언급하는 바람에 아스나도 순간적으로 말문이 막힌 것 같았지만, 이내 다시 질문을 던졌다.

"으음……, 조금 전에 끝난 제4시합까지 칩은 얼마나 땄어?"

"5만 개 조금 넘게 땄던 것 같아요."

내 예상보다는 약간 적은 숫자였지만, 그건 비법서의 내용에 따라서 때로는 배율이 낮은 몬스터에 걸기도 했기 때문이리라.

"그럼 제5시합에서 배당률 2배인 몬스터에 걸어서 돈을 따면 10만 개가 된다는 얘기네."

아스나의 말에 리텐은 가만히 고개를 끄덕였다.

"뭐, 그렇기는 한데……, 어느 쪽에 걸지를 두고 신경전이 좀 벌어졌어요. 제5시합은 몬스터의 승패 예측 표시가 동그라미랑 세모였어요. 배당률을 보면 세모는 2배 정도, 동그라미는 1.5배 정도였고……."

"그 전까지는 계속 승자 예측 표시가 나온 쪽에 걸었어?"

"맞아요. 주간 타임 제3시합까지는 패자 예상 표시가 찍힌 쪽을 미는 멤버도 있었지만 결국 계속 비법서의 예상이 들어맞아서, 야간 타임에는 계속 비법서의 표시에 따라 걸었죠."

"어째……, 일이 너무 순조로운 거 아냐?"

갬블러로서의 시샘이 아니라 게이머로서의 위화감을 억누를 수가 없어서 나도 모르게 끼어들고 말았다.

"고작 100콜 주고 산 비법서의 예상이 백발백중으로 들어맞는다는 게 말이 되는 일일까……. 게임 내 이벤트라면 마지막 순간에 승자 예측 표시가 틀려서 전 재산을 날려버리는 게 정석적인 패턴일 것 같은데."

"아—, 그러고 보니 쉰켄 씨도 그런 말을 했어요."

리텐의 말에 그게 누구였더라, 하고 잠시 고민에 빠졌다가 쉰켄슈펙을 가리키는 말임을 깨달았다. 아스나의 말에 따르면 쉰켄슈펙이라는 건 오스트리아에서 나오는 생햄의 이름이라고 하는데, 그가 캐릭터명을 그렇게 지은 이유는 아직 알 수 없다.

"쉰켄 씨도 최종전이 함정 아닐까 하는 주장을 해서……. 만약 세모 표시가 된 배당률 2배의 몬스터에 돈을 걸고 이기면 칩이 10만 개를 넘으니까, 그 어마어마한 성능의 검을 차지할 수 있잖아요. 그래서 이쿠라 씨랑 밸더 씨도 쉰켄 씨의 의견에 동조했어요……. 저는 거기까지 보고 밖으로 나왔으니까 결국 어느 쪽에 걸었는지는 모르겠지만……."

"저, 밸더 씨가 누구였더라?"

이쿠라는 홋카이 이쿠라를 말하는 것임을 알 수 있었지만 벨더는 처음 듣는 이름이라 확인차 물어본 것이었는데, 리텐은 길게 숨을 들이쉬고 나서 대답했다.

"풀네임은 슈바르츠밸더 키르슈토르테 씨에요. 저와 같은 탱커에요. 길드에 들어온 지는 꽤 오래되신 분인데, 요즘 들어 전투 요령에 눈을 떠서 1군으로 승격됐어요."

"그랬구나……."

HP나 스킬 숙련도 같은 수치적 스테이터스는 시간을 들이면 들인 만큼 착실하게 상승하지만, 소위 플레이어 스킬은 꼭 그렇지만도 않다. 특히 풀다이브형 RPG는 구형 게임보다 플레이어 스킬의 비중이 높기에, 소드 스킬 하나만 해도 숙련에 드는 시간은 개인마다 다르기 마련이다. 집단전의 경우는 더더욱 심해서 눈앞의 몬스터에 대처하면서 파티 멤버, 길드 멤버, 그리고 전장 전체의 상황을 살펴 가며 적절하게 싸우려면 지식과 경험, 그리고 센스를 필수적으로 갖추어야 한다.

나도 원래는 솔로 플레이만 하는 어태커 출신이라서 남에 대해 왈가왈부할 만큼 집단전 플레이어 스킬이 뛰어난 편은 아니었다. 그렇기에 밸더 씨처럼 일류 탱커가 되기 위해 노력하는 플레이어에 대해서는 감사의 마음을 갖고 있다. 이름이 조금, 아니 엄청나게 외우기 힘들지만 그건 사소한 문제다.

나는 그런 생각을 하면서 시야 우측 하단을 살펴보았다. 10시 25분, 제5시합 시작 5분 전. ALS나 DKB나 이미 티켓 구입은 완료한 상태일 것이다. 그들이 영광을 쟁취할지, 아니면 절망에 빠지게 될지 이제 곧 결정된다.

솔직히 실시간으로 구경하고 싶은 마음이 굴뚝같았지만, 그

건 너무 짓궂은 짓일 것이다. 지금은 리텐에게 물어봐야 할 중요한 문제가 하나 더 남아 있다.

"고마워, 리텐 씨. 린키바가 한방 베팅에 나서게 된 이유는 잘 알겠어. 그들의 승리를 기원하면서 또 하나 물어보고 싶은 게 있는데……."

내가 그렇게 얘기를 꺼내자 리텐은 긴장이 깃든 얼굴로 고개를 끄덕였다.

"네, 벅섬에 대한 얘기죠?"

나와 아스나, 아르고가 말없이 고개를 끄덕였다.

PK 집단의 일원인 벅섬이 잠입해 있던 쪽은 DKB였으니 ALS 속속인 리텐이 직접 얼굴을 맞댄 적은 없었을지도 모르지만, 우리가 참석하지 않았던 어젯밤 회의에서 린드가 가능한 한 설명을 해 주기는 했을 것이다.

조금 남아 있던 상그리아를 마저 마신 리텐은 잠시 짬을 두었다가 얘기를 시작했다.

"……DKB는 우리 ALS에 비하면 소수 정예를 지향하는 편이긴 하지만, 그렇다고 멤버 모집을 안 하는 건 아니에요. 우리처럼 적극적인 스카우트에 나서지는 않아도, 아래층 주거 구역에서 페이퍼를 돌리기도 하고 시작도시에서 때때로 입단 심사회를 열기도 하니까요."

"그, 그렇구나……."

전단지를 찌라시나 삐라가 아닌 페이퍼라고 부르는 건 처음 들었지만, 지금은 그런 사소한 문제에 연연할 때가 아니다.

"심사회라는 건 뭘 심사하는 거야?"

"저도 시바한테 잠깐 들은 게 전부지만, 레벨이나 스테이터스, 스킬 구성을 보는 1차 심사와 소드 스킬 실기시험인 2차 심사, 간부와 듀얼을 벌이는 3차 심사가 있다고 해요."

"3차 심사……."

나는 반사적으로 입매를 씰룩거렸다.

"그렇게 하면 지원자가 모이기는 해?"

아스나도 약간 황당해 하며 그렇게 물었지만 리텐은 고개를 끄덕였다.

"요즘은 공략 집단에 들어가려는 중견층 플레이어들도 제법 늘어서 매번 2, 30명 정도는 모인다는 모양이에요. DKB는 디어벨 씨의 직계 길드라는 점이 크게 작용했다는 것 같아요. 저도 디어벨 씨와 직접 얘기해 볼 기회는 없었지만, 중간층 플레이어들 사이에서는 전설 속 영웅처럼 여겨지고 있다는 모양이니까요."

키바오 씨도 좋은 리더지만 말이죠, 하고 덧붙이는 리텐의 옆얼굴을 쳐다보며 나는 ≪기사≫ 디어벨의 모습을 뇌리에 떠올렸다. 그가 제1층 플로어보스 공략전에서 목숨을 잃은 것은 작년 12월 4일이고 오늘은 1월 5일이다. 불과 한 달 전에 일어난 일이라는 게 나로서는 믿기 힘든 일이었지만, 중견 플레이어들 사이에서 전설화되기에는 충분한 시간일 것이다.

짤막한 침묵을 깬 것은 리텐의 목소리였다.

"……벅섬은 연말에 열린 입단 심사회에 참가했는데, 3차 심사인 듀얼에서 하프너 씨와 무승부를 거두고 DKB 가입을 승인받았다나 봐요."

"연말이라……."

나는 그렇게 중얼거리면서 아인크라드 공략 타임테이블을 머릿속에 펼쳐 보았다. 나와 아스나, 아르고, 리텐을 포함한 즉석 레이드 파티가 제5플로어 플로어보스를 격파한 것이 12월 31일 밤. 연말 시점에는 6층의 연속 퀘스트 관련 정보를 가진 사람은 아무도 없었을 것이다. 베타테스터 출신들은 예외지만, 베타테스트 당시만 해도 ≪스타키온의 저주≫ 퀘스트의 키 아이템인 황금 큐브에는 플레이어를 마비시키는 힘 같은 건 없었다.

즉, 만약에 벅섬이 처음부터 황금 큐브를 빼앗기 위해 DKB에 가입한 거라면, ≪까만 판초 남자≫가 이끄는 PK 집단은 베타테스터 출신이 아닌 다른 경로를 통해 그 아이템 관련 정보를 얻었다는 얘기가 된다.

"……벅섬, 모르테, 검은 마스크 쓴 대거 전사, 그리고 까만 판초 남자."

오른손으로 손가락을 하나씩 뻗으면서 열거해 본 아스나가 그 손을 꽉 움켜쥐었다.

"PK 집단은 전부 합쳐서 몇 명이나 있는 걸까."

"나도 열심히 조사해 보긴 했는데, 아지트도 알 수가 없더란 말이지……."

아르고가 울분에 찬 목소리로 말하자 아스나가 격려하듯 말했다.

"무리하지는 마, 아르고 씨. 그 녀석들은 위험하고 교활하니까. 어디 숨어 있다고 해도 이상할 게 없어."

맞는 말이었다. 우리는 아스나가 ≪검은 마스크 쓴 대거 전사≫라고 지칭한 PK러가 ALS의 고참 멤버인 '조' 아닐까 하는 의심을 품고 있지만, 애석하게도 증거를 잡아내지는 못했다. 조에 대해 리텐에게 물어보고 싶은 마음은 굴뚝같지만, 만약 우리가 조를 의심하고 있다는 걸 리텐이 알아채고 녀석에게 직접 들이대기라도 하면 그녀의 목숨이 위태로워질 가능성이 있었다.

"……그 녀석들은 대체 정체가 뭐죠?"

다 마신 잔을 양손으로 꽉 움켜쥐면서, 리텐이 목소리를 쥐어짜듯 말했다.

"이런 상황에서 PK 짓을 해서 공략을 방해하면, 자기들이 SAO에서 빠져나갈 날도 점점 늦어질 뿐인데……."

그 물음에는 아무런 대답도 해줄 수 없었다. 나나 아스나도 녀석들의 존재를 알게 된 뒤로 줄곧 그런 생각을 해 왔기 때문이다.

까만 판초 남자와 그 패거리들의 행동에서는 조금의 합리성도 찾아볼 수가 없었다. 하지만 어떤 의미에서는 그것이 녀석들의 강점이라 할 수 있었다. 데스 게임 공략을 의도적으로 방해한다는 비정상적인 발상이 녀석들의 행동을 예측하기 힘들게 만드는 것이다.

입 안에 번지는 씁쓸함을 오렌지향 에일로 씻어내고 있는데 오른쪽에서 아르고의 목소리가 들려왔다.

"≪바틀 테스트(Bartle Test≫라는 거 알아?"

처음 듣는 단어였기에 나와 아스나, 리텐은 동시에 고개를 가로저었다.

“예전에 어떤 게임 연구가가 제창한 얘기야. 그 설에 따르면 게이머는 네 종류로 분류할 수 있다나 봐.”

“네 종류요?”

리텐이 고개를 갸우뚱거리자 아르고는 오른손 손가락 하나를 척 세웠다.

“첫 번째는 ≪어치버(Achiever)≫. 이건 게임 내에 설정되어 있는 목표의 달성을 목적으로 하는 타입이야. 만렙까지 레벨업을 하거나, 최강 장비를 갖추거나, 퀘스트를 올 클리어하거나, 트로피를 수집하거나 하는 거지.”

나는 트로피 수집 같은 건 안 하는데……, 하는 생각이 들었지만 내가 끼어들기도 전에 아르고가 또 하나의 손가락을 세웠다.

“두 번째는 ≪익스플로러(Explorer)≫, 미지의 요소를 탐색하거나 발견하는 데 열을 올리는 타입이지. 월드맵을 구석구석 돌아다니는 것, 처음 보는 던전이나 보스몬스터에 다짜고짜 들이대는 것, 오를 수 있어 보이는 벽이나 건널 수 있어 보이는 벼랑을 보면 집요하게 도전하는 것 등등.”

아, 내가 바로 그런 것 같은데……. 그렇게 말할 시간 역시 주어지지 않았다.

“세 번째는 ≪소셜라이저(Socializer≫. 다른 플레이어와의 교류를 즐기기 위해 게임하는 타입. 협력 플레이어를 좋아하거나 길드를 운영하거나, 맵애 가만히 서서 몇 시간 동안 채팅을 하거나 하는 식이지.”

이번에는 내가 뭔가를 생각하기도 전에 아스나가 끼어들었다.

"키리토 군이랑은 정반대 타입이네."

순간, 리텐에게서 쿠후흡 하는 기괴한 소리가 발생했다. 고개를 푹 숙이고 있는 걸 보면 웃음을 꾹참고 있는 게 분명했다. 아르고도 오른쪽 끝에서 입매를 히죽 끌어올렸지만, 이내 진지한 얼굴로 돌아오더니…….

"그리고 네 번째가 ≪킬러≫. 다른 플레이어를 죽이는 것에서 기쁨을 느끼는 타입."

그 말이 끝나기가 무섭게 아스나와 리텐의 얼굴에서 웃음기가 사라졌다.

침묵에 까진 두 사람을 대신해서 내가 아르고에게 물었다.

"……그럼 그 PK 집단 녀석들은 그 킬러 타입에 속한다는 거야?"

"그렇게 간단하게 규정할 수 있는 얘기는 아니겠지만 말이지. 애초에 나는 바틀 테스트라는 걸 믿지도 않고……. 다만, SAO에 갇혀 있는 플레이어들 중에는 PK 행위에 대한 심리적인 허들이 높은 녀석도 있지만, 그렇지 않은 녀석들도 있을 거야. 교묘한 말로 설득하면 그 허들을 손쉽게 넘어갈 녀석들이……."

내 귀에 가까스로 들릴 정도의 볼륨으로 중얼거린 아르고는 맥주잔에 반쯤 남아 있던 에일을 단숨에 들이켰다.

아스나도 리텐도, 그리고 나도 뭐라고 해야 할지 좀처럼 말이 떠오르지 않았다. 아르고는 '교묘한 말로 설득하면……'이라고 했는데, 그 설득을 한 녀석은 어떻게 자기 안의 허들을 뛰어넘은 걸까. 아니면 애초에 그런 게 존재하지 않는 인간이었던 걸까.

——잇츠 쇼타임.

불현듯 누군가가 그렇게 속삭이는 소리가 귓전에서 들린 것 같아서 나도 모르게 흠칫 놀랐다. 그러자 마치 내 전율을 알아채기라도 한 것처럼 옆자리의 아스나가 차분한 목소리로 말했다.

"……아르고 씨, 덕분에 새로운 걸 알았어."

그리고 어깨를 으쓱하면서 짓궂은 말투로 덧붙였다.

"하지만 애석하게도 난 어느 타입에도 안 속하는 것 같아."

하긴 그렇다. 아니, 애초에 아스나가 게이머에 속하기는 하는 건가——그런 생각을 하고 있는데 아르고가 이히히 소리 내어 웃었다.

"그렇다면 아스냥자를 위해 다섯 번째 타입을 만들어 줄게. ≪프로그레서≫는 어때?"

""""프로그레서?""""

우리 셋은 동시에 고개를 갸웃거렸다.

"프로그레스(progress)……라는 건 나아간다는 뜻이지? 어디로 나아가는 건데?"

"그야 나아가야 할 방향으로 나아가는 거지."

아스나의 의문에 아르고가 아리송하게 대답한 순간, 아래쪽에서 희미한 환호성이 들려왔다. 최종전인 제5시합이 시작된 모양이었다.

"리텐 씨, 돌아갈래?"

아스나가 묻자 리텐은 잠시 고민하다가 대답했다.

"아뇨……, 혹시 돈을 따면 어차피 상품을 교환하러 여기로 오게 되어 있으니까, 그때까지 기다릴게요."

"알았어. 그럼 우리는 이제 그만 가 볼게."

"어라, 결과가 궁금하지 않으세요?"

"눈앞에서 다른 사람이 칩 10만 개짜리 검을 차지하는 모습을 보면, 키리토 군이 부러움에 대성통곡을 할 것 같아서."

아스나가 새침한 얼굴로 그렇게 말하자 리텐과 아르고가 큭큭 히죽히죽 웃었다. 나는 황급히 항변했다.

"누, 누가 대성통곡을 해?! 발을 동동 구르는 정도라면 또 모를까."

"그것도 충분히 우습잖아."

황당해 하며 일어서는 아스나를 따라 나도 자리에서 일어섰다. 하지만 아르고는 여전히 리텐 옆에 앉아 있었다.

"나는 결과를 지켜볼게. 먼저 숙소로 돌아가 있어."

"응. 그럼 나중에 보자. 리텐 씨, 얘기 들려줘서 고마워."

"별 말씀을요, 저도 즐거웠어요."

아스나가 웃으며 두 사람에게 손을 흔들었고, 나도 왼손을 한 번 쥐었다 펴 보이며 바 카운터를 떠났다. 아래쪽에서 다시 잔물결 같은 환호성이 들려왔다. 마지막 시합이니만큼 분위기가 후끈하게 달아오른 모양이다.

"……정 보고 싶다면 같이 가 줄 수도 있어."

문 쪽으로 걸어가던 아스나가 그렇게 말했기에 나는 살짝 미소를 지었다.

"아니, 괜찮아. 니르니르 님의 얘기를 듣고 나니까 마음 놓고 즐길 수가 없을 것 같아."

"하긴 그래……. 있잖아, 키리토 군. 그 애 말야……."

거기서 말이 끊겼기에 나는 슬쩍 옆을 쳐다보았다. 그러나 아스나는 천천히 고개를 가로젓고 "아니, 아무것도 아니야"라고 말했다.

40분 후, 나와 아스나는 앰버문 인으로 돌아온 아르고를 통해 ALS와 DKB가 양쪽 모두 최종 시합에서 베팅에 실패, 그때까지 벌었던 5만 개 이상의 칩을 거의 다 잃었다는 소식을 듣게 되었다.

8

허공을 떠돌던 솜털이 바람에 날려 떨어지듯, 문득 눈이 떠졌다.

무거운 눈꺼풀을 2밀리미터 정도 들어 올려서 현재 시각을 확인했다. 오전 2시——아직 침대에 누운 지 2시간밖에 지나지 않은 시간이다.

현실세계에서는 그리 깊이 잠들지 못하는 나였지만, 아인크라드에서는 신기할 정도로 숙면을 취할 수 있었다. 목숨과 직결된 데스 게임 속에 갇혀 있는 상황에서 왜 이렇게 곤히 잠들 수 있는 건지 스스로 생각해도 신기했지만, 낮에 게임 공략에 몰두하느라 피곤했거나 수면을 방해하는 불필요한 감각들이 차단되기 때문일 수도 있고, 아니면……, 인정하기는 싫지만 이 세계를 안락하게 느끼기 때문이거나.

그러니 이렇게 뜬금없이 잠에서 깨는 건 드문 일이었다. 기상 알람은 오전 6시로 세팅해 두었으니 4시간은 더 푹 자서 아침부터 시작될 공략에 대비해야 한다……. 그렇게 생각하며 다시 눈을 감은 바로 그때.

몸에 미세한 흔들림이 느껴져서 나는 얼굴을 찌푸렸다.

아마 내가 갑자기 잠에서 깬 건 이 진동 때문이었던 모양이다. 바람일까 지진일까 파도일까, 그것도 아니면 아인크라드가 낙하라도 하고 있는 걸까.

"키리토 군, 좀 일어나 봐."

별안간 귓전에서 그런 소리가 들려왔다. 나는 "후오옷?" 하고 비명을 내지르며 벌떡 일어나려 했다. 하지만 몸을 50센티미터쯤 일으켰을 때 이마가 무언가에 격돌했고, 보라색 섬광이 시야를 가득 채웠다.

"""아얏……."""

그런 목소리가 2중으로 울려 퍼졌다.

다시 머리를 베개에 뉘인 나는 멍하니 몇 번 눈을 깜박거려서 두 눈의 초점을 맞춰 보려 했다.

침대 오른쪽에 서서 양손으로 이마를 부여잡고 있는 것은 내 잠정 파트너였다. 이 세계에는 통각이 존재하지 않지만 통증을 발생시킬 수 있는 상황에 직면하면 두뇌가 가상의 통각을 만들어내려 한다. 너브 기어에는 그런 환통까지 경감시키는 시스템이 탑재되어 있는데, 아무리 그래도 허를 찔려서 반사적으로 느끼는 통증까지 완전히 없애 주지는 못한다.

그렇게 해서 나와 아스나는 한동안 박치기의 여운을 견딘 뒤에 새삼 서로를 마주보았다. 조금 전에 느껴졌던 진동의 원흉은 지진도 강풍도 아닌 이 사람이었던 모양이다.

"……저기, 여기서 뭐 하는 거야……?"

머뭇머뭇 물어보자 세검전사는 찌푸린 얼굴로 대답했다.

"키리토 군이 아무리 불러도 안 일어나서 그런 거야. 하는 수 없이 흔들어서 깨웠더니 갑자기 벌떡 일어났잖아."

"그, 그거 미안하게 됐네……. 그런데 왜 나를 깨우려고 한 건데?"

"예정보다 좀 일찍 출발할까 해서."

"뭐……?"

시간 표시를 잘못 본 건가 싶어서 황급히 재확인해 보았지만 역시 오전 2시를 조금 지난 시각이었다. 커튼 틈새로 쏟아져 들어오는 희뿌연 빛 역시 아무리 봐도 아침 햇살이 아닌 달빛이었다.

"……아무리 그래도 이건 너무 이른 거 아냐?"

"그건 그렇지만……, 이것저것 생각하다 보니까 잠이 안 와서 말야."

아스나는 조용한 목소리로 그렇게 중얼거리고 침대 가장자리에 걸터앉았다. 엷은 파란색 잠옷이 달빛을 받아서 물에 젖은 것처럼 반짝였다.

"……비밀 열쇠 퀘스트는 우리가 다크 엘프의 거점에 갈 때까지는 재개되지 않아. 나도 머리로는 알고 있어. 하지만 키즈멜은 버튼 하나로 정지시킬 수 있는 단순한 프로그램이 아냐. 우리가 찾아갈 때까지 거점에서 홀로, 이야기가 다시 움직이기 시작하기만을 기다려야 해……."

"……그렇지."

나는 다시 상반신을 일으키며 고개를 끄덕였다.

아스나가 그런 생각에 이르게 된 건, 아마 6층이나 이곳 7층에서 진짜 인간과 별반 다를 게 없을 만큼 고도의 감정 표현과 사고 능력을 가진 NPC들을 접했기 때문이리라. 미이나, 세아노, 부플름, 그리고 키오와 니르니르. 그들과 그녀들은 인공 세계인 아인크라드에서 있는 힘껏 살아가고 있다. 물론 키즈멜도 마찬가지다.

네 개의 비밀 열쇠를 빼앗긴 키즈멜은 투옥당하는 정도까지는 아니겠지만, 그렇다고 후한 대접을 받고 있는 것도 아닐 것이다. 만약 그녀가 괴로운 처지에 놓여 있다면 한시라도 빨리 ≪여섯 개의 비밀 열쇠≫ 퀘스트를 재개해서 키즈멜을 구해주고 싶다고 생각하는 건 당연한 일이다.

——하지만.

"하지만 아스나는 한숨도 못 잤잖아? 수면 부족 상태로 미지의 필드를 한밤중에 이동하는 건 영 불안한데——. 하다못해 한 시간이라도 눈을 붙이는 게 어때?"

내 제안에 아스나는 가만히 고개를 가로저었다.

"아니. 오늘 잠자기는 그른 것 같아."

"잠자기는 글렀단 말이지……."

그 심정도 이해가 가기는 했다. 자야 된다는 강박관념에 사로잡히면 사로잡힐수록 정신이 또렷해지는 경험은 SAO 이전에는 헤아릴 수도 없을 만큼, SAO에 들어온 이후로도 몇 번인가 겪은 적이 있었다.

하는 수 없지, 내가 조심하면 괜찮겠지. 그런 생각이 들어서 "그럼 바로 출발하자" 하고 말하려 한 바로 그 직전.

"……그런데 조금 정도는 잘 수 있을 것 같아."

아스나가 그런 소리를 했기에 나는 열었던 입을 일단 다물었다가 다시 열었다.

"그럼 한 시간 뒤에 거실에서 집합……."

하지만 그 말이 끝나기도 전에 아스나가 내 오른쪽에 풀썩 쓰러졌다. 옆으로 드러누운 채 다리를 침대에 올리고 베개를

하나 끌어당겨서 머리를 얹는가 싶더니, 그대로 움직임을 멈추었다.

"……."

거기서 주무시지 말고 자기 방으로 돌아가서 주무세요……, 라는 말이 목구멍까지 솟구쳐 올랐지만 꾹 참았다. 불면에 시달리는 사람이 겨우 잠들 수 있게 됐는데 그걸 방해하는 건 사악 무도한 짓이다.

게다가 아스나와 가까이에서 자는 건 처음 있는 일도 아니었다. 콤비를 맺고 공략하다 보면 필드에서 접이식 침대 하나에 나란히 누워 야영해야 할 때도 생기기 마련이니, 이런 상황에도 적응해야 한다.

조용한 숨소리를 내며 잠든 아스나로부터 10센티미터쯤 거리를 둔 나는 기상 알람을 오전 3시로 세팅한 다음 침대에 드러누웠다.

그리고 10초 후, "오늘 잠자기는 글렀네" 하고 소리 없이 중얼거렸다.

9

1월 6일, 오전 3시 10분.

통상 장비로 돌아온 나와 잠정 파트너는 월룹타 중앙 계단을 나란히 오르고 있었다.

좌우에 늘어선 점포들의 문은 굳게 닫혀 있고, 길을 걷는 사람도 없었다. 수상한 술집들이 늘어서 있는 서쪽 계단이라면 아직 북적일지도 모르고 심야 한정 퀘스트의 개시 지점을 찾을 수 있을 것 같다는 생각도 들었지만, 지금은 한눈 팔 상황이 아니다.

예정보다 세 시간 가까이 일찍 출발하기는 했으나 오늘 공략 스케줄은 상당히 빡빡하다. 우선 월룹타에서 7층 중앙부에 있는 ≪흔들바위 숲≫으로 이동해서 다크 엘프의 거점에서 키즈멜과 합류, 비밀 열쇠 퀘스트를 진행하는 동시에 나소스 열매를 20개 수집하고 정오 전에는 일단 월룹타로 돌아와야 한다. 아마 비밀 열쇠 퀘스트는 중단하고 키즈멜에게는 거점에서 잠시 기다려 달라고 부탁하거나, 월룹타까지 동행해 줄 것을 부탁해야 할 것이다.

아무리 우르츠석 수집은 아르고에게 맡길 수 있다 해도 해야 할 일들이 산더미 같네……. 그렇게 생각한 순간, 졸음의 전해가 뱃속 깊은 곳에서 치밀어 올라서, 나는 "흐아~~~암" 하고 커다란 하품을 했다.

순간, 옆에서 활기차게 성큼성큼 걷고 있던 아스나가 몸을 앞으로 기울이더니 내 얼굴을 비스듬히 올려다보았다.

"키리토 군, 나보다 3배는 더 잤는데 아직도 졸려?"

"3배는 오버야. 많이 쳐 줘야 2.5배 정도지."

네가 내 침대에서 자는 바람에 제대로 못 잤잖아, 라고 말할 수는 없는 노릇이라 반문법으로 얼버무리기로 했다.

"그러는 아스나는 1시간밖에 못 잤는데 왜 그렇게 기운이 넘치는 거야?"

"으—음, 한 시간 잤더니 어쩐지 피로가 싹 풀렸어."

"……그것 참 경하드리옵니다."

사극풍으로 대꾸하니 아스나는 "별것 아니니라" 하고 맞받아쳤다. 약간 들떠 있는 것처럼 보이는 건 수면 부족 때문이 아니라, 이제 곧 키즈멜과 재회할 수 있다는 기대감 때문일 것이다.

물론 기대되는 건 나도 마찬가지다. 하지만 아인크라도 공략도 어느덧 7층. 3층에서 시작된 엘프 전쟁 캠페인 퀘스트는 9층까지 가면 완결된다. 키즈멜과 함께 모험할 수 있는 것도, 길어 봤자 앞으로 1, 2주 정도다.

아니, 캠페인 퀘스트가 끝난 뒤에도 9층의 성에 가면 언제든지 키즈멜을 만날 수는 있을 것이다. 그러니 아스나의 기분에 찬물을 뿌리는 소리를 할 필요는 없다. 데스 게임에 갇혀버린 이 상황에서 귀중한 즐거움을 발견했으니, 그걸 고이 간직해야 할 것이다.

그런 생각을 한 순간, 머릿속 한 구석에서 "이히힛" 하는 아르고의 웃음소리가 들려온 것만 같아서 나도 모르게 몸이 부르르 떨렸다. 침실에서 쿨쿨 자고 있던 그녀에게는 메모를 남겨 두고 왔지만, 낮에 합류하면 어느 정도 놀림이 날아들 게 불 보듯 뻔하다. 마음의 준비를 단단히 해 두고 가끔은 멋들어진 반격을 날려 줘야 한다.

중2 남학생이 맞받아치기에는 고난이도에 해당할 그 질문에 대해 여러 모로 시뮬레이션해 보고 있는데, 다시 아스나가 말을 걸었다.

"그러고 보니 린드 씨랑 키바오 씨는 어떻게 할 생각일까?"

"어떻게 하다니?"

"최종 시합에서 베팅이 어긋나는 바람에 전재산을 날려버렸잖아."

"그 정도까지는 아냐."

나는 쓴웃음을 머금고 대답했다.

"리텐한테 듣기로는 ALS가 처음에 건 건 11000콜이었다고 했어. 분명 큰돈이기는 하지만, DKB는 우리에게서 길드 플래그를 사려고 했을 때 30만 콜을 제안했잖아. ALS도 비슷한 수준의 자금 정도는 보유하고 있을 테니, 11000콜쯤 잃는다고 해도 수업료 낸 셈 치고 넘어가지 않을까?"

"수업료……."

똑같이 되뇌인 아스나가 심란한 얼굴로 중얼거렸다.

"결국 린드 씨와 키바오 씨에게 비법서를 판 NPC 아저씨는 사기꾼이었다는 얘기야?"

"사기꾼이랑은 좀 다른 것 같은데……. 비법서는 고작 100콜이었다는 모양이고, 주간 타임과 야간 타임 합쳐서 총 10

시합 중에 9시합의 예상을 적중시켰잖아. 그 9시합을 통해서 신뢰를 얻고, 마지막 시합에서 큰돈을 걸도록 유도해서 돈을 뜯어내는 작전이었을 거야. 즉 사기꾼이 아니라, 카지노 측의 첩자 같은 거겠지."

"으—음……."

내 설명을 듣고도 납득이 안 간 듯, 아스나는 반대쪽으로 고개를 갸우뚱거렸다.

"하지만 몬스터 투기장은 룰렛이나 트럼프 게임과는 달리 관객들끼리 베팅액을 두고 다투는 거 아니야? 카지노 측의 수입은 수수료의 10퍼센트라고 니르니르 님이 그랬었잖아. 그러니까 키바오 씨 일행이 몇 만 콜을 걸었든, 돈을 버는 건 다른 관객들이지 카지노 측 입장에서는 손해도 이득도 없을 것 같은데."

"맞는 말이야."

나는 아스나의 빠른 이해 능력에 놀라면서 고개를 끄덕였다.

"그러니까, 내 상상이 정확하다면 관객들 중에도 카지노 측 사람이 섞여 있을 거야. 키바오 일행이 베팅한 몬스터의 상대편 몬스터에 돈을 걸어서 그쪽이 이기면 떼돈을 버는 거지."

"야비해!"

아스나는 솔직하기 그지없는 표명을 한 뒤, "하지만……"이라고 말을 이었다.

"그럼 결국 시합의 승패를 컨트롤할 수 있다는 거잖아? 그건 양쪽 몬스터를 길들인 당사자들……, 즉 코를로이 가문의 바당 씨와 니르니르 님이 서로 손을 잡고 있어야만 가능한 거 아닌가……?"
"아니, 꼭 그렇게 생각할 수는 없어."
불과 몇 초 전에 아스나와 똑같은 생각을 했었던 나는 머릿속을 정리해 가면서 말했다.
"부정행위를 저지르는 게 한쪽일 경우, 반드시 승리하는 건 어렵지만 고의적으로 패배하는 건 가능해. 예를 들어 지정 등급 중에서 가장 약한 몬스터를 선택하거나, 사전에 독 같은 걸 써서 약화시키는 식으로……. 그런 장치를 심어 둔 상태에서 자기 쪽 몬스터가 승리한다는 예상을 비법서에 써 두면 그걸 믿은 키바오 패거리는 독박을 뒤집어쓰게 되는 거지."
"그렇기는 하지만 이상한 건 마찬가지야. 비법서에는 그 전까지 열린 아홉 시합에 대한 예상이 실려 있고, 그 예상은 전부 들어맞았잖아? 설마 코를로이 가문 측 몬스터가 전패한 건 아닐 테고 몇 시합 정도는 이겨야 할 테니……, 아."
거기서 말문이 막힌 아스나를 보며 나는 천천히 고개를 끄덕였다.
"응, 그 전까지의 시합에서는 이기기 위한 부정행위를 했었겠지. 그중 하나가 러스티 리카온의 색 바꾸기 트릭이었던 거고. 우리는 못 봤지만 아마 다른 시합에서도 코를로이 측에서 모종의 부정행위를 하지 않았을까? 이런 방법을 쓰면 이긴 시합의 수수료 10퍼센트뿐만 아니라, 진 시합에서도 돈을 벌 수 있으니까."
"……한 마디로 모든 시합이, 으음, 이런 걸 뭐라고 해야 하나……, 한쪽만 일방적으로 부정을 저지르는 거……."

"한쪽이 일부러 지는 건 고의패배라고 하겠지만, 코를로이 가문은 부정행위를 써서 이기기도 했으니까."

"그랬지……. 뭐, 하여튼 용서 못해. 니르니르 님은 최선을 다해서 자기 역할을 다하려 하고 있는데, 코를로이 가문은 부정행위를 해서 돈 벌 궁리만 하고 있다니."

분개하는 파트너의 말에 나는 "그것도 다 퀘스트의 설정이야"라고 대꾸하려다가 간신히 되삼켰다.

한 달 전의 나였다면 아직 만난 적 없는 바당 코를로이라는 자도 이 퀘스트를 만든 현실세계 속 누군가의 시나리오대로 움직이고 있는 것뿐이라고 생각했으리라. 하지만 키즈멜이나 미이아나 세아노는 물론, 우리에게서 네 개의 비밀 열쇠를 빼앗아간 폴른 엘프 부장군 카이사라도 어디까지나 스스로의 의지로 행동하고 있는 것처럼 느껴졌다. 그러니까 어쩌면 바당의 경우도 단지 상황만 주어진 상태에서 그 이외의 모든 것은 스스로 선택하고 결정하는 건지도 모른다.

니르니르는 지금 바당은 조금의 생명을 살 돈을 긁어모으느라 여념이 없어서 다른 것들은 안중에도 없는 상태라고 말했다. 그게 단순한 캐릭터 설정이 아니라면, 그는 왜 그렇게까지 죽음을 두려워하는 걸까? 그리고 돈으로 생명을 산다는 건 구체적으로 무엇을 의미하는 걸까……?

"아, 키리토 군, 출구가 보여."

그 말에 고개를 드니 정면에 약간 아담한 문이 보였다. 어느새 중앙 계단을 다 올라가서 월룹타 시내 북문 광장에 도착한 것이다.

한밤중임에도 문은 활짝 열려 있고 그 좌우에는 일단 위병의 모습이 보이긴 했지만, 두 사람 모두 졸음을 이기지 못한 채 꾸벅꾸벅 졸고 있었다. 그들이 그러는 것도 이해할 수 있었다. 그들이 근면성실하게 문을 지키건 말건, 필드에 어슬렁거리는 몬스터들은 시스템 장벽에 막혀서 도시 안에는 절대 들어오지 못하니 말이다. 어떤 의미에서는 이것보다 보람 없는 직업도 없을 것이다.

그런 생각이 들어서인지 위병들 앞을 지나는 내 입에서는 무의식중에 "수고하세요"라는 말이 튀어나왔다. 그랬더니 위병들 중 하나는 계속 졸고만 있었지만, 나머지 한 명은 고개를 들고 "밤길은 위험하니까 조심하라고"라며 대꾸했다. 그 말에 아스나가 "고마워"라고 웃으며 대답했다.

우리는 멋들어지고도 견고한 문을 지나서 도시 밖으로 나왔다. 시야 중앙에 【Outer Field】라는 문자열이 나타났다가 사라졌다.

눈앞에 펼쳐진 초원 너머로 불어오는 밤바람을 들이마시고 한껏 기지개를 켜니, 아스나가 어리둥절한 얼굴로 물었다.

"키리토 군, 원래 도시 위병들한테 인사 같은 거 하는 사람이었어?"

"그야, 뭐, 가끔은……."

"그랬구나. 아까 그 사람, 순간적으로 움찔하던데. 꾸벅꾸벅 졸던 걸 들켜서 높은 사람한테 혼나게 될 줄 알았나 봐."

아스나가 큭큭거리고 웃었다. 그 모습을 보고, 앞으로는 가능한 한 위병들한테도 인사하고 다녀야겠다고 생각하면서 달빛 가득한 가도로 발걸음을 내딛었다.

아인크라드 7층은 기본적으로 남쪽이 초원지대, 북쪽이 산악지대로 구성되어 있다. 주거 구역에서 미궁 구역으로 가는 길은 곡선형으로 크게 휘어지면서 각각 그중 한쪽을 지나게 되어 있는데, 대부분의 플레이어들은——더불어 NPC들도 중앙부에 발걸음을 들여놓을 일은 거의 없었다.

그 때문인지 월룹타에서 북쪽으로 똑바로 뻗은 가도의 포장석에는 얼마 안 가 금이 가기 시작하고, 머지않아 아예 비포장도로로 바뀌어버렸다. 이런 길은 비가 오면 걸핏하면 넘어져서 성가셔지지만 당분간은 그럴 걱정은 없어 보였다.

우리는 낮에 출몰하던 벌이나 창투구벌레 대신 출현하는 나방이나 하늘가재류 몬스터들을 격파하면서 신중하게 나아갔다. 현실세계에서는 투구벌레도 야행성 곤충이었던 것 같긴 하지만, 몸 길이가 50센티미터나 되는 벌레에게 생물학적 정확성을 요구하는 건 무의미한 짓이리라.

30분쯤 걸었을 무렵, 필드의 분위기가 변모하기 시작했다.

완만한 언덕을 덮고 있던 짤막한 풀들이 점점 무성하게 우거지고 나무들의 수도 늘어났다. 이윽고 앞쪽 오솔길 양쪽으로 우뚝 서 있는 거대한 활엽수 두 그루가 모습을 드러냈다.

문득 미지근한 맞바람이 불어 와서 두 나무의 잎들을 바스락바스락……하고 흔들었다. 척 보기에도 '여기부터 위험 구역!'이라고 얘기하는 것 같은 연출이었다. 데스 게임인 이곳에서 이걸 보고도 주의하지 않는 플레이어는 없을 것이다.

아스나에게 경고하려고 입을 열었지만 파트너가 나보다 한 발 앞서 발언했다.

"'사시'야."

"……응? 뭐라고?"

7층에 그런 몬스터가 살았었나? 아니, 애초에 몬스터가 어디에……라고 생각하면서 재빨리 주위를 둘러보았지만, 적의 기척은 느껴지지 않았고 빨간 커서도 찾아볼 수 없었다. 계속 주위를 두리번거리고 있으려니, 아스나가 황당하다는 듯이 말했다.

"몬스터 얘기가 아냐. 저 나무 이름을 말하는 거야."

"어……."

문지기처럼 길 양쪽에 우뚝 서 있는 두 그루 나무를 다시 한 번 올려다보면서 말했다.

"저 나무 이름이 사시라고? 현실세계에도 있는 거야?"

"있는 나무야. 잎사귀의 밀도가 높아서 바람이 불면 큰 소리를 내. 그러니까……, '사시나무 떨 듯 한다'라고 할 때, 그 사시나무라고 얘기하면 알아듣기 쉬울지도 모르겠네."

"아, 그건 들어 본 적 있어. ……그러고 보니 아스나는 4층의 요펠 성에 있는 나무 이름도 맞혔었지?"

"그건 키즈멜이 주니퍼 나무라고 미리 가르쳐준 덕분이었어. 나는 주니퍼의 우리말 이름이 두송나무라는 걸 얘기한 것뿐이고."

그렇게 대답하는 아스나의 입매에는 미소가 깃들어 있었으나, 그 웃음기는 이내 사라졌다. 다시 키즈멜에 대한 걱정이 고개를 든 것이리라. 나도 서두르고 싶은 마음은 굴뚝같았지만, 여기부터는 몬스터 이외의 위험요소가 도사리고 있다.

"으음, 조금 있으면 도착할 ≪흔들바위 숲≫ 말인데, 주의해야 할 게……."

"바위가 흔들리는 것 말이지?"

상대가 먼저 얘기하는 바람에 나로서는 고개를 끄덕이는 것밖에 할 수 없었다.

"네, 정답입니다."

"미안미안."

아스나는 쓴웃음을 지으며 내 오른팔을 툭 쳤다.

"바위가 흔들린다는 게 구체적으로 어떤 건데?"

"그게 말이지……."

나는 양손으로 공중에 구체를 만들면서 내가 가진 어휘력을 총동원해 설명했다.

"흔들바위 숲은 땅이 습지라서 걷기도 힘들고, 가끔씩 완전히 푹 파이는 곳도 있어. 그런 땅에 엄청 큰 바위들을 늘어놓아서 만든 길이 있는데, 그 바위가 가끔씩 울렁울렁 움직일 때가 있거든. 바위 위에서 땅까지의 높이는 2, 3미터 정도고 바닥이 습지라서 떨어져도 대미지는 거의 없지만, 바위 위로 올라가는 게 무지 힘든 데다 그렇다고 계속 습지를 걷다 보면……. 뭐, 하여튼 어떤 바위가 흔들리는 건지는 자세히 보면 알 수 있으니까, 조심조심 가 보자는 얘기야."

설명을 마치고 발걸음을 내딛으려던 내 오른팔을 이번에는 아스나가 힘차게 꽉 붙들었다.

"잠깐 기다려 봐."

"어, 으응?"

"방금 뭔가 생략했지? '습지를 걷다 보면'이라는 말 다음에 무슨 말을 하려고 했던 거야?"

"……으—음."

나도 모르게 말문이 막혔지만, 분위기가 이렇게 돌아가기 시작한 이상 파트너를 속이는 건 불가능하다는 건 이미 알고 있었다.

"그게, 습지의 물속에는 아까 얘기한 깊은 늪 말고도 반투명하고 미끄덩미끄덩 물컹물컹한 야마토멜리베 같은 녀석이……. 야마토멜리베가 어떤 건지 알아?"

"……몰라."

나는 심오한 표정으로 생각에 잠긴 아스나의 왼쪽 어깨를 툭 치고 말했다.

"그럼 현실세계로 돌아가거든 검색해 봐. 바위에서 떨어지지만 않으면 아무런 문제도 없어."

"……그럴게."

고개를 끄덕이는 파트너에게 미소를 지어 준 뒤, 나는 본격적인 이동을 재개했다.

나란히 늘어선 두 그루의 사시나무 사이를 지나서 높다란 언덕을 넘으니 앞쪽에 시커먼 숲이 나타났다. 바로 저 숲 중앙에 흑엘프의 요새가 있다. 그 적대세력인 숲엘프의 거점은 플로어 북서부 외곽 근처, 험난한 산길 너머에 있다. 그쪽도 만만찮은 험로인데, 물론 우리가 굳이 그 길을 지날 필요는 없다.

시간은 오전 4시. 동이 트려면 아직 먼 시간이었다.

아스나도 같은 생각을 했는지 내 옆을 걸으면서 말했다.

"숲속은 엄청나게 어두울 것 같네. 횃불을 켜는 게 좋지 않을까?"

"아니, 필요 없을 거야……. 아마도."

"왜?"

"숲에 들어가 보면 알아."

그런 내 대답에 아스나의 입이 불만스러운 듯 뾰로통해졌지만, 그것도 숲속에 들어서고 나면 달라질 것이다.

우리가 돌파해 온 베르디아 초원과 흔들바위 숲 사이의 경계선은 현실세계의 지형과 전혀 달리 선명하게 나뉘어 있었다. 언덕을 내려가면 높이 20미터는 됨직한 나무들이 벽처럼 늘어서 있고, 거기에 누가 봐도 던전 입구 같아 보이는 틈이 시커먼 입을 벌리고 있었다. 오솔길은 그 틈으로 이어져 있고, 그 너머는 전혀 보이지 않았다.

"……역시 횃불이 필요한 거 아냐?"

"기다려 봐."

파트너를 다독이면서 언덕을 내려가 숲에 난 틈으로 돌입. 등 뒤에서 비추던 달빛이 순식간에 멀어지고, 2미터 앞도 보이지 않는 캄캄한 어둠이 우리를 휘감았다. 기온도 눈에 띄게 내려가서 여름밤의 후덥지근함이 완전히 사라졌다.

대부분의 플레이어들은 이 시점에 횃불이나 랜턴을 켤 것이다. 나도 베타 시절에는 그렇게 했었다. 하지만 이번에는 어둠이 초래하는 원시적 공포를 견디며 숲으로 둘러싸인 오솔길을 걸어갔다.

이윽고 우리들의 발소리가 메마른 흙을 밟는 저벅저벅 하는 소리에서 또각또각 하는 딱딱한 소리로 바뀌었다. 바닥이 바위로 바뀐 것이다. 두 개의 발소리에 섞여서 울리는 찰랑찰랑 하는 울림은 물이 흔들리는 소리다.

"……아."

아스나의 입에서 조그만 목소리가 흘러나왔다. 앞쪽에 아련하게 빛나는 연녹색 빛이 나타난 것이다. 가까이 가 보니, 빛을 내고 있는 것은 나무줄기에 나 있는 몇 개의 버섯들이었다. 현실세계에도 받침애주름버섯 같은 발광성 버섯이 존재하긴 하지만, 이건 그것보다 약간 크고 빛도 강했다.

빛나는 버섯 앞에 멈춰선 아스나가 손끝으로 전구처럼 둥근 갓 부분을 가볍게 탭했다. 그 결과 나타난 윈도우에는【배웅불버섯】이라는 고유명이 적혀 있었다.

"배웅불버섯……, 현실세계에는 없는 녀석이지?"

아스나가 이쪽을 돌아보면서 물었기에 가만히 고개를 끄덕였다.

"내가 아는 한은 그래."

"배웅불이라는 거, *오봉 마지막에 피우는 불을 말하는 건가? 교토의 고잔 배웅불 같은 거."

"아마 그렇겠지……."

즉, 이 버섯은 현세에 돌아온 영혼을 다시 저승으로 배웅하

*오봉(お盆) : 한국의 백중에 해당하는 일본의 명절.

기 위해 빛나고 있다는 얘기다. 어째 좀 불길하게 들리는 이름이긴 하지만, 이 녀석이 없었다면 흔들바위 숲의 공략 난이도는 30배쯤 껑충 뛰어오를 것이다.

몸을 일으킨 아스나의 입에서 다시 조그만 탄성이 새어 나왔다. 조금 전까지만 해도 존재하지 않았던 녹색 불빛 두 개가 앞에서 아련하게 빛나고 있었던 것이다.

그쪽으로 다가가니 빛은 마치 우리를 인도해 주듯이 하나하나 켜져 나갔다. 아무것도 모르는 사람이라면 함정을 의심했겠지만 버섯들은 의지를 갖고 있는 것도, 누군가의 제어를 받고 있는 것도 아니다. 플레이어나 NPC가 접근하거나 인근의 다른 배웅불버섯이 빛을 내면 거기에 반응해서 빛을 내는 것뿐이다.

녹색 빛을 따라 걷기를 몇 분. 별안간 양쪽의 나무들이 사라졌다. 배웅불버섯 유도등도 사라지고 눈앞에는 칠흑 같은 어둠만이 펼쳐져 있었다.

"……어, 벌써 숲을 빠져나온 거야? 아직 몇 분밖에 안 걸은 것 같은데."

당황하는 아스나를 오른손으로 제지했다.

"잠깐 기다려 봐."

"응……."

둘이 나란히 서서 가만히 정지해 있으려니…….

우측 전방에 배웅불버섯 빛이 켜졌다.

그에 반응해서 약간 떨어진 위치에 있던 군집이 빛났다. 이어서 그 너머의 버섯이 또 빛났다. 발광의 연쇄는 쉼 없이 이어져서 이읏고 마치 은하수와도 같은 규모로 번졌고, 드넓은 공간을 담녹색 광채로 비추었다.

"와아……!"

탄성과 함께 아스나가 한 발짝 앞으로 나섰다. 나는 허둥지둥 튜닉 소매를 붙잡았다.

지금 눈앞에 있는 것은 어마어마하게 거대한 나무들과 그 가지, 잎사귀로 만들어진 천연 회랑이다. 폭과 높이는 각각 약 3미터, 깊이는 눈으로만 봐서는 알 수 없었다. 지금 우리가 서 있는 곳은 윗면이 평평한 기둥 모양 바위인데, 3미터쯤 밑에 있는 땅바닥은 맑은 물과 수생식물로 덮여 있다. 거대한 나무의 가지들이 빽빽하게 겹쳐져서 이루어진 천장에서는 덩굴들이 수도 없이 늘어져 있으며, 대형 나비가 그 틈을 유유히 날아다니고 있었다.

끝없이 늘어선 바위 기둥으로 이루어진 오솔길이 물과 나무로 만들어진 회랑 한가운데를 따라 구불구불 안쪽으로 뻗어 있었다. 배웅불버섯의 녹색 빛이 그 길을 비추는 광경은 그야말로 환상적이었다.

말문이 막힌 채 서 있는 파트너의 튜닉을 놓은 나는 스토리지에서 횃불을 꺼내 들었다. 그것을 본 아스나가 어리둥절한 얼굴로 물었다.

"어……, 이 정도로 밝으면 횃불은 필요 없는 거 아냐?"

"일단 보기나 해."

나는 왼손에 든 횃불을 탭해서 메뉴를 통해 불을 붙였다.

오렌지색 불꽃이 타오른 순간, 가장 가까이 있던 배웅불버섯 군체의 불빛이 꺼졌다. 그 현상은 급격히 연쇄 반응을 일으켜, 회랑을 비추던 녹색 불빛은 채 10초도 되지 않아 모조리 사라져버렸다. 세계는 짙은 어둠으로 뒤덮였고 횃불 불빛이 몇 미터 앞의 바위 기둥을 희미하게 비추고 있을 뿐이다.

"아……, 배웅불버섯은 다른 빛이 있으면 빛을 안 내는구나."

아스나가 중얼거리자, 나는 타오르고 있는 횃불의 손잡이 부분을 탭하면서 대답했다.

"바로 그거야. 그러니까, 숲 입구에서 바로 횃불을 켜면 버섯이 빛난다는 사실을 끝까지 모른 채로 이 깜깜한 숲을 돌파하는 꼴이 돼. 뭐, 그것도 불가능한 일은 아닐 테지만……."

메뉴창에서 다시 소등 버튼을 누르자, 불꽃은 급격히 줄어들다가 이내 꺼졌다.

몇 초 뒤, 가장 가까이 있던 배웅불버섯 군체에 녹색 빛이 깃들었다. 발광현상은 고요하게, 그러면서도 급속도로 연쇄 반응을 일으켰고 이윽고 회랑 전체가 다시 엷은 녹색 불빛에 감싸였다.

횃불을 스토리지에 집어넣은 나는 우리가 서 있는 곳부터 직선으로 뻗어 있는 바위 기둥 길을 가리켰다.

"……그리고 이게 던전명의 유래인 ≪흔들바위≫인데, 대충……, 어림잡아 7개 당 1개 정도의 비율로 흔들리게 되어 있어."

"흔들린다는 게 어느 정도 흔들리는 건데?"

아스나가 지금 서 있는 바위를 발끝으로 톡톡 찍으면서 물었기에, 나는 베타테스트 시절의 감각을 떠올려 보았다.

"으음……. 휘청! 하는 정도는 아니었던 것 같아. '어질'이나 '울렁' 하는 정도."

"……의태어는 빼고."

"으~음……. 뭐, 흔들린다는 걸 알아챘을 때 다리에 힘을 꽉 주면 비틸 수 있을 정도야."

"흔들리는 바위를 어떻게 분간할 수 있는데?"

"말로는 설명하기 힘드니까 실제로 차이점을 보여줄게."

그렇게 대답한 나는 다음 바위로 이동했다. 아스나도 내 옆으로 따라왔다.

원주형 바위는 높이가 수면으로부터 약 3미터 높이로 통일되어 있지만 굵기는 제각각이었다. 작은 건 윗면의 직경이 약 50센티미터, 큰 건 1미터 이상이다. 여기서 문제는 크다고 해서 안정적이라는 보장은 없다는 점이다.

"이건 괜찮고……, 이것도 괜찮고……."

나는 소리 내어 얘기하면서 기둥과 기둥 사이를 건너갔다. 다섯 번째, 여섯 번째, 그리고 일곱 번째 기둥을 밟으려고 했을 때.

"아, 이거다."

나는 앞으로 내딛으려던 발을 거둬들이고 그 자리에 쪼그려 앉았다.

"자, 이걸 봐."

그렇게 말하면서 가리킨 것은 기둥과 기둥 사이의 연결점. 지금까지의 기둥들은 접속 부위가 딱 맞물리게 되어 있었는데 반해, 일곱 번째 기둥은 약간 벌어져 있었다. 3센티미터 정도밖에 안 되는 작은 틈새라, 위에서 찬찬히 살펴보지 않으면 알아채기 힘들다.

"이렇게 다른 기둥들과 살짝 떨어져 있는 게 ≪흔들바위≫야. 그것 말고도 판별법이 있기는 하지만, 아주 미세한 차이니까 틈새로 판단하는 게 제일 확실할 거야."

"……알았어."

"그럼, 우선 내가 올라가 볼 테니까 균형 잡는 법을 잘 봐."

"저, 정말 괜찮은 거 맞지?"

"괜찮아, 괜찮아."

아마도, 하고 마음속으로 덧붙인 뒤, 양손을 약간 벌리면서 오른발을 앞으로 내딛었다.

흔들바위의 직경은 70센티미터 정도. 그 중심선에 부츠 바닥을 올리고 조심스럽게 발을 디뎠다. 체중을 반쯤 실었을 때 바위가 오른쪽으로 약간 기우는 감각이 느껴졌다. 비유하자면 물렁한 지반에 끝부분만 살짝 박힌 말뚝 같은……, 아니, 실제로도 그게 흔들림의 원인인지도 모른다.

세밀하게 무게중심을 조절하면서 영차 하고 오른발에 온몸의 체중을 실었다. 바위는 미세하게 꿀렁꿀렁 움직였지만 어느 한쪽으로 크게 기우는 정도까지는 아니었다. 온 정신을 집중해서 균형을 잡으며 왼발을 살짝 앞으로 내딛어서 바위의 중심선에 얹었다. 왼발로 체중을 이동시키고, 오른발을 들어서 다음 바위에 내려놓는다.

"됐다……."

나는 왼발까지 다음 바위로 옮기고 긴 한숨을 내쉬었다. 베타 시절에는 분명 껑충껑충 건널 수 있을 정도로 숙달됐었는데, 불과 넉 달 만에 테크닉을 싹 잊어버린 모양이었다. 앞으로 자주 건너게 될 테니 다시 처음부터 연습해야겠다고 결의하고 있을 때였다.

"대충 알겠어. 잠깐 좀 비켜 봐."

두 칸 건너의 바위에 있던 아스나가 그렇게 말했기에, 나는 다음 바위 바로 앞까지 이동해서 뒤를 돌아보았다.

"건널 수 있겠어?"

"요컨대 정중앙의 선에 체중을 실으면 된다는 거잖아?"

딱히 긴장하는 기색도 없이 그렇게 대답한 아스나는 흔들바위에 왼발을 얹었다.

그럼 내가 주로 쓰는 발은 오른발, 아스나는 왼발인 걸까……, 그런 생각을 하고 있는 동안, 아스나는 재빨리 양발을 번갈아 움직이는가 싶더니 바위에 이렇다 할 흔들림도 주지 않은 채 바위를 건넜다. 그리고 내가 서 있는 바위 한가운데에 멈춰 서서는 싱긋 웃었다.

"이 정도면 몇 점?"

"99점 드리겠습니다."

"……1점을 깎은 이유는?"

"선생님보다 잘 해서."

그런 대답을 들은 아스나는 흥 하고 코웃음을 치고 다음 기둥을 쳐다보았다.

"어라……, 다음 것도 흔들바위?"

"음……. 아, 진짜네."

발밑을 내려다보니 우리가 서 있는 기둥과 다음 기둥 사이에도 약간의 틈이 있었다.

"흔들바위의 비율은 7개 중에 하나 꼴이라고 하지 않았어?"

"그, 그건 어디까지나 평균적으로 그렇다는 얘기지. 이렇게 한 군데에 몰려있는 곳도 있고, 반대로 한동안 안 나오는 곳도 있어."

"그 정도는 나도 알아. ——내가 먼저 건널게."

"그래, 그래."

나는 두 발짝 옆으로 비켜서서 회랑 천장을 올려다보았다.

이 ≪흔들바위 숲≫은 몬스터의 출현 빈도가 상당히 낮지만 아예 안 나타나는 건 아니다. 가끔씩 천장에서 거대 잠자리나 거대 대벌레나 거대 날벌레가 출몰하곤 해서, 그 타이밍에 흔들바위가 걸리면 좀 당황할 수밖에 없다.

하지만 지금 상공에서는 비활성 몬스터인 거대 나비 몇 마리가 유유히 날갯짓을 하고 있을 뿐이다. 시선을 아래로 되돌리니 아스나가 이번에도 안정적인 발놀림으로 흔들바위를 통과하는 중이었다.

아까보다 큰 바위를 네 발짝 만에 건너고, 다음 바위에 사뿐히 내려선——그 찰나.

"——!"

나는 소리 높여 경고하려다가 목소리가 나오기 직전에 멈추었다. 괜히 소리쳤다가 아스나가 놀라기라도 하면 오히려 역효과다. 스스로 알아차렸기를 기원하는 수밖에 없다.

다음 기둥도 흔들바위라는 것을.

아스나는 타탓 하는 작은 발소리와 함께 착지하고는 내가 옮겨갈 자리를 비워 주려는 생각이었는지 오른쪽으로 크게 한 발짝 비켜섰다. 그 순간, 바위가 울렁 하고 기울었다.

"아스나!"

결국 참지 못하고 소리친 내 목소리에 "어?!" 하는 놀란 목소리가 더해졌다.

아스나는 필사적으로 버텨 보려고 했지만, 20도 이상 기운 바위 위에서 결국 균형을 잃고 허공으로 내팽개쳐져 버렸다.

심장이 옥죄어들고 손발이 순식간에 싸늘하게 식었다. 하지만 아직은 괜찮다. 아래는 수심 50센티미터도 안 되는 습지라서 낙하 대미지는 흡수될 테고 익사할 위험도 없다. 떨어진 위치가 하필이면 깊은 늪이라는, 만에 하나의 불운이 겹치지만 않는다면.

예상치도 못한 전개였건만 아스나는 비명 한 번 지르지 않고 공중에서 자세를 바로잡더니 두 발을 뻗어 착수했다. 첨벙 하는 작은 물소리가 나는 동시에 양 무릎을 굽혀서 충격을 흡수했다.

"…………후우……."

나는 안도의 한숨을 내쉬고 파트너에게 물었다.

"아스나, 괜찮아?"

세검전사는 한동안 착지자세를 유지하고 있다가 이윽고 천천히 몸을 일으켜서 나를 올려다보았다.

"……괜찮기는 하지만 엉덩이가 젖었어."

"그, 그랬구나. 물 밖으로 나오면 금방 마를 거야. 바로 로프를 내려줄 테니까, 움직이지 말고 가만히 있어."

"알았어."

찌푸린 얼굴로 엄지를 추켜세워 보이는 아스나에게 왼손으로 똑같은 사인을 보낸 뒤 오른손으로 윈도우를 열었다.

나도 베타 시절에 최소 3번은 흔들바위에서 떨어진 적이 있었다. 솔로플레이를 할 경우, 재시작하려면 회랑 입구까지 돌아가서 깎아지른 절벽에 새겨져 있는 비좁은 계단을 올라가야 한다. 하지만 파티플레이라면 동료가 끌어올려 주면 그만이다.

풀장비 상태의 플레이어 셋이 매달려도 끄떡없는 ≪네피라실 로프≫를 오브젝트화하고, 고리 모양으로 된 끝부분을 아스나를 향해 투하하려 했다――바로 그 때.

"히익."

아스나가 그런 가녀린 목소리를 흘리며 양손을 가슴 앞으로 모으고 그 자리에 뻣뻣하게 굳어버렸다.

"가, 갑자기 왜 그래?!"

"바……, 방금 발에 뭔가가……."

황급히 바위 밖으로 몸을 내밀어서 아스나의 발밑을 주시했다. 배웅불버섯에서 나오는 빛은 흔들바위를 건너기에는 충분한 밝기지만, 습지의 물속까지 비추기에는 부족했다.

그럼에도 두 눈을 최대한 부릅떠서 일렁이는 수면 속을 들여다보니, 아스나의 부츠 바로 근처를 유유히 통과하는 그림자가 보였다. 그 직후, 컬러 커서가 나타났다. 컬러 커서의 색은 아주 옅은 핑크였다. 고유명은 【Hematomelibe(헤마토멜리베)】.

나는 참고 있던 숨을 살짝 토해 내고 다시 외쳤다.

"아스나, 움직이지 마! 그 몬스터는 좀 징그럽긴 해도 한 마리라면 위험성은 거의 없어!"

"거의라니……, 우햐아악!"

말끝에 이상한 소리가 터져 나온 건 헤마토멜리베가 아스나의 오른쪽 다리를 꾸물꾸물 기어오르기 시작했기 때문이다.

길이 50센티미터쯤 되는 가느다란 연체동물. 몸은 반투명해서 몸 중앙부의 검은 소화관이 들여다보였다. 등에는 하늘하늘한 여러 개의 돌기가 늘어서 있고, 머리에는 우들두들한 여러 개의 촉각이 돋아 있었다.

"안 돼……, 싫어싫어싫어싫어!"

아스나는 온몸을 한껏 젖히면서 비명을 질렀지만, 자기 손으로 떼려는 시도는 하지 않았다. 아니, 하지 못했다고 해야 하나. 어느 쪽이건, 지금은 그녀가 견뎌 주기를 바라는 수밖에 없다.

베타 시절에 7층에서 처음으로 이 몬스터와 마주친 이후, 나는 헤마토멜리베라는 이름을 검색해 본 적이 있었다. 완전히 일치하는 단어는 없었지만, 중간에서 끊어 보면 대강의 의미는 알 수 있었다. 멜리베라는 건 해우(海宇)의 일종을 가리키는 학명. 헤마토는 피를 뜻하는 접두어. 그대로 직역하자면, ≪피해우≫쯤 될까.

더 검색해 보니 실제 바다에는 아까 내가 아스나에게 얘기했던 ≪야마토멜리베≫라는 해우가 존재한다는 것도 알 수 있었다. 아인크라드의 헤마토멜리베는 그 야마토멜리베를 따라 지은 이름일 텐데, Hemato라는 접두어에도 상응하는 의미가 있었던 셈이다.

"싫어싫어! 싫어어어어어!"

절규하는 아스나의 오른다리를 타고 꼼지락꼼지락 기어 오른 거대 해우는 무릎 위 15센티미터 지점에 정지했다. 머리에 돋아난 수많은 촉각들이 부츠와 스커트 사이의 허벅지 위를 마치 검사라도 하듯 꼼지락거리기 시작했다.

"히익……."

"조금만 더 버텨! 그 녀석은 그냥 피를 좀 빠는 것뿐이니까!"

나는 격려의 뜻으로 한 말이었지만 오히려 완전한 역효과만 나고 말았다.

"히……, 히야아아아아아아악!!"

회랑 구석구석까지 울려 퍼질 만큼 처절한 절규를 터뜨린 아스나는 오른손으로 헤마토멜리베의 등을 꽉 움켜쥐더니 우격다짐으로 떼어내서 눈앞의 돌기둥에 내던졌다.

철퍽! 하는 끔찍한 소리와 함께 반투명한 몸이 파열되었다. 어렴풋이 보이던 소화관도 산산조각 나고, 안에서 검붉은 점액이 울컥울컥 쏟아져 나와서 습지의 물에 녹아들었다. 직후, 바위 표면에 남 아있던 징그러운 잔해가 파란 파편으로 변해 흩어졌다.

헤마토멜리베는 7층에 출현하는 몬스터들 중에서는 압도적으로 약하다. 방어력은 전무한 거나 다름없고, HP도 개미 눈물 정도다. 공격수단이라고는 느릿느릿한 흡혈이 전부. 약간 불쾌하게 생긴 외모를 제외하면 무서워할 이유가 없는 녀석이다——한 마리만 있을 경우에는.

"이런……."

나는 그렇게 중얼거리면서 주저 없이 바위 기둥 밑으로 뛰어내렸다. 아까 아스나가 떨어졌을 때보다 약간 큰 물소리를 내며 착수, 넋이 나가 있는 파트너를 향해 외쳤다.

"아스나, 괜찮아?!"

"으, 응……."

고개를 끄덕인 세검전사는 두 번 눈을 깜박거리고 나서 미간을 찌푸렸다.

"그런데……, 키리토 군까지 뛰어내리면 누가 우리를 끌어올려 주는데?"

"입구로 돌아가서 재시작할 수밖에 없어. 빨리 돌아가야 돼!"

나는 아스나의 오른손을 붙들고 돌아섰다가, 나도 모르게 혀를 찼다. 수면 바로 위에서 연분홍색 커서 세 개가 미끄러지듯 다가오고 있었다. 당연히 그 바로 밑의 물속에는 또 다른 헤마토멜리베들이 있을 것이다.

"키리토 군, 오른쪽에서도……, 뒤에서도 오고 있어!"

아스나의 목소리에 나는 잡고 있던 손을 놓았다.

"아까 죽은 녀석의 피 냄새를 맡고 몰려온 거야. 이동은 중지, 여기서 싸우자!"

"하지만 앞에 있는 세 마리만 처치하면……."

"물속에 있는 헤마토멜리베를 정확히 겨냥하는 건 불가능해. 고전하다 보면 수십 마리가 몰려들 거고, 그러면 무게에

짓눌려서 일어나지도 못하게 돼. 그렇게 되면 이 얕은 물에서 익사하는 신세가 될 수도 있어."

최대한 빠른 속도로 설명하자, 아스나는 더 이상은 반론하지 않고 "알았어"라고 대답했다.

둘이서 동시에 검을 뽑아 들고, 늘어서 있는 돌기둥을 등지고 섰다. 이렇게 하면 헤마토멜리베의 공격은 세 방향으로 제한된다.

"이 녀석들은 동료들의 피 냄새를 맡고 흥분 상태에 빠져 있으니까, 물속에서 점프해서 직접 달라붙으려고 들을 거야. 그걸 하나하나 처리하는 거야. 소드 스킬은 다수가 동시에 덤벼들 때만 써야 돼."

"알았어!"

아스나가 다시 그렇게 대답한 직후, 내 정면과 아스나의 우측 전방에서 첨벙 하는 물소리가 울려 퍼졌다.

흡혈 해우가 등에 난 돌기를 날개처럼 펼친 채 덤벼들었다. 나는 비스듬하게 검을 휘둘러서, 아스나는 똑바로 내지르는 공격으로 요격했다. 빈약한 연체동물은 통상공격 한 방에 맥없이 절단되어서 수면으로 낙하해 파란 빛가루를 흩뿌렸다.

곧이어 헤마토멜리베 두 마리가 동시에 점프했다. 이번에도 손쉽게 베어버렸지만, 아스나가 나지막이 중얼거렸다.

"얘들이 동료들의 피 냄새를 맡고 몰려드는 거라면, 죽이면 죽일수록 모여든다는 얘기 아냐?"

"정답……. 이런."

내 왼쪽에서 두 개의 커서가 잇따라 튀어 올랐다. 동시에 덮쳐드는 두 마리의 궤도를 차분하게 읽어내고 단발 세로 베기 스킬 ≪버티컬≫로 날려버렸다. 그 직후, 아스나에게도 한 마리가 달려들었지만, 눈에 보이지도 않을 만큼 빠른 찌르기 공격에 분쇄되었다.

원래 헤마토멜리베 같은 연체 몬스터에게 가장 유용한 무기는 타격 속성 무기이고, 참격, 찌르기, 관통류 공격은 효과가 약하다. 나의 현재 애검인 ≪소드 오브 이벤타이드≫는 참격 속성이라 그나마 효과가 있지만, 아스나의 ≪시밸릭 레이피어≫는 찌르기 속성이다 보니 일반적으로는 평타 일격으로 적을 죽이기는 힘들다.

하지만 원래 하이스펙이었던 데다 다크 엘프 대장장이에게 +7 강화까지 받은 덕분에, 3층에서 입수한 이 무기는 7층에서도 여전히 발군의 공격력을 발휘하고 있다. 세로로 꿰뚫린 헤마토멜리베가 공중에서 고리 모양으로 짓눌려서 터져 나간 게 바로 그 증거다. 게다가 이 레이피어의 강화 시도 가능 회수는 아직 8번이나 남아 있는 것이다.

그 강화 시도가 전부 성공해서 +15에 도달하면 대체 얼마나 더 강해지는 걸까. 그 모습을 한 번쯤 보고 있다는 생각이 드는 한편으로는, 막연한 불안감이 느껴지는 것도 사실이었다. 물론 아스나와 검을 맞대는 장면을 상상해서 그런 게 아니라, 밸런스 붕괴 수준이라 해도 과언이 아닌 스펙에 달한 무기를 공략 집단 일원들이……, 그리고 PK 집단 녀석들이 과연 가만히 둘 것인지…….

"우와아……, 바글바글하게 몰려왔어!"

아스나의 목소리를 듣고 습지 수면 쪽으로 정신을 집중했다. 멀리서 20개 이상의 커서들이 접근해 오고 있었다.

"어차피 대처법은 똑같아! 만에 하나 달라붙더라도, 당황하지 말고 왼손으로 떼어내서 뒤쪽 바위에 내던져버리면 돼. 혼란에 빠져서 이성을 잃지만 않으면 분명 살아남을 수 있어!"

베타테스트 때 이미 한 번 경험해 본 적이 있는 내가 그렇게 호언장담하자, 아스나는 약간 안정을 되찾은 목소리로 대답했다.

"알았어. 그리고 나중에 할 얘기가 있어."

무슨 얘기를 하려는 걸까. 그런 고민을 할 틈도 없이 전방 좌우에서 잇따라 물살이 일고, 또 다른 흡혈 해우들이 연신 달려들었다. 나는 베어내는 식으로, 아스나는 찌르는 식으로 그것들을 격추해 나갔다.

거울처럼 빛나는 레이피어가 어슴푸레한 공간을 지그재그의 잔광으로 채색했다. 찌르는 속도가 너무 빨라서 반사광 이펙트가 사라지지 않고 꼬리를 잇는 것이다.

아스나라는 플레이어의 강점은 시밸릭 레이피어의 스펙에만 의존하는 게 아니었다. 아스나 자신의 전투 기술 역시 각 층을 공략할 때마다 한 단계씩 진화를 거듭하고 있다. 아직까지는 SAO의 시스템 면이나 몬스터에 관한 지식량 면에서 차이가 있기에 내가 지시하는 경우가 많지만, 그 차이도 앞으로 3플로어――10층을 클리어할 때쯤에는 메워질 것이다.

레이피어가 번뜩일 때마다 공중에서 헤마토멜리베가 원통형으로 분해되어 갔다. 반투명하고 부정형인 데다 꿈틀거리기까지 하는 해우의 정중앙을 정확히 꿰뚫어야만 발생하는 현상이다. 탁월한 집중력과 신체조작능력, 그리고 풀다이브 기술과의 친화성을 겸비해야만 가능한, 그야말로 신의 경지에 다다른 기술이었다.

역시 아스나는 나 같은 외톨이 공략 파트너에 안주하지 말고 더 높은 무대로 진출해야 할 인재다.

그렇게 확신하는 한편, 자신이 지금까지는 별로 느끼지 않았던 망설임, 아니, 집착 같은 것 느끼고 있음을 자각했다. 앞으로도 계속 이 재능을 곁에서 지켜보고 싶고, 다른 누구에게도 넘기지 않고 싶다는 독점욕. 현실세계에서는 항상 다른 이들과 일정한 거리를 유지하고, 가족들마저 완고하게 멀리하던 내가 가상세계에 갇힌 뒤에야 처음으로 이런 감각을 알게 되다니, 참으로 아이러니한 일이었다.

머릿속의 3할 정도가 그런 상념으로 뒤덮인 상태에서도 나는 쉴 새 없이 몰려드는 헤마토멜리베들을 상하좌우로 베어냈다. 베타테스트 시절에 이런 상황에 빠졌을 때는 언제 끝날지 모르는 파상공격에 정신적 소모를 겪었지만, 일정 범위 내의 헤마토멜리베를 전부 처치하면 이 러시가 끝난다는 걸 지난 경험을 통해 알게 된 데다 지금은 든든한 파트너도 함께하고 있다.

전투 개시 이후 몇 분 동안은 번갈아 소리쳐서 적의 위치를 알려주었지만 이내 그럴 필요도 없어졌다. 나와 아스나는 시야 구석에 들어온 미세한 움직임이나 작은 호흡음만 가지고도 파트너의 공격 타이밍을 예측하고, 서로의 빈틈을 커버해

가며 3면에서 몰려드는 적들을 처리해 나갔다.

어느덧 조바심도 두려움도, 시간 감각조차 사라졌다. 반쯤 무아지경에 빠져 검을 휘두르다가――문득 정신을 차리고 보니 한때 수면을 빼곡히 채우고 있던 컬러 커서들이 어느새 거짓말처럼 말끔히 소멸되어 있었다.

그럼에도 여전히 검을 놓지 못한 채 생각이 텅 빈 상태로 몇 초 동안 멍하니 서 있다가, 이윽고 몸에서 힘을 뺐다.

옆을 보니 아스나도 뭔가 아득한 빛을 눈동자에 깃들인 채 멍하니 서 있었다. 그리고 눈을 몇 번 깜박이고 나서 이쪽을 쳐다보았다.

"……끝났어?"

"……아마도."

만약에 대비해 다시 주위를 둘러보며 그렇게 고개를 끄덕이자, 세검전사는 오른손에 쥔 레이피어 칼날을 검사하듯 살펴보고 말했다.

"말랑말랑한 몬스터라서 참 다행이야. 내구도는 별로 안 닳았어."

"아, 아아……, 그러고 보니 그러네. 결국 몇 마리나 잡은 건지……."

"50마리쯤 잡았을 때부터 세는 걸 포기했어."

내용이 있는 듯 하기도 하고 없는 듯 하기도 한 대화를 주고받다 보니 그제야 무아지경의 여운에서 벗어날 수 있었다. 나는 고개를 휙휙 저으며 말했다.

"뭐, 하여튼 수고했어. 나이스 파이트."

오른손 주먹을 내밀자 아스나가 왼손 주먹을 툭 마주쳤다.

"키리토 군도 수고했어. ……그리고 미안해."

"뭐가?"

"지시대로 안 한 거 말야. 처음 한 마리가 나타났을 때 시키는 대로 가만히 있었다면 그렇게 엄청난 무리가 몰려들 일도 없었을 텐데."

아스나가 전에 없이 풀 죽은 목소리로 그렇게 말했기에 나는 황급히 부정했다.

"아, 아니, 그건 아스나 잘못이 아냐. 네가 헤마토멜리베의 외관이나 성질 같은 걸 처음부터 제대로 설명했더라면……."

거기까지 말하다가 전투 전에 아스나가 했던 말이 퍼뜩 떠올랐다.

"……혹시 아까 '나중에 할 얘기가 있어'라고 했던 게 그 얘기야?"

내가 머뭇거리며 묻기가 무섭게, 세검전사의 온몸을 감싸고 있던 온순한 분위기가 하얀 증기로 변해 증발——한 것 같은 느낌이 들었다.

"아……, 맞아, 바로 그거야! 키리토 군은 어차피 얘기해 봤자 내가 징그러워 할 거라는 생각에 얘기 안 했던 거겠지만, 그런 배려는 필요 없어! 징글징글 몬스터에 대한 내성이 낮은 건 인정하지만, 그렇다고 해서 가던 길을 멈추자고 할 생각 같은 건 없으니까!"

"……유령 몬스터에 대한 얘기도 해도 돼?"

"으윽……."

내 물음에 아스나는 목이 멘 것 같은 소리를 내며 얼어붙었다가, 이윽고 약간 뻣뻣한 동작으로 고개를 끄덕였다.

"괘, 괜찮아. 사전 정보도 없이 불쑥 맞닥뜨리는 것보다는 나으니까. ……참고삼아서 물어보겠는데, 여기서도 나와?"

"나……."

나는 3초 정도를 질질 끌다가 양손으로 가위표를 그렸다.

"오지 않습니다!"

무시무시한 속도로 뻗어 나온 아스나의 레프트 스트레이트가 아슬아슬하게 대미지를 발생시키지 않을 정도의 위력으로 내 어깨를 때렸다.

해우가 사라진 습지를 철벅철벅 걸어서 회랑 입구로 돌아온 우리는 벽면에 새겨진 계단을 통해 바위 테라스로 복귀해서 다시 다리 건너기에 도전했다.

아마 베타테스트 시절보다 흔들바위의 수가 늘어난 듯, 2연속은 물론 3연속으로 흔들바위가 나오는 구간까지 있었지만, 한가운데를 걷는다는 기본만 지키면 경장비 차림인 나와 아스나 입장에서는 그리 어렵지 않은 장치였다. 상공에서 날아드는 곤충류 몬스터들도 고정 바위에 서 있는 쪽이 투석으로 어그로를 끄는 작전을 통해 손쉽게 처리할 수 있었다. 그렇게 20분쯤 가니 앞쪽에 목적지가 모습을 드러냈다.

"와아……!!"

아스나가 처음 회랑을 보았을 때보다 두 배는 더 큰 환호성을 터뜨렸다.

무리도 아니었다. 눈앞에 펼쳐져 있는 건 아인크라드 100경 같은 걸 뽑는다면 빠지지 않고 선정될 법한 절경이었기 때문이다.

지금 우리가 지나온 곳은 남쪽 회랑이었는데, 그 회랑은 앞쪽에서 북, 동, 서쪽에서 뻗어 온 회랑과 원형 돔에서 합류하게 되어 있었다. 그리고 그 원형 돔 중앙에 위풍당당하게 서 있는 것은 직경 50미터는 되어 보이는 어마어마한 크기의 나무였다. 3층 주거 구역 줌프트의 괴물 바오밥이 대략 직경 30미터 정도였으니, 단면의 면적만 따지자면 그 3배에 가까운 셈이다.

천 년 묵은 나무라 해도 납득이 갈 정도의 위엄을 갖춘 그 거목의 뿌리 부근에는 커다란 구멍이 입을 벌리고 있었다. 그리고 그 구멍 안에는 목제 문이 보였다. 줄기 여기저기에도 수없이 많은 구멍이 있고, 거기서 녹색 기운이 감도는 빛이 새어 나오고 있었다. 줌프트의 바오밥과 마찬가지로, 거목 내부의 텅 빈 공간에 주거 구역이 마련되어 있는 것이다.

나는 넋을 잃고 멍하니 그 광경을 바라보는 아스나에게 소곤소곤 말을 걸었다.

"저게 7층의 다크 엘프 거점, ≪하린 수궁(樹宮)≫이야."

100미터쯤 남아 있던 다리를 무사히 건넌 우리는 벌집 모양의 바위 기둥이 모여서 만들어진 광장으로 뛰어내린 뒤, 한숨을 휴 내쉬었다.

광장 좌우에서는 다른 회랑으로 이어지는 곡선형 다리가 뻗어 있고, 앞쪽에는 하린 수궁 정문에 해당하는 10미터 정도

높이의 천연 구멍이 거대한 입을 벌리고 있었다. 구멍 내부에 보이는 문은 각각 소재가 다른 목재들이 화살깃 모양으로 맞물려 있었는데, 그것 자체가 하나의 예술품을 방불케 했다.

"……저기에 키즈멜이……."

그렇게 중얼거리는 아스나의 등을 나는 가볍게 밀었다.

"자, 가자. 분명 우리를 기다리고 있을 거야."

"……응."

고개를 끄덕이고 발걸음을 내딛는 파트너를 뒤따르면서, 현재 시각을 확인했다. 오전 5시 7분……, 월룹타에서 여기까지 오는 데 2시간 가까이 소모했지만, 습지 입구 부근에서 돌아갔다면 니르니르의 말마따나 왕복 3시간 정도였을 것이다.

퀘스트의 목표물인 나소스 나무는 습지 어딘가에 나 있을 것이다. 어차피 밑으로 내려가서 헤마토멜리베들을 섬멸했으니 겸사겸사 찾아보는 선택지도 있었지만, 더 이상의 시간 낭비는 아스나가 원하지 않을 테고, 나 역시 조금이라도 더 빨리 키즈멜을 만나고 싶었다.

바위 광장을 종종걸음으로 가로질러 가다가 하린 수궁 밑에서 일단 멈춰 섰다. 이 정도로 가까이 오고 나니, 위를 올려다봤을 때 벽처럼 우뚝 버텨선 나무줄기와 까마득한 상공에 펼쳐진 잎들만이 시야를 가득 채울 지경이었다.

"……현실세계에서 가장 굵은 나무의 굵기는 어느 정도쯤 될까……."

딱히 대답을 기대하고 한 말은 아니었지만, 아스나가 곧바로 내 의문에 대답해 주었다.

"멕시코에 있는 ≪툴레 나무≫……였을 거야. 줄기 밑동의 직경이 15미터쯤이라고 들었던 것 같아."

"그, 그런 것까지 알고 있구나……. 15미터도 대단하지만, 이쪽은 그것보다 3배는 더 굵어 보이는데."

"그러게 말야……. 키즈멜에게 물어보면 내력을 가르쳐주지 않을까?"

"하긴 그래."

순간적으로 서로를 마주보고 나서 다시 전진했다.

바위 길은 우리 키보다 더 굵은 두 가닥의 뿌리 사이를 지나 정문으로 이어져 있었다. 길 좌우에는 목제 등불들이 늘어서 있었는데, 그 등불 밑에서 흘러나오는 빛은 불꽃의 오렌지색이 아닌 옅은 녹색이었다. 지금까지 수없이 많이 본 배웅불버섯을 광원으로 사용하고 있는 모양이었다.

그 길은 이윽고 높이 5미터는 족히 넘어 보이는 구멍 안으로 빨려들었다. 화살깃 무늬 문은 어느덧 코앞에 다가와 있었다. 빈틈없이 닫혀 있는 그 문은 아마 밀어 봤자 열리지 않을 것이다.

주변을 둘러봐도 위병의 모습은 보이지 않았고, 6층의 갈레성과는 달리 한참을 기다려 봐도 목소리 같은 건 들려오지 않았다.

"어라, 이상하네……. 베타테스트 때는 가까이만 가도 문이 저절로 열렸었는데……."

미간을 찌푸리며 말하자, 아스나는 더 이상은 못 참겠다는 듯 앞으로 한 발짝 나서서 왼손 검지에 낀 대형 반지——시길 오브 류슬라를 드높이 치켜들었다.

"우리는 류슬라 왕국 괴화목 기사단 근위기사 키즈멜과 협력하고 있는 인족 검사입니다! 키즈멜을 만나기 위해 이곳을 찾아왔습니다. 문을 열어주세요!"

≪퀘스트의 문맥≫에 맞춘 완벽한 문구였다. 내 파트너가 VRMMO 플레이어로서 얼마나 성장했는지를 혼자서 실감하고 있으려니, 쿠쿠쿵……하는 묵직한 소리가 울려 퍼졌다.

거대한 문이 좌우로 천천히 열리기 시작했다. 문자 그대로 문전박대당하는 사태는 벌어지지 않은 모양이었다. 안도하면서 두꺼운 문을 관찰해 보았다. 보아하니 표면뿐만이 아니라 골조도, 나아가서 개폐에 쓰이는 톱니바퀴까지 다 목제인 것 같았다. 엘프족은 살아 있는 나무를 벨 수 없을 테니, 시들거나 쓰러진 나무만 가지고 이렇게 많은 목재를 모으려면 얼마나 많은 시간이 걸렸을지 상상조차 가지 않았다.

문이 완전히 열리는 데에는 10초 정도가 걸렸다. 시선을 집중해서 내부를 들여다보았지만, 아득한 안쪽에 오렌지색 빛 하나가 힘없이 일렁이고 있을 뿐, 그 외에는 거의 암흑에 잠겨 있었다.

"어라……, 엄청 큰 홀이 있었던 걸로 기억하는데."

"가 보면 알겠지. 자, 빨리 가자!"

오른손을 잡아 끄는 아스나에게 이끌려서, 나도 부랴부랴 발걸음을 옮겼다.

활짝 열린 문으로 들어간 우리는 어둠속으로 발을 들여놓았다. 뒤에서 비추는 배웅불버섯 빛이 목제 바닥을 희미하게 비추고 있지만, 그것 말고는 아무것도 보이지 않았다.
일단은 정면에 보이는 작은 빛 쪽으로 가 보는 수밖에…….
그런데 저건 아무래도 평범한 불빛처럼 보였다. 불을 피우면 배웅불버섯의 빛이 연쇄반응을 일으켜서 꺼져야 할 텐데. 그렇게 어리둥절하게 생각한 바로 그 순간.

오른쪽의 어둠속에서 바늘처럼 예리한 여러 개의 창날이 뻗어 나오더니 나와 아스나의 가슴팍을 겨냥했다.

――아하, 하나만 켜져 있는 불빛은 홀 안에 있는 배웅불버섯을 모조리 끄기 위해 켜 놓은 거구나.

재빨리 머릿속으로 굴린 내 생각을 준엄한 목소리가 가로막았다.

"인족 검사 키리토와 아스나렷다! 기사 키즈멜과 함께 폴른 엘프와 내통해서 비밀 열쇠를 강탈한 죄로 포박하겠다!"

10

감방 문이 닫히는 소리는 놀라울 정도로 부드럽게 울려 퍼졌다.

나와 아스나를 연행한 다크 엘프 병사들이 신사적이어서 그런 건 아니었다. 튼튼해 보이는 창살, 그리고 그것을 고정하는 틀까지 전부 목제였기 때문이었다.

대장 한 명과 병사 네 명이 통로를 따라 돌아갔다. 이윽고 발소리가 사라지자 나는 감방 안을 빙 둘러보았다.

7평쯤 되어 보이는 공간에 간소한 침대 두 개와 테이블 하나. 테이블 위에는 주전자와 컵. 벽에는 화분에 고정된 배웅불버섯이 랜턴 역할을 대신하고 있었다.

테이블 쪽으로 걸어가서 주전자를 집어 들고 찬찬히 살펴보았다. 본체는 유리지만 손잡이는 나무다. 컵은 전체가 목제였다. 테이블도 침대도 복잡한 이음매로 짜 맞춰져 있고, 못은 단 하나도 찾아볼 수 없었다. 보아하니 이 감방은——아니, 아마 이 하린 수궁 전체가 금속류는 하나도 쓰지 않고 만들어진 모양이었다. 예외는 다크 엘프들이 착용하고 있는 무기와 방어구뿐이었다.

나도 모르게 왼손이 허리춤 쪽으로 움직였지만, 애검은 찾을 수 없었다. 나의 소드 오브 이벤타이드와 아스나의 시밸릭 레이피어, 그리도 두 개의 시길 오브 류슬라는 이 지하감옥으로 연행되는 과정에서 압수당해서 보관고로 보이는 작은 방으로 사라졌다.

한숨을 애써 되삼킨 나는 왼손으로 컵을 잡고 물을 따른 뒤, 혹시 모르니 냄새를 맡아 보고 벌컥벌컥 들이켰다. 독이나 마비 디버프 아이콘이 켜지는 것 같지는 않았기에, 다른 컵에도 따라서 감방 한가운데 멍하니 서 있는 아스나에게 내밀었다.

"일단 마셔. 그냥 물이지만."

"……응."

고분고분 고개를 끄덕인 아스나는 양손으로 컵을 받아 들고 입을 갖다 대더니 꿀꺽꿀꺽 조금씩 물을 마셨다. 별로 시원하지는 않지만 마음을 가라앉히는 데에는 효과가 있었던 듯, 공허하던 눈동자에 조금이나마 빛이 돌아왔다. 두어 번 눈을 깜박이고는 나를 응시하며——.

"……키즈멜도 이 감옥에 갇혀 있는 걸까?"

다짜고짜 핵심을 찌르는 그 질문에 나는 잠시 생각에 잠겼다가 대답했다.

"그렇다고 해도 가까운 방은 아닌 것 같아. 가까이 있었더라면 우리를 불렀을 테니까……. 으으음……, 지도가 열려 있으려나……."

윈도우를 열어서 지도 탭으로 이동했다. 다행히 하린 수궁의 맵이 표시되었기에 아스나와 함께 들여다보았다. 아직 태반은 오픈되지 않은 상태지만, 감옥의 전체적인 구조 정도는 추측할 수 있을 것 같았다.

"지금 우리가 갇혀 있는 감방은 지하 2층 서쪽이야. 그리고 계단과 위병 대기소는 한가운데에 있지. 그렇다면 당연히 동쪽에도 감방이 있지 않을까."

"키즈멜은 거기 있다는 거야?"

"가능성은 충분해."

내가 고개를 끄덕이자 아스나는 살짝 입술을 깨물었다. 그러다가 이윽고 고통을 애써 참는 듯 갈라진 목소리로──.

"……6층에서 비밀 열쇠를 빼앗긴 책임을 뒤집어쓰는 것 아니냐고 내가 키즈멜한테 물어봤을 때, 키즈멜이 뭐라고 대답했는지 키리토 군도 기억하지?"

"응……. 나는 여왕 폐하에게 임명된 괴화목 기사단의 일원이니까. 건책……, 아니, 견책할 권리가 있는 것은 기사단장과 폐하뿐이지, 라고 그랬지."

"그 말대로 키즈멜은 6층의 갈레성에서는 문책당하지 않았을 거야. 만약 거기서 문책을 당했다면 갈레성의 감옥에 수감됐을 테니까. ……그랬을 텐데 7층에서 체포당하다니, 대체 어쩌다 그렇게 된 건지……."

"으으음……."

아스나가 의문을 갖는 건 당연했다. 판자 천장을 올려다보며 반쯤 나 자신을 타이르듯이 대답했다.

"단순하게 생각하자면 이 하린 수궁에 키즈멜을 투옥할 수 있는 지위를 가진 사람……, 즉 괴화목 기사단 단장이나 다크엘프 여왕 폐하가 있는 거라고 생각할 수도 있겠지만, 실제로 그럴 가능성은 없을 거야. 그 둘이 9층의 성 밖으로 나올 리가 없으니까. 그렇다면……, 키즈멜도 모르는, 기사단장과 동급의 권력을 가진 누군가가 이 거점에 있다는 걸까……?"

"동급의 권력을 가진 사람이라니, 예를 들면?"

"예를 들면 다른 기사단……, 으으음……."

말문이 막힌 순간, 아스나가 내 기억을 보충했다.

"백단향 기사단과 운향 기사단."

"그래, 그 둘 중 한 곳의 단장들 말야."

"하지만 괴화목 기사단 단장이 성 밖으로 안 나온다면, 다른 기사단 단장들도 마찬가지 아냐?"

"……그건 그래."

이 말에는 고개를 끄덕일 수밖에 없었다. 잠시 당황하다가 설명을 추가했다.

"조금 스포일러가 되겠지만……, 엘프 전쟁 캠페인 퀘스트를 수행하면서 제9플로어 성에 가면 그 세 명의 기사단장들에게서 조금 긴 심부름 퀘스트를 받게 돼. 그런데 만약 단장 중에 하나가 성을 떠나 있다면 퀘스트를 받지도 못하고 보고하지도 못하게 되잖아."

"그랬구나……."

아스나는 미간을 찌푸리고 고개를 끄덕였다가, 별안간 힘차게 얼굴을 들었다.

"아……, 맞아. 그걸 확인해 보면 되잖아! 퀘스트 로그!"

"아."

나는 아스나의 개암나무색 눈동자를 자기도 모르게 빤히 응시하다가 아까부터 열어 두었던 윈도우로 손가락을 옮겼다.

지도 탭에서 퀘스트 탭으로 이동해 엘프 전쟁 캠페인 트리를 열었다. 지금까지 클리어한 각 층의 연속 퀘스트, 즉 ≪비취 열쇠≫, ≪청금석 열쇠≫, ≪호박 열쇠≫, ≪마노 열쇠≫가 줄줄이 나열되어 있었는데, 그 최하단에 ≪홍옥 열쇠≫라는 새로운 타이틀이 생겨나 있었다.

그 문자열을 검지로 탭했다. 그러자 하위 트리가 펼쳐지고 연속 퀘스트의 첫 퀘스트로 보이는 타이틀이 출현했다. 그 타이틀은 바로, ≪수궁의 죄수≫다.

나와 아스나는 머리를 맞대다시피 해서 작은 폰트로 적힌 퀘스트 로그를 읽었다.

【폴른 엘프와의 내통 혐의를 뒤집어쓰고 하린 수궁 지하 감옥에 투옥되었다. 혐의를 벗기 위해서는 기사 키즈멜과 합류해야만 한다. 우선 감방에서 탈출해서 압수당한 무기를 회수하자】

"……."

나란히 3초 정도 침묵했다가 둘이서 동시에 입을 열었다.

"먼저 얘기해"라는 제스처를 취하자, 아스나가 소곤거리는 목소리로 빠르게 말했다.

"이거, 네 개의 비밀 열쇠를 폴른 엘프에게 빼앗긴 것도 스토리의 일부였다는 얘기야? 아니면 사이론 씨 때처럼……."

"누군가, 혹은 무언가가 불의의 사태에 맞추어 퀘스트 내용을 수정한 거겠지."

아스나의 말에 이어서 그렇게 뇌까렸다.

6층 주거 구역 스타키온의 영주 사이론이 PK 집단의 도끼 전사 모르테의 손에 죽었을 때, 우리는 ≪스타키온의 저주≫ 퀘스트는 더 이상 진행 불가 상태가 될 거라고 생각했다. 그러나 이야기는 플레이어에 의한 사이론의 죽음까지 흡수해서 우리를 새로운 전개로 이끌었다. 아마 이번에도 그런 상황이 발생한 것이리라.

"……그렇다면 탈옥하다가 위병에게 들키면 다시 여기로 돌아올 뿐이라는 생각은 안 하는 게 좋겠네."

"하긴 그래……. 최악의 경우, 처형 같은 전개까지 기다리고 있을지도 몰라. 어떻게 할까? 조금 더 상황을 지켜볼까?"

"안 지켜봐."

단호하게 대답한 아스나는 결연한 의지가 가득 담긴 눈으로 나를 빤히 응시했다.

"비밀 열쇠를 빼앗긴 건 키즈멜이 우리를 구하려다가 그런 거니까. 그 일 때문에 키즈멜이 벌을 받게 됐다면, 우리가 한시라도 빨리 그 오명을 씻어 줘야 해."

"……맞아."

힘주어 고개를 끄덕인 뒤, 나는 윈도우를 닫았다.

"방침이 정해졌으니 일단 탈옥부터 하자. 보아하니 저 창살은 목제인 것 같으니 서브 무기로 소드 스킬을 쓰면 부서질 것 같지만, 그랬다가는 보나마나 엄청난 소리가 날 텐데……."

"으으음……. 그냥 뛰어서 수궁 밖까지 도망치기만 하면 되는 것도 아니고, 무기를 되찾고 키즈멜도 찾아야 되니까……."

아스나는 끙끙대면서 감방과 통로 사이를 가로막은 창살 쪽으로 걸어갔다.

나도 그 옆에 서서 창살을 다시 한 번 찬찬히 검사했다. 나뭇결이 선명히 드러난 창살은 둥근 목재가 아닌 각목이라서 여기만 일본의 시대극의 세계에 들어온 것 같은 느낌이었다. 각목 하나하나의 굵기는 각 변이 3센티미터 정도고, 그것들이 15센티미터 정도 간격을 두고 가로세로로 엮여 있었다. 제아무리 ≪생쥐≫라 해도 그 틈으로 탈출하는 건 불가능할 것 같다.

그렇게 생각한 순간, 또 하나의 임무가 뇌리에 떠올랐다. 우리는 오늘 정오——늦어도 오후 1시까지는 잘 익은 나소스 열매 20개를 모아서 월룹타에 있는 니르니르의 방으로 가져가야만 하는 것이다.

지금은 오전 5시 40분. 아직 시간이 있다면 있다고 할 수도 있겠지만, 상황이 이렇게 되고 보니 아스나가 3시간 일찍 출발하자고 한 건 엄청난 파인플레이였던 셈이 된다. 이 행운을 헛되이 하지 않기 위해서라도, 가능한 한 빨리 키즈멜과 합류해서 하린 수궁을 탈출해야 한다.

번들거리는 각목을 오른손으로 꽉 움켜쥐고 힘을 꽉 주어 보았다. 내 근력 수치는 공격집단 전체에서도 상위에 속한다고 생각하지만, 꺾이기는커녕 삐걱거리는 기색조차 없었다.

이어서 스토리지에서 나이프를 꺼내서 깎아낼 수 있는지 시험해 보았다. 하지만 어찌 된 영문인지, 마치 기름이라도 발라져 있는 것처럼 나이프가 미끈미끈하게 비껴나고 말았다.

이걸 소리 없이 부수기는 힘들 것 같은데……, 라고 생각하고 있으려니, 문의 잠금장치 부분을 조사하고 있던 아스나가 이쪽으로 다가와서 말했다.

“아무리 봐도 해제 스킬 없이 따기는 힘들 것 같아.”

“그렇겠지……. 하지만 그렇다고 지금부터 스킬을 세팅하고 숙련도를 올리고 있을 시간은 없는데…….”

“역시 목제 창살이라는 게 포인트 아닐까 싶어. 톱 같은 건 없어?”

“없어……. 이럴 줄 알았으면 4층의 배 만드는 할아버지한테서 톱 하나만 슬쩍해 올 걸 그랬어.”

“그냥 돈 주고 사.”

아스나는 곁눈질로 나를 째려보고는 손가락으로 각목을 어루만졌다.

“아니면……, 생쥐가 갉아먹게 하거나…….”

아르고의 별명이 아닌 진짜 생물을 뜻하는 말이었지만, 감방 안은 청결해서 생쥐 일가가 살고 있을 것 같지는 않았다.

“그것도 아니면……, 물을 뿌려서 썩게 만들거나…….”

물은 충분히 있기는 하지만 한 부분이 썩는 데 한 달은 걸릴 것 같다.

아스나의 제안을 머릿속으로 기각만 하고 있지 말고 나도 뭔가 의견을 내야 할 텐데. 그런 조바심에 열심히 궁리해 보았지만, 아무리 머리를 쥐어짜도 묘안은 떠오르지 않았다. 기왕 이렇게 된 거 아예 감방에 불이라도 지르고 난리통을 틈타서 소드 스킬로……라는 막 나가는 생각까지 든 순간, 한 가지 아이디어가 형체를 이루었다.

“……불이야.”

내가 중얼거린 말을 듣고 아스나가 아연실색해서 나를 쳐다보았다.

"불이라니……, 화재라도 일으키자는 거야?"

"아니, 창살을 불태우는 게 아니라 탄화시키는 거야. 거리를 잘 조절해서 그을리면, 강도를 대폭으로 낮출 수 있을 테니까."

"하지만……, 한 군데만 약화시켜도 소용없잖아. 우리가 빠져나갈 정도의 구멍을 내려면 창살을 열 군데는 태워야 될 텐데……."

"괜찮아, 한 군데면 충분해."

나는 아스나의 등을 떠밀면서 1미터쯤 오른쪽으로 이동해서 문 앞으로 갔다.

문 역시 목재 창살로 이루어져 있지만, 잠금장치가 내장돼 있는 부분만 튼튼한 박스 구조로 되어 있었다. 그리고 이 잠금장치도 아마, 아니 틀림없이 목제일 것이다. 그러니 불로 밖에서 찬찬히 그을리면 내부까지 탄화시킬 수 있을 것이다.

내 생각을 알아챈 듯한 아스나의 눈앞에서, 나는 스토리지에 든 횃불을 꺼냈다. 바로 불을 붙이려다가 중대한 문제를 깨달았다.

"으……."

"가, 갑자기 왜 그래?"

"젠장, 지금 불을 붙였다가는 지하감옥에 있는 배웅불버섯들이 연쇄반응을 일으켜서 모조리 꺼질 거야. 위병 대기소에 있는 배웅불버섯까지 꺼지면 우리가 불을 쓰고 있다는 게 들통 날 테고…….”

낙담한 나머지 횃불을 내팽개치려 한 바로 그 때, 아스나가 내 오른팔을 꽉 붙들었다.

“아직 단념하기는 일러. 간단히 말하면, 연쇄작용이 대기소까지 가기 전에 불을 끄면 되는 거잖아.”

“뭐……, 그렇긴 한데…….”

“내가 여기서 통로의 배웅불버섯을 관찰하고 있을 테니까, 내가 신호하면 바로 불을 꺼.”

“……알았어. 으음…….”

창살에 얼굴을 갖다 대다시피 해서 빈틈을 통해 통로 안쪽을 살펴보았다. 가지런하게 늘어선 감방과 감방 사이의 벽에도 배웅불버섯을 담은 촛대가 설치되어 있어서, 위병 대기소에 있는 북도 2층 중앙부까지 녹색 빛이 이어져 있었다.

“제일 가까이 있는 배웅불버섯을 기준으로 해서, 2, 3, 4, 5……, 여섯 번째 버섯까지 불이 꺼지면 얘기해 줘.”

“알았어. 그게 꺼지면 왼쪽 어깨를 두드릴게.”

파트너와 서로를 마주보며 고개를 끄덕이고 나서, 나는 잠금장치 정면을 들여다보았다.

창살 한 칸 크기, 즉 15평방센티미터 크기의 판 안에 눈썰미 좋은 아스나도 두 손 두 발 들 만큼 복잡한 잠금장치가 내장되어 있었다. 하지만 복잡한 만큼 내구성은 낮을 것이다. 통로에 아무도 없는 걸 한 번 더 확인하고 나서, 오른손의 횃불을 탭하고 점화 버튼을 눌렀다.

오렌지색 불길이 타오른 1초 뒤, 감방 안을 비추던 배웅불버섯 빛이 꺼졌다. 통로의 배웅불버섯들도 연쇄반응을 일으켜서 잇따라 꺼질 것이다. 조바심을 꾹 억누르고 불꽃을 잠금장치 가까이로 가져갔다. 갈색 판에는 한동안 아무런 변화도 나타나지 않았지만, 이윽고 표면이 조금씩 그을렸고 거기서 희미한 연기가 피어올랐다.

탁! 하고 왼쪽 어깨를 강하게 두드리는 느낌이 들었다. 나는 계속 열어 두었던 조작 윈도우의 소등 버튼을 황급히 눌렀다.

횃불의 불이 순식간에 꺼져서 감방은 칠흑 같은 어둠에 휩싸였다. 숨을 죽인 채 기다리고 있으려니 이윽고 뒤쪽 벽의 배웅불버섯 빛이 다시 켜졌다. 깜깜하던 통로에도 몇 초에 걸쳐 빛이 돌아왔다.

"……이 정도 타이밍이면 괜찮을 것 같아?"

내가 속닥거리며 묻자, 아스나는 잠시 시간을 두었다가 대답했다.

"응, 대기소에서 사람이 오는 기척은 없어. ……방금 든 생각인데, 근처 감방에 다른 수형수가 있었더라면 소란이 벌어지지 않았을까……."

"하긴……, 어쨌든 별 문제 없었으니 됐지 뭐. 계속 보초 좀 봐 줘."

"나만 믿어."

아스나가 감시태세에 들어가는 동시에 나는 다시 횃불에 불을 붙였다. 한 번의 작업에 쓸 수 있는 시간은 10초 정도다. 대기소 안뿐만 아니라 밖에서 순찰하는 병사도 있을지 모르니 마냥 느긋하게 작업할 수는 없다. 창살에 불이 붙지 않는 최소한의 거리를 파악해서, 가능한 한 빠른 속도로 잠금장치를 탄화시켜야 한다.

두 번째 가열에 의해 판자 중앙부가 거뭇거뭇하게 그을렸다. 세 번째로 가열하니 그 부분이 숯불처럼 빨갛게 달아올랐고, 네 번째로 가열하자 방사상으로 금이 가기 시작했다. 현실세계라면 이 정도 두께의 판자를 탄화시키자면 더 강한 화력이나 몇 배의 시간이 필요했겠지만, 아인크라드에서 ≪마른 나무≫는 기본적으로 불에 약하다.

다섯 번째 가열 때는 하마터면 화재가 날 뻔해서, 맨손으로 후려쳐서 꺼야 했다. 뜨거운 느낌과 함께 HP가 조금 닳았지만 그런 걸 신경 쓸 상황이 아니었다. 아스나도 내 의지를 이해한 듯, 별 말 없이 감시에만 집중하고 있었다.

여섯 번째로 가열하자 판자 정중앙 부근이 재가 되어 부스스 떨어지더니 내부의 톱니바퀴며 데드볼트가 드러났다. 예상대로 전부 다 목제다. 예술품이라 해도 과언이 아닐 만큼 정밀한 세공이었지만, 나는 이걸 만든 다크 엘프 장인에게 마음속으로 사과하고 일곱 번째 불을 가져다 댔다.

여러 개의 톱니바퀴가 눈에 띄게 탄화되어 후드드득 부서지고——문을 틀에 고정하고 있던 데드볼트가 미세한 소리와 함께 빠졌다. 나는 그 즉시 횃불 불을 끄고 일어섰다.

"열렸어!"

"GJ!"

오랜만에 게이머 용어로 대답한 아스나와 재빨리 주먹을 맞대어 축하를 교환한 뒤, 조심스레 문을 밀었다. 순간적인 저

항이 있었지만 후흐득 하고 재 조각이 떨어지는 느낌과 함께 문이 열렸다. 통로 전후에 아무도 없는 것을 확인한 우리는 살금살금 감방을 빠져나갔다.

"……우선 무기부터 회수해야 할 텐데……."

내가 중얼거리자 아스나도 심란한 얼굴로 고개를 끄덕였다.

"압수당한 우리 검이 있는 방은 위병들의 대기소 옆방이었잖아. 안 들키고 숨어들어갈 수 있을까?"

"잠겨 있기라도 하면 완전 절망적이겠지. 그래도 일단 한 번 해 보는 수밖에."

"그렇겠지."

대화를 일단 중단하고 살금살금 이동을 개시했다. 좌우의 감방이 비어 있는 것을 확인해 가면서 20미터쯤 걸어가니, 앞쪽에 사각형의 홀이 보였다. 저곳이 바로 지하 2층의 중심부였다. 그 공간 남쪽에는 위층으로 올라가는 계단이, 북쪽에는 위병 대기소와 보관고가 있었던 걸로 기억한다. 한층 더 신중하게 전진하다가 통로와 홀이 만나는 모퉁이에서 위병 대기소의 분위기를 살폈다.

내 기억대로 판자로 만들어진 벽에는 두 개의 문이 나란히 나 있었다. 왼쪽 문 근처에는 창살 달린 창문도 보였다. 창문에서는 감방보다 훨씬 밝은 배웅불버섯 불빛이 새어 나오고, 뭔가 얘기하는 소리도 들려왔다.

나는 아스나와 눈짓을 교환한 다음, 구부정하게 몸을 숙인 채 홀을 대각선으로 가로질러서 창문 바로 밑에 착 달라붙었다. 목소리의 음량이 커져서 내용을 알아들을 수 있을 정도가 되었다.
"……의 감옥에 새로운 죄수가 수감된 건 30년 만이라나 봐."
"게다가 그게 인족이라니 말이지."
"폴른 놈들과 손을 잡다니 어리석은 놈들이야."
"보나마나 수명을 더 늘려 주겠다느니 하는 소리에 넘어갔겠지."
"인족들은 항상 그런 술수에 넘어가는군."
거기까지 들은 순간, 아스나가 분개했는지 짧은 콧바람을 토해냈다. 나도 동감이었지만 지금은 냉정하게 행동해야만 한다.
목소리로 미루어보아 대기소에 있는 위병은 두 명인 듯했다. 이따금씩 달그락달그락 식기를 부딪치는 소리가 들려오는 걸 보면, 아침 식사라도 하고 있는 것이리라. 당분간은 방에서 나오지 않을 분위기였다.
창문 근처에서 떨어져서 인접한 보관고 앞으로 이동했다. 제발 안 잠겨 있기를, 하고 기도하면서 문을 살펴보았는데 애초에 열쇠구멍 자체가 없었다. 재빨리 문손잡이를 눌러서 소리가 나지 않도록 살금살금 문을 열고, 문틈을 통해 안으로 들어갔다.
아스나가 안으로 들어오기가 무섭게 재빨리 문을 닫았다. 둘이서 동시에 안도의 한숨을 후 내쉬었다.
칸막이가 얇은 건지 아직도 위병들의 목소리가 희미하게 들려왔다. 그 말인즉슨, 여기서 아스나와 평상시 목소리로 대화하면 안 된다는 얘기다.

"무기를 찾아보자"는 몸짓을 보내고, 가만히 일어서서 실내를 둘러보았다. 보관고는 감옥과 비슷한 넓이인데, 세 방향의 벽에 선반이며 칼꽂이 등이 비치되어 있었다.

선반에는 수없이 많은 나무상자며 가죽 보따리 등이 쌓여 있고, 칼꽂이에는 크고 작은 각종 검들이 꽂혀 있었다. 좀 더 여유로운 상황이었더라면 "완전 보물더미잖아!"라며 춤이라도 췄을 상황이지만, 지금은 우리 둘의 검, 그리고 가능하면 반지까지 회수하는 게 최우선이다.

우선 현실세계의 우산꽂이와 비슷한 형태의 칼꽂이 쪽부터 살펴보았다. 무질서하게 수납되어 있는 검들은 하나같이 수십 년 동안 방치돼서 삭아버리기 직전인 느낌이라, 함부로 만졌다가는 칼자루나 너클가드가 부스러질 것만 같았다.

손끝으로 조심스럽게 헤집으면서 수색하기를 수십 초. 일부러 엿을 먹이려고 그런 건가 싶을 만큼 깊은 곳까지 헤집고 나서야 눈에 익은 색과 모양의 칼자루를 발견하고 다시 안도의 한숨을 내쉴 수 있었다.

약간 떨어진 곳을 뒤지고 있던 아스나에게 "찾았어"라고 손짓으로 신호했다. 그런데 아스나도 오른손으로 자기 앞의 칼꽂이를 가리켰다.

나는 소드 오브 이벤타이드와 시밸릭 레이피어를 뽑아 들고 아스나가 가리킨 곳을 쳐다보았다. 그랬더니 거기에는 다크엘프들의 것과는 약간 다른 디자인의 세공이 새겨진 장검과 검은 가죽 칼집에 든 사브르가 나란히 꽂혀 있었다.

틀림없다. 장검은 내가 숲엘프 대장을 통해 손에 넣었던 ≪

엘븐 스타우트 소드≫. 그리고 사브르는 폴른 엘프 부대장 카이사라가 부러뜨렸던 키즈멜의 검이었다. 숲엘프의 검도 사브르 대용으로 쓰라면서 키즈멜이 줬던 검이니까, 이 지하 감옥 어딘가에 그녀가 있다는 건 거의 확실할 것이다.

나는 아스나에게 레이피어를 건네고 자기 검을 등 뒤에 마운트한 다음, 스타우트 소드와 사브르를 동시에 칼꽂이에서 뽑아냈다.

하지만 마음속의 초조함 때문에 손이 잘못 움직인 건지, 두 자루의 검과 같은 다발로 묶여 있던 고풍스러운 검이 건들건들 흔들리다가 옆 다발 쪽으로 서서히 기울었다.

으아아~~~~!

나는 입의 움직임만으로 절규했다. 눈앞에서 쓰러져 가는 검이 옆 다발의 검과 충돌하고, 또 그 옆의 검과──그런 식의 도미노 현상이 일어나면 어마어마한 소음이 울려 퍼질 것이다. 지금 당장 검을 붙잡고 싶은 마음이 굴뚝같았지만, 양손에 모두 검을 들고 있는 상황이었다. 이렇게 된 이상, 입으로 물어서 붙잡거나 염동력으로 막는 수밖에…….

재빨리 뻗어 나온 손이 비명이 터져 나오기 직전에 내 입을 틀어막았다. 상황을 살펴보니 아스나가 내 오른쪽에서 한껏 몸을 뻗어서 낡은 검을 손끝으로 힘겹게 막고 있었다. 다행이다, 그렇게 생각하며 몸에서 힘을 빼려고 했지만, 어찌 된 일인지 이번에는 아스나 본인의 몸이 서서히 기울어지기 시작했다.

──나무아미타불!

나는 마음속으로 그렇게 읊조리면서 키즈멜의 사브르를 쥔 오른팔을 아스나의 몸 밑으로 들이밀었다. 위치를 고려하고 있을 여유가 없었기에 가슴 부근을 그대로 받아내고 말았다. 브레스트 플레이트의 단단함, 그리고 그 내부에 있는 탄력이 온전히 팔에 느껴졌다.

오랜 세월이 흐른 후에, 아스나는 이렇게 말한 바 있다. '한 달 넘게 콤비로 활동한 사이가 아니었다면, 검 같은 건 다 내팽개치고 목청이 터지도록 비명을 질렀을 거야'라고, 싱글싱글 웃으면서.

하지만 다행히도 아스나는 아바타가 뻣뻣하게 경직되었을 뿐 비명을 지르지도, 버둥거리지도 않았다.

나는 조각상으로 변한 아스나의 몸을 오른팔로 조금씩 들어 올려서 똑바로 일으켜 세웠다. 그리고 한 발짝 물러서서 말없이 서로의 얼굴을 마주보다가——.

"……이 검, 무지하게 무거운데."

최소 볼륨으로 속닥이듯 말하는 아스나의 왼손은 여전히 낡은 검을 쥐고 있었다.

"……잠깐만."

같은 음량으로 대꾸하고 스타우트 소드와 사브르를 스토리지에 집어넣었다. 빈손이 된 오른손으로 아스나에게서 검을 받아드니, 아스나의 말마따나 묵직한 무게감이 느껴졌다. 나의 소드 오브 이벤타이드보다 훨씬 무거웠다.

칼자루에는 대형 너클가드가 달려 있고, 하얀 가죽으로 만들어진 칼집은 완만하게 휘어져 있었다. 직검이 아니라 키즈

멜의 검과 같은 사브르인 것이다. 전체적으로 지저분한 데다 너클가드 안쪽에는 거미줄까지 쳐져 있어서 고급스러운 느낌 같은 건 찾아볼 수 없었지만, 키즈멜은 이쪽이 더 손에 익을지도 모르니 일단 스토리지에 집어넣어 두기로 했다.

비록 식은땀을 잔뜩 흘리기는 했어도 제1목표였던 애검 회수에는 성공했으니 이제 반지를 찾아볼 차례이긴 한데, 이렇게 많은 상자와 보따리들을 전부 뒤져 보려면 5분이나 10분 정도로는 어림도 없을 것이다. 어차피 이제 죄인 신세가 된 이상, ≪다크 엘프 거점에 출입할 수 있게 해 준다≫는 시길(인장)의 효력은 사라진 거나 마찬가지이기도 하니, 반지는 단념하는 게 좋을 것 같다.

속닥거리는 목소리로 내 생각을 설명하자, 아스나는 4단 선반에 가득 쌓여 있는 대량의 철상자와 나무상자, 가죽보따리나 천보따리를 둘러보고 중얼거렸다.

"그럼 상자나 보따리를 통째로 스토리지에 집어넣었다가 나중에 뒤져보면 되는 거 아냐? 전부 다 하기는 아무래도 힘들겠지만."

"……."

과격할 정도로 대담한 아이디어에 말문이 턱 막혔다. RPG에서 이런 ≪시간제한 조건부 물건 찾기≫ 이벤트는 드물지 않지만, 용기까지 통째로 가져가는 건 누가 봐도 시나리오라이터의 예측을 벗어난 행동이리라.

하지만 생각해 보면 그 대량의 상자들이 선반에 고정되어 있는 것도 아니다. 염려되는 게 있다면, 절도 행위로 판정돼서 범죄자 플래그가 박히는 사태지만, 만약 그랬다면 아까 골동품 사브르를 스토리지에 넣었을 때부터 경고가 나왔을 것이다. 여기는 범죄방지 코드 권외이니 절도를 저질러도 다크 엘프의 법에 의해 처벌받을 뿐, 게임시스템에 의한 처벌을 받을 일은 없을 것이다.

나는 선반으로 손을 뻗어서 가득 쌓인 크고 작은 상자들 중 가장 위에 놓여 있던 나무상자를 조심스럽게 집어 들었다. 경고음이 울려 퍼지지도, 허리가 후들거릴 만큼 무겁지도 않았다. 아까부터 열어 두었던 스토리지에 집어넣으니 나무상자는 파란 빛가루를 흩뿌리며 소멸했다.

"……."

"……."

아스나와 나는 서로를 마주보고 나서 저마다 상자며 보따리를 하나하나 소멸시켜 나갔다. 레벨이 추천 레벨보다 상당히 높은 수준까지 오른 데다 둘 다 무거운 무기와 방어구를 항상 차고 다닌 덕분에, 소지 한계중량의 90퍼센트 정도까지 스토리지를 채웠을 때쯤, 상자와 보따리는 3분의 1 이하까지 줄어들어 있었다. 나머지 용기에 시길 오브 류슬라가 들어 있을 가능성도 무시할 수는 없지만, 스토리지 상한선에 육박할 정도로 아이템을 채워 넣으면 예기치 못한 타이밍에 한계중량을 넘겨서 움쭉달싹 못 하는 신세가 될 위험이 있다.

상자 절도를 마치고 윈도우를 닫은 다음 귀를 기울였다. 옆방인 대기소에서는 아직 위병들이 수다를 떠는 소리가 들려왔다. 다크 엘프의 차 사랑은 지하 감옥에서도 변함없는 모양이었다.

우리는 다시 천천히 문을 열고 홀로 나왔다.

건너편 벽에는 우리가 십여 분 전에 끌려왔던 계단. 오른쪽 벽에는 서쪽 감옥으로 향하는 통로. 그리고 예상 혹은 기대한 대로 왼쪽 벽에도 동쪽으로 가는 통로가 뻗어 있었다. 키즈멜이 갇혀 있다면 아마 저쪽일 것이다.

아스나를 슬쩍 쳐다보고 나서, 다시 살금살금 동쪽 통로로 들어섰다.

배웅불버섯 빛에 의지해서 통로 양쪽의 감방들을 하나하나 확인해 나갔다. 버섯 조명의 광량 자체는 보잘것없지만, 비어 있는 감방에도 예외 없이 켜져 있었기에, 걸어가면서 들여다보기만 해도 감방 구석구석까지 체크할 수 있었다.

그리고 그 덕분에 확인할 감방의 수는 빠르게 줄어들었으나, 통로 중간까지 도달해도 키즈멜의 모습은 아직 찾을 수 없었다.

감옥은 20여 미터 길이의 통로 양쪽에 각각 감방이 8칸씩, 합계 16칸의 방이 늘어서 있는 구조였다. 이제 남은 칸은 8칸——7칸, 6칸, 5칸. 하나같이 비어 있었는데, 최근 수 년, 아니 수십 년 동안 사용된 적이 없어 보였다.

나와 아스나의 발걸음이 조금씩 무거워졌다. 하지만 아무리 그래도 확인 작업을 중단할 수는 없었다. 남은 방은 4칸, 3칸, 2칸——.

“…………!!”

마지막 감방을 들여다본 순간, 우리는 동시에 짧막하게 숨을 들이마셨다.

한껏 부풀어 올랐던 기대는 불과 2초 만에 쪼그라들었다. 두 개가 나란히 놓여 있는 침대 중 한쪽에 누군가가 벌렁 드러누워 있었지만, 체격으로 보아 대충 보기에도 키즈멜은 아니었다. 엘프 치고 다부진 그 몸집은 누가 봐도 남자였다.

초점을 맞추어 보니 노란 커서가 나타났다. 이름은 【Dark Elven Prisoner】──다크 엘프 죄수. 이것만 보고는 정체가 뭔지 알 길이 없었지만, 키즈멜이 아니라면 굳이 말을 걸 필요도 없다. 상대가 떠들어서 위병이 달려오기라도 하면, 지금까지 한 고생이 수포로 돌아간다.

나는 아스나에게 후퇴하자는 손짓을 보내고 나 자신도 슬금슬금 뒷걸음질 쳤다. 죄수는 등을 이리로 돌리고 있으니, 소리만 내지 않으면 들킬 일도 없을 터……. 그렇게 생각했지만, 불과 30센티미터쯤 움직였을 때.

"네놈들 엘프가 아니군. 정체가 뭐냐?"

죄수는 드러누운 채 나직한 목소리로 말했다.

얼어붙어 있는 우리 눈앞에서 죄수는 뒤척뒤척 일어나서 이쪽을 쳐다보았다.

입고 있는 옷은 검은색이 바래서 회색으로 변한 간소한 면셔츠와 바지. 머리카락과 수염이 덥수룩하게 자라 있어서 이목구비는 거의 알아볼 수 없었다. 늘어져 있는 검은 앞머리 너머에서 두 눈이 날카로운 빛을 내뿜고 있었다.

"아니, 아무것도 아니에요. 실례 많았습니다……."

가까스로 그렇게 대답하고 뒷걸음질을 재개하려 한 바로 그

때였다.

“대답을 안 하면 위병을 부르겠다.”

상대가 나직한 목소리로 그렇게 말하고 나오니 도주는 단념하는 수밖에 없었다.

“으으음……, 저는 인족 검사 키리토, 이쪽은 아스나.”

“왜 이런 곳에 있는 거냐.”

“사람을 좀 찾느라…….”

“누구를?”

짤막한 질문들이 그렇게 잇따라 날아드니 얼버무려야 할지 어떨지를 고민할 여유도 없었다. 마음을 굳게 먹고 사실을 있는 그대로 얘기했다.

“키즈멜이라는 근위기사에요. 1일 이내에 여기로 끌려온 걸로 알고 있는데…….”

“키즈멜……. 가문명은?”

예상치 못한 질문에 우리는 자기도 모르게 서로를 마주보았다. 세검전사도 살짝 고개를 가로저었기에 나는 다시 몸의 방향을 돌려서 대답했다.

“모, 모릅니다.”

“흐음……, 그렇다면 나도 알 길이 없군.”

그렇게 대답한 죄수는 침대 위에서 사이드테이블로 손을 뻗더니 우리 감방에 있던 것과 똑같은 주전자를 기울여 목제 컵에 물을 따랐다. 따른 물을 단숨에 들이켜고 컵을 내려놓은 다음, 또 다른 질문을 던졌다.

“……조금 전에 여기로 연행되어 왔던 게 너희들이었나?”

"아, 네."

"그럼 그 키즈멜이라는 기사가 갇혀 있는 곳은 이 층이 아냐. 내가 여기 갇힌 이후로 30년 동안 새로운 죄수가 들어온 건 너희들이 처음이니까."

"30년……."

나도 모르게 멍하니 되뇌었다.

한 달 전의 나였더라면 그건 어디까지나 설정상의 얘기라면서 대수롭지 않게 생각했을 것이다. 왜냐하면 2023년의 30년 전──즉, 1993년은 SAO는 고사하고 구세대 헤드마운트 디스플레이(HMD)식 VRMMO조차 존재하지 않던 시절이었으니까.

하지만 키즈멜과 만나고, 숲엘프와 흑엘프 간에 벌어진 기나긴 전쟁의 역사를 알게 된 뒤로는 조금씩 생각이 바뀌었다. 이 세계는 시간의 흐름을 서버 스펙의 한계치까지 가속할 수 있으니, 만약 인간 플레이어가 다이브하지 않았더라면 아인크라드는 정식 서비스 개시 이전에 ≪대지단절≫ 이후 수백 년, 혹은 그 이상의 역사를 실제로 쌓았을 가능성도 충분히 존재하는 것이다.

"저……, 당신은 왜 이 감옥에 갇혀 있죠?"

내 뒤에서 앞으로 나선 아스나가 갈라진 목소리로 그렇게 물었다.

수염 난 남자는 그윽하게 빛나는 두 눈으로 아스나를 똑바로 응시하며 말했다.

"그건 인족이 알 필요 없는 일이다, 소녀."

더 이상은 할 이야기가 없다는 듯, 남자는 다시 침대에 드러누웠다.

하다못해 유익한 정보 하나라도 얻어내기 위해, 나는 집요하게 물고 늘어졌다.

"저기, 이 하린 수궁에 여기 말고 다른 감옥은 없나요?"

남자는 5초 정도 침묵을 지켰으나, 이윽고 "흥" 하는 콧소리가 들려왔다. 순간 어라……, 하는 생각이 들었으나, 배웅불버섯 불빛이 닿지 않는 어둠속에서 들려온 목소리가 나의 의식을 앗아갔다.

"신관 놈들 전용으로 쓰이는 7층 거주구역에도 감옥이 있었을 거다. 키즈멜이라는 기사가 저지른 죄가 녀석들과 얽힌 거라면 거기로 연행됐을지도 모르지."

"하, 하지만……, 키즈멜의 검이 저쪽 보관소에 있었는데……."

내가 그렇게 대꾸하자마자 남자는 다시 벌떡 몸을 일으켰다.

"너희들, 보관고에 들어간 거냐?"

"아, 그게, 네."

"흐음……. 애초에 무슨 수로 위병 놈들에게 안 들키고 감방에서 빠져나온 거지?"

"그게……, 횃불로 감방 잠금장치를 그을려서……."

"…………."

침묵에 잠긴 남자의 다부진 어깨가 미세하게 흔들리기 시작했다. 얼마 후, 큭큭 하는 나직한 목소리가 들려왔다. 그제야 그가 지금까지 웃고 있다는 것을 알아챌 수 있었다.

이봐, 그렇다고 폭소하지는 말아 줘. 그렇게 기원하고 있으려니, 다행히도 남자의 웃음소리 음량이 차츰 줄어들다가 이윽고 사라졌다. 남자는 가볍게 고개를 가로젓고 비꼬듯이 말했다.

"……뭔지 대충 알겠다. 인족들이 쓴다는 ≪환서술≫ 말이군. 하긴 위병들도 그것까지 조사할 순 없겠지."

"그, 그렇겠죠……."

나는 고개를 끄덕이면서 최대한 빨리 머리를 굴렸다.

우리가 썼던 방법을 그대로 쓰면, 남자가 갇혀 있는 감옥의 잠금장치도 파괴할 수 있다. 그리고 퀘스트의 문맥에 따르면 지금은 남자를 구해내서 협력을 얻어야 할 장면처럼 보였다. 이런 전개를 궁리한 게 아가스의 시나리오라이터라면, 그게 정답일 것이다.

하지만 아마도 나와 아스나가 진행하고 있는 엘프 전쟁 캠페인 퀘스트는 이미 본래의 줄거리에서 한참 이탈한 상태일 것이다. 카야바 아키히코에 의해 데스 게임으로 변질되고 아가스의 관리 하에서 벗어난 지금, 평범한 인간이 모든 플레이어들의 퀘스트를 수작업으로 수정한다는 건 불가능에 가깝다. 만약에 게임 시스템 그 자체가 실시간으로 퀘스트 내용을 고치고 있는 거라면, 이미 문맥 따위는 통하지 않는다고 생각하는 게 옳을 것이다.

눈앞에 있는 죄수가 살아 있는 인간──아니 다크 엘프라고 치면, 신뢰할 수 있는 자일 것인가 아닐 것인가. 지금 판단해야 할 건 그 점뿐이다.

30년이나 지하 감옥에 수감되어 있었다는 걸 보면 엄청난 중죄를 저지른 것이리라. 문제는 그 죄가 어떤 죄인가 하는 점이지만, 방금 본인이 "인족이 알 필요 없는 일이다"라고 딱 잘라 얘기한 마당이다. 뭔가 단서가 될 만한 게——.

"저기, 혹시 형이나 남동생은 없나요?"

갑자기 아스나가 밑도 끝도 없는 질문을 던졌다. 나는 넋 나간 얼굴로 옆을 쳐다보았다.

남자 또한 나와 마찬가지로 놀란 건지, 말없이 몇 번 눈을 깜박이다가 문득 조용히 되물었다.

"왜 그렇게 생각했지?"

"당신과 쏙 빼닮은 다크 엘프를 알고 있어서요."

에에에엥? 하고 내심 고개를 갸우뚱거렸다. 아스나가 알고 있다면 당연히 나도 알고 있을 텐데, 이 더벅머리에 수염 덥수룩한 죄수와 닮은 다크 엘프 같은 건……, 아니, 그 이전에 남자 다크 엘프 중에 안면이 있는 사람이라고는 요펠 성의 레슈렌 제드 요필리스 자작과 갈렌 성의 부플름 노인, 덧붙이자면 멜랑 가즈 갈레이온 백작 정도가 고작 아니었던가. 세 사람 모두 죄수와 닮은 점이라고는 피부색 정도…….

그 순간, 다시 머릿속 깊은 곳에 찌릿 하는 전류가 흐르는 바람에 나는 눈을 부릅떴다.

아니, 안면이 있다고 할 수 있는 다크 엘프 남자가 한 명 더 있지 않았던가.

내가 알아채기를 기다리고 있었던 듯, 아스나가 다시 말을 이었다.

"이름은 아직 모르지만, 3층 야영지에서 대장장이 일을 하는 사람이에요. 제가 가진 이 검을 강화해 준 사람이죠."

감방 쪽으로 다가가면서 왼손으로 시밸릭 레이피어 칼자루를 움켜쥐었다. 아스나는 칼자루를 거꾸로 쥔 채 칼집에서 뽑아 들고 곧바로 창살 틈새로 칼자루 끝을 집어넣었다.

나였더라면 실행하기 전에 최소 3초는 망설였을 행위다. 하지만 아스나의 옆얼굴에서 걱정하는 기색은 조금도 찾아볼 수 없었다.

죄수는 길게 드리워진 앞머리 너머에서 우리를 빤히 응시하다가 별안간 침대에서 바닥으로 내려섰다. 걸레짝 같은 샌들에 발을 집어넣고 창살 앞으로 걸어왔다. 아스나가 내민 칼자루를 아무렇게나 움켜쥐더니, 레이피어를 감방 안으로 가져갔다.

그리고 검을 이마 쪽으로 들어 올려서 뒤쪽 벽에서 비추는 배웅불버섯 빛을 매끄러운 칼날에 한 번 비추어보고는 그가 말했다.

"확실히 이건 란데렌이 강화한 검이 맞아. 예전에는 게으름만 피우던 놈이었는데……, 30년이라는 세월이 지나면 허접쓰레기도 그럭저럭 실력을 갖추게 되는 모양이군."

란데렌이라는 이름이 그 퉁명스럽기 짝이 없는 대장장이의 이름이라면, 허접쓰레기라는 평가를 들었을 때 어떤 반응을 보일지 생각만 해도 무서울 지경이었다. 적어도 평소처럼 "흥" 하는 코웃음을 치는 정도로 넘어가지는 않을 게 틀림없다……. 그런 생각을 한 순간, 그제야 아까 느꼈던 기시감의 원인을 깨달았다. 남자가 내뱉는 코웃음이 그 대장장이와 쏙 빼닮은 것이다.

남자는 레이피어를 빙글 돌린 뒤, 칼자루를 창살 틈으로 내밀었다. 아스나가 레이피어를 받아들자 한 발짝 뒤로 물러서서는——.

"동생이 신세를 졌다면 그 보답을 해야겠지. 기사 키즈멜을 찾는 일을 도와주기로 하마."

오오?! 하고 생각할 틈도 없이, 아스나가 고지식하게 지적했다.

"저기, 그 말씀은 물론 고맙지만, 동생 분에게 신세를 진 건 저희 쪽인데요……."

"그 정도 수준의 검은 엘프 대장장이들도 평생에 몇 번 벼려볼 수 있을까 말까 하는 정도야. 동생 놈은 그 경험을 통해서 크게 성장했을 거다."

"당신도 대장장이신가요?"

"……아니."

코언저리까지 드리워진 죄수의 앞머리가 살짝 흔들렸다.

"나는 그만한 재능이 없었어. 동생에게는 할아버지나 아버지와 같은 대장장이의 피가 흐르고 있지만……, 나에게는 그런 것도……."

죄수는 거기서 말을 끊고, 침대 쪽으로 돌아가버렸다. 도와주겠다고 한 것 아니었어? 나는 내심 당황했지만, 남자는 드러눕는 대신 빛바랜 침대 시트를 벗겨내서 들어 올리고 가장장이를 가늘게 찢었다. 마구 뻗은 머리카락을 뒤통수 쪽으로 모으더니 방금 만든 즉석 끈으로 동여맸다.

비로소 드러난 남자의 얼굴은 비록 수염이 덥수룩하긴 하지만, 다크 엘프다운 단정한 예리함을 갖추고 있었다. 인간으로 따지면 30대 후반 정도일까. 새삼 보니 3층의 대장장이와 닮았다——하지만 그것 말고도 놀라운 특징이 하나 있었다.

눈 2센티미터쯤 밑에, 뺨에서 뺨까지 한 줄기 칼자국이 나 있었던 것이다. 최근에 생긴 상처는 아닌 것 같았지만, 거무스름한 피부에 또렷하게 새겨진 그 상처는, 상처를 입은 당시에 상당히 깊은 상처였음을 짐작할 수 있었다.

우리의 시선을 느낀 건지, 남자는 오른손 엄지로 흉터를 어루만지며 “흥” 하고 코웃음을 쳤다.

그리고는 성큼성큼 걸어와서 창살 너머로 대기소의 분위기를 살폈다. 나와 아스나도 통로 저편을 쳐다보았다. 현재까지 위병들이 방에서 나오려는 기색은 보이지 않았지만, 식사가 끝나면 순찰을 나오지 않을까. 내 직감상 남은 유예 시간은 불과 몇 분이다.

“잠금장치를 태울 테니까 잠깐 떨어져 계세요.”

그렇게 말하자 남자는 살짝 고개를 가로저었다.

“아니, 그건 됐고, 대기소 옆 보관고에 있는 내 검을 좀 가져와다오.”

——뭐야, 그 많은 검들 중에서 찾아야 되는 거야?

나는 목구멍까지 치솟은 말을 간신히 되삼키고 남자에게 물었다.

“……어떤 검이죠?”

"사브르다. 날밑과 너클가드는 은제고 자루와 칼집은 흰 가죽. 30년분의 먼지가 쌓여 있을 테니까, 척 보기만 해서는 알아보기 힘들지도 모르지만……."

"""……."""

나와 아스나는 말없이 서로를 마주보았다.

스토리지를 열어서 무기를 입수시간 순으로 정렬한 다음, 가장 위에 표시되어 있는 ≪사브르 오브 산탈럼 나이츠≫라는 이름을 탭하고 오브젝트화를 선택.

나는 조그만 효과음과 함께 출현한 거대한 사브르를 양손으로 들어 올렸다.

이 세계의 오염 이펙트는 기본적으로 단시간 안에 소멸하게 되어 있음에도, 날밑에 달라붙은 먼지나 너클가드에 쳐진 거미줄은 그대로였다. 천으로 닦으면 어느 정도는 깨끗해지겠지만, 내가 그렇게까지 하는 것도 좀 이상해 보일 것 같아서 그대로 칼자루를 창살 사이로 집어넣었다.

남자는 아주 잠깐 주저하는 기색을 보였으나, 이내 오른손으로 사브르 자루를 움켜쥐고 칼집에 든 검을 감방 안으로 가져갔다.

그는 거미집을 발견하고는 "흥" 하고 코웃음을 쳤다. 그리고 다시 시트를 집어 들어서 사브르 전체를 재빠르게, 그러면서도 꼼꼼하게 닦았다. 완전히 새 것——이라고 하기는 무리가 있을지언정 제법 광채를 되찾은 사브르를 벨트 왼쪽에 꽂고 천천히 뽑아 들었다.

완만한 호를 그리는 칼날이 배웅불버섯의 빛을 반사해서 둔

탁한 빛을 내뿜었다. 하지만 그것은 칼날이 지저분하기 때문이 아니라, 오랜 세월 실전과 손질을 거듭한 무기만이 가진 ≪명기의 질감≫ 때문이었다. 숲엘프 기사와의 격전 끝에 부러진 내 애닐 블레이드+8도 저런 광채를 띠고 있었다.

지금도 상한 모습 그대로 스토리지 깊숙한 곳에 잠들어 있는 옛 애검을 떠올리고 있는데, 문득 남자가 매섭게 나를 쏘아보았다.

"조금 물러나 있어."

"아, 네."

아스나와 함께 창살에서 멀찍이 물러섰다. 남자는 문 앞으로 이동하더니 칼집에서 뽑은 사브르를 서서히 머리 위로 들어 올렸다.

잠깐, 뭘 하려고요?!

그렇게 외칠 여유도 없었다. 칼날이 번뜩이는 은색 빛을 내뿜었고, 끼이이잉……하는 유리질의 고음이 울려 퍼졌다. 소드 스킬의 전조 이펙트.

무력으로 창살을 박살내면 어마어마한 소리가 나서 위병들이 뛰어올 게 불 보듯 뻔하다. 나와 아스나는 그런 사태를 피하려고 고생해 가며 잠금장치를 탄화시켰던 것인데, 이러면 모든 게 물거품――.

어슴푸레한 공간에 은색 섬광이 번뜩였다. 작은 불티 두어 개가 떨어졌다.

그게 전부였다. 굉음은 고사하고, 컵이나 테이블이 흔들릴 정도의 소리조차 나지 않았다. 사브르는 이미 남자의 머리 위로 돌아와 있어서 정말로 소드 스킬을 발동하기는 한 건지도 의심스러울 지경이었지만, 내 눈에는 완벽한 수직선을 그리는 궤적이 희미하게 남아 있었다.

남자는 사브르를 다시 칼집에 집어넣더니 두 발짝 전진해서 손끝으로 문을 밀었다. 문은 끼이익……하는 조그만 소리와 함께 순순히 열렸다. 잠금장치 부분을 보니 락볼트 절단면이 마치 대패로 간 것처럼 반짝거리고 있었다.

"……바, 방금 그건 무슨 기술이죠?"

나도 모르게 그렇게 물었더니, 남자는 어깨를 으쓱하며 말했다.

"≪슬래싱 레이≫……라고 불렀던 것 같군."

처음 들어 보는 기술명이었다. 아마 곡도 카테고리의 상위 소드 스킬이리라. 스테이터스 좀 보여 달라고 부탁하고 싶었지만, 애초에 NPC의 스테이터스 윈도우를 여는 방법도 아직 모르는 상태였다. 머리의 정수리 부분을 탭하면 프로퍼티 윈도우가 열릴지도 모르지만, 이 아저씨, 아니 형을 상대로 그런 짓을 할 용기는 없었다.

내가 넋이 나간 채 서 있으려니, 통로로 나온 남자가 크게 기지개를 켜고 나서 목을 우드득우드득 좌우로 움직였다. 정말로 30년이나 이 감방에 갇혀 있었다면 말로는 이루 표현할 수 없을 만큼의 해방감을 느꼈으련만, 남자는 기지개와 목운동 정도로 충분히 만족한 듯 강철색 두 눈으로 나와 아스나를 빤히 쳐다보고 말했다.

"너희들, 이름이 뭐라고 했지?"

"저기, 저는 키리토고……."
"저는 아스나에요."
다시 한 번 이름을 얘기하자, 남자는 "키리토와 아스나란 말이지" 하고 되뇌었다. 지금까지 만났던 NPC들 중에서 가장 짧은 발음 체크였음에도 억양이 상당히 정확했다. 우리가 고개를 끄덕이자,
"나는 라빅이다."
라고 짤막하게 자기소개를 끝냈다. 그것이 파티 가입 신호가 되어서 시야 좌측 상단에 있는 두 개의 HP바 아래에 또 하나의 바가 나타났다.
그와 동시에 남자의 커서에 표시되어 있는 이름이 소리도 없이 변화했다. 【Dark Elven Prisoner】에서 【Lavic : Dark Elven Fugitive】로……. 애석하게도 fugitive라는 단어는 내 머릿속 사전에 등재되어 있지 않았기에, 나중에 아스나에게 물어보기로 하고, 일단은 죄인 라빅에게 앞으로의 방침을 물어보기로 했다.
"그럼……, 키즈멜이 있는 7층에는 어떻게 갈 거죠?"
"있을지도 모르는, 이다."
라빅은 퉁명스럽게 내 말을 정정하더니, 그 말투 그대로 말을 이었다.
"우선 위병들에게서 정보를 캐낼 거다."
"네?! ……매, 매수라도 하실 건가요?"
"너희들이 9층 호반에 있는 저택을 살 만큼의 돈을 갖고 있다면 그렇게 할 수도 있겠지."

나와 아스나가 힘없이 고개를 가로젓자, 수염 난 다크 엘프는 벌써 몇 번째인지 모를 "흥" 하는 코웃음과 함께 말했다.

"그럼 검을 써야겠군."

11

탈옥한 지 약 1시간이 경과한 오후 7시.

나는 굵기 3밀리미터도 안 되는 로프, 아니 끈을 생명줄 삼아서 거의 수직에 가까운 절벽——하린 수궁 외벽을 타고 아등바등 내려가고 있었다.

인공벽이 아닌 천연 거목의 줄기라서 손을 짚을 곳이나 발을 디딜 곳이 어느 정도 있는 게 불행 중 다행이지만, 땅까지의 거리는 약 50미터다. 발이 미끄러지고 가느다란 생명줄이 내 몸무게를 견디지 못하면, 낙하 대미지에 의해 HP가 모조리 날아갈 게 불 보듯 뻔했다.

하지만 약한 소리는 할 수 없었다. 불과 1미터 왼쪽에서는 내 것과 똑같은 로프를 검대에 동여맨 아스나가 말없이 벽을 타고 내려가고 있었고, 오른쪽에서는 라빅이 암벽등반을 방불케 하는 현수 하강을 선보이고 있었다.

그리고 무엇보다 내 좌측 하단에서는 몇 분 전에 파티에 가담한 다크 엘프 기사가 걱정 어린 눈길로 이쪽을 올려다보고 있는 것이다.

"괜찮나, 키리토?"

그 목소리에 나는 미소 비슷한 표정을 힘겹게 지으며 대답했다.

"괘, 괜찮아! 내 걱정은 말고 먼저 내려가."

"그럴 수는 없어. 네가 발을 잘못 디디면 내가 잡아 주겠다고 했으니까."

그런 믿음직한 말을 해 준 사람은 말할 것도 없이 키즈멜이었다.

수궁 7층 감옥에서 구출했을 때, 그녀는 상당히 초췌한 기색이었다. 다행히 육체적 대미지는 없었고 검 이외의 장비도 그대로 착용하고 있었지만, 긍지 높은 기사인 키즈멜에게 있어서 폴른 엘프와의 내통 혐의를 뒤집어쓰고 투옥당한 것은 견디기 힘든 굴욕이었으리라.

물론 우리와의 재회 자체는 기쁘게 반겼지만, 처음에는 탈옥을 거부했을 정도였다. 그래도 결국 나와 아스나, 그리고 라빅의 설득을 받아들여서 자기 손으로 혐의를 씻겠다는 결의를 다지고 7층 창문을 통해 수궁을 탈출──지금 이런 상황에 이르게 된 것이다.

귀를 기울여 보니 수궁 내 위병들의 고함소리며 우왕좌왕하는 발소리들이 희미하게 들려왔다. 하지만 혼란이 잦아드는 데에는 시간이 좀 더 걸릴 것이다. 왜냐하면 아스나가 낸 아이디어에 따라 7층 한쪽에 있는 어느 작은 방에 불붙은 횃불을 숨겨 두고 왔기 때문이다.

불꽃에 의한 연쇄반응에 따라 하린 수궁 내에 있는 수많은 배웅불버섯 불빛이 모조리 꺼져버린 것이다. 작은 방에 있는 횃불을 찾아내서 끌 때까지 수궁 안은 완전한 암흑에 빠질 테니 우리를 찾을 여유가 있을 리 없다. 그들이 소동에 휩싸여 있는 사이에 흔들바위 숲까지 도망쳐야 한다.

나는 발 아래 있는 40여 미터의 공간을 의식에서 지워버리고 눈앞의 나무줄기에만 집중하려 애썼다. 작은 구멍에 손을 걸치고, 튀어나온 옹이에 발을 걸치고, 늘어진 덩굴을 붙잡으며 뜯겨나간 나무껍질 틈새를 디뎠다. 이게 구세대 RPG였다면 컨트롤 스틱을 밑으로 눕히기만 해도 술술 내려갈 수 있었을 텐데, 하는 생각이 들었지만 애초에 풀다이브형 VRMMO가 아니었다면 게임이 데스 게임화하는 일도 없었을 것이다. 언젠가 또 이런 상황에 빠질 때를 대비해서 시간이 날 때 암벽타기 연습 정도는 해 둬야겠다. 아인크라드 외곽 벽을 가뿐하게 오르락내리락 할 수 있을 정도가 되면, 그 어떤 절벽도 무섭지 않겠지…….

그런 생각을 하면서 열심히 팔다리를 움직였다. 하지만 공포를 잊기 위한 현실도피가 나도 모르는 사이에 집중력까지 갉아먹은 모양이었다. 옹이를 꽉 붙잡은 줄 알았던 손가락이 주르륵 미끄러져서 위장이 오싹하게 오그라들었다.

그러나 내 왼발은 불과 10센티미터쯤 낙하했을 뿐, 이내 견고한 평면에 착지했다.

머뭇머뭇 아래를 내려다보니 내가 딛고 있는 곳은 직경 1미터쯤 되는 바위 기둥이었다. 어느 샌가 하린 수궁을 둘러싼 돌기둥에까지 도달해 있었던 것이다. 주위를 둘러보니 이미 낙하를 마친 아스나, 라빅, 그리고 키즈멜이 말없이 이쪽을 쳐다보고 있었다.

나는 헛기침을 한 번 한 뒤, 검대에 묶고 있던 생명줄을 풀었다. 이 로프는 7층 창고에서 발견한, 강철 칼날로 여러 번 톱질하지 않는 이상 절대로 끊어지지 않는다는 설명이 붙은 고품질 로프라서 그냥 버려두고 가는 건 좀 아까운 물건이었다. 하지만 50미터 위의 굵은 기둥에 묶어 둔 상태라 거둬들일 방법이 없었다.

나는 계단형으로 늘어선 기둥들을 차례차례 밟으며, 세 사람이 기다리는 통로로 내려갔다.

"늦어서 미안."

최대한 태연한 척하며 그렇게 말했더니 키즈멜이 웃으며 "수고했다, 키리토"라고 치하해 주었다. 나는 마치 난생 처음으로 정글짐 꼭대기에서 내려오는 데 성공한 어린아이가 된 기분이었다.

우리는 수궁 정문이 있는 남쪽을 피해 강하 지점으로부터 가장 가까운 서쪽 회랑으로 들어갔다. 그리고 추격자들이 없는 것을 확인하며 흔들바위 다리를 건넜고, 누구 하나 습지에 빠지지 않은 채 출구까지 도착하는 데 성공했다.

이제 터널형 통로만 지나면 숲 밖으로 나갈 수 있다——그러나 그 전에 해야 할 일이 하나 있었다.

나는 다시 한 번 수궁 쪽을 살펴보고 난 뒤, 키즈멜에게 말했다.

"저기……, 이런 상황에서 이런 얘기해서 좀 미안하지만, 어디 좀 들렀다 가도 될까?"

"들렀다 간다고? 여기에는 습지밖에 없다만."

"그 습지에 있는 나소스 나무의 열매가 필요해서……."

"호오, 인족 치고는 미식가다운 소리를 하는군."

그렇게 끼어든 것은 키즈멜이 아닌 라빅이었다. 그는 덥수룩한 수염을 쓰다듬으며 히죽 웃고 덧붙였다.

"나소스 열매를 먹으면 혀가 아릿해지지만, 일단 그 맛에 적응되면 헤어날 수가 없지. 나도 오랜만에 한 번 먹어보고 싶군."

죄송하지만 먹으려는 건 아닌데요, 하고 내가 정정하기 전에 키즈멜이 먼저 반응했다.

"으으음……. 나는 나소스 열매는 별로인데……."

떫은 감이라도 씹은 것 같은 표정으로 말하는 기사의 등을 라빅이 탁 쳤다.

"너무 그러지 마라, 기사 키즈멜. 나소스를 먹으면 기운이 샘솟는다고. 지금 너에게도 딱 필요한 열매일 텐데."

"하지만 라빅 공, 습지에는 징글징글한 거머리 괴물이 나오지 않습니까."

"으음……, 헤마토멜리베 말이군. 확실히 그건 골치 아픈 녀석이긴 하지……. 놈들은 물에 민트 기름을 떨어뜨리면 가까이 안 오는데, 혹시 갖고 있나?"

이쪽을 쳐다보는 라빅의 시선에 나와 아스나는 동시에 고개를 가로저었다. 스토리지에 들어 있는 물건들을 속속들이 다 파악하고 있는 건 아니지만, 미트 기름 같은 걸 얻은 기억은 단 한 번도 없었다.

"그렇군……. 흔들바위 숲을 순찰하는 위병들은 모두들 지참하고 있는 물건이니까, 수궁 곳곳에 비축되어 있을 거다. 다시 한 번 돌아가서 가져오는 건 어떻겠나?"

"라빅 공, 그렇게까지 할 필요가 있을까 싶습니다만."

곤혹스러운 듯한, 한편으로는 황당한 듯한 표정으로 키즈멜이 그렇게 말한 순간, 나는 문득 한 가지 생각을 떠올리고 스토리지를 열었다.

수궁 곳곳에 비치되어 있다는 얘기가 사실이라면, 지하 감옥 보관고에도 한 병 정도는 있었을 것이다. 그리고 그 한 병이 나와 아스나가 쓸어 오다시피 한 상자 안에 들어 있다면.

그런 내 생각을 읽은 건지 아스나도 윈도우를 열었다. 스토리지란에 표시되어 있는 ≪낡은 나무상자≫며 ≪녹슨 철상자≫, ≪무두질된 가죽보따리≫, ≪삼베 보따리≫ 등을 위의 것부터 하나하나 탭해서 내용물을 표시시켰다.

대부분은 별 가치가 없어 보이는 잡동사니들이고, 목걸이나 부적이나 열쇠 등 눈길이 가는 아이템명도 보였지만, 감정은 미뤄두고 '민트'라는 두 글자만 집중적으로 찾았다.

10여 개의 상자를 탭해서 내용물 리스트를 위에서 아래로 빠르게 스크롤시켜 보고, 다음 상자로 넘어가려 했을 때.

"앗!"

조그맣게 외친 나는 닫기 직전이던 리스트를 반대 방향으로 스크롤했다. 한가운데쯤에 시길 오브 류슬라라는 이름이 당연하다는 듯 표시되어 있었다. 그것도 두 개가.

서둘러 꺼내려 했을 때, 옆에서 아스나도 "앗!" 하는 소리를 토해냈다. 이어서 실체화 효과음이 들려와서 그쪽을 쳐다보니 윈도우 위에 작은 녹색 병이 있었다. 아스나도 내 윈도우를 보고 다시 "앗" 하는 소리를 냈다.

나는 회수에 성공한 두 반지 중 하나를 아스나에게 돌려주려다가 그 손길을 멈추었다. 류슬라의 문장이 부조로 새겨진 반지들은 둘 다 똑같은 디자인인 데다 당연히 이름 같은 것도 적혀 있지 않았다. 어느 쪽이 아스나의 반지고 어느 쪽이 내 반지인지 분간이 되지 않았다.

공중에서 엄지와 검지를 붙였다 떼었다 하며 꾸물대고 있으려니 아스나가 왼손을 쑥 내밀었다.

"아무 쪽이나 줘. 성능은 똑같잖아."

하긴, 맞는 말이긴 하다. SAO의 장비 아이템은 원칙적으로 사이즈가 자동 조절되기에 크기를 신경 쓸 필요는 없다. 둘 중 하나를 집어서 아스나가 내민 왼손 검지에 쏙 끼워 넣었다. 순간적으로 세검 전사의 몸이 움찔했지만, 딱히 별다른 말은 하지 않았기에 나머지 반지를 내 왼손에 장착한 후 아스나의 윈도우에서 작은 병을 낚아챘다.

그리고 드넓은 습지를 둘러보고 있는 라빅 쪽으로 걸어가서 말을 걸었다.

"민트 기름 찾았어요."

이어서 병을 내밀자 수염 난 얼굴의 검사가 환하게 웃었다.

"오오, 그거 잘 됐군. 그럼 나소스 나무를 찾으러 가 볼까."

그는 병을 받아 들고 환하게 웃으며 덧붙였다.

"걱정 마, 만에 하나 헤마토멜리베가 달려들더라도, 조금만 참으면 금방 다른 곳으로 떠나갈 테니까."

그 말을 듣기가 무섭게 옆에 있던 키즈멜이 넌덜머리가 나는 표정을 지었다. 아스나에게 비슷한 말을 한 전과가 있던 나는 애매한 웃음을 지으며 미묘한 각도로 고개를 끄덕였다.

라빅은 잘 익은 나소스 열매 냄새를 맡는 특수 능력이라도 갖고 있었던 건지, 습지로 내려간 지 3분 만에 목표물인 나무를 찾아냈다.

민트 기름의 효과도 발군이었는데, 30초마다 한 방울씩 떨어뜨리기만 해도 흡혈 해우가 몰려오는 걸 막을 수 있었다. 이건 아마 아르고도 모르는 정보일 테지만, 애초에 ≪흔들바위 숲≫은 다크 엘프 편에서 엘프 전쟁 캠페인 퀘스트를 진행할 때 아니면 거의 올 일이 없는 곳이고, 6층에서 만났던 퀘스트 전문 길드 ≪큐잭≫도 이제 없으니 이곳을 찾아오는 플레이어는 당분간 없을 것이다.

습지 한쪽에 홀로 서 있는 나소스 나무는 현실세계의 버드나무와 비슷하게 생겼지만, 수면 가까이까지 늘어진 가느다란 가지 끝에는 망고 모양의 과실이 주렁주렁 열려 있었다. 색깔도 망고 같은 노란색이었다면 한 입 정도는 먹어 볼 마음이 들었을지도 모르지만, 선명한 적자색 바탕에 황록색 세로 줄무늬라는, 눈이 아릴 정도로 요란한 그 배색은 척 보기에도 경고색임을 짐작할 수 있었다.

아스나와 키즈멜도 나와 같은 감상인 것 같았지만, 라빅은 "찾았다!"라고 환호성을 지르고는 첨벙첨벙 물살을 일으키며 나무로 다가가서 가지 하나를 잡아당겼다. 그는 가지 끝에 달려 있는 큼직한 열매 하나를 따더니 허파 깊숙이 냄새를 들이마시고 주저 없이 깨물었다.

와삭 하는 상쾌한 소리에 이어, 달콤함과 자극적인 풍미가 뒤섞인 복잡한 향기가 감돌았다. 나는 라빅이 기운차게 과육을 씹다가 별안간 우욱 하는 신음을 흘리며 바닥에 고꾸라지는 장면을 상상했지만, 검사는 신이 나서 두 입, 세 입, 연신 과육을 깨물어 먹을 뿐이었다.

시야 좌측에 보이는 라빅의 HP바에 갑자기 나소스 열매를 형상화한 아이콘이 켜졌다. 모양만 봐서는 그게 버프인지 디버프인지 가늠하기 힘들었다. 니르니르의 말에 의하면 이 열매는 탈색제의 원료로 쓰인다고 했는데, 라빅의 검은 머리가 하얗게 변하는 기색은 없었다.

으으음……, 하고 생각에 잠겨 있으려니, 검사가 오른손에 남아 있는 열매를 깨물어 먹으면서 왼손으로 열매를 하나 더 따서 내 쪽으로 던졌다.

"얼마든지 있으니까 눈치 보지 말고 먹어도 돼, 키리토."

——눈치 보느라 안 먹은 게 아닌데요.

그런 말을 애써 되삼키고 "가, 감사합니다"라고 인사한 나는 나소스 나무 쪽을 힐끗 쳐다보았다. 열매는 대충 세어 봐도 50개는 넉넉히 넘어 보였다. 한두 개쯤 먹어도 퀘스트 클리어에 필요한 20개를 확보하는 데에는 아무런 문제도 없을 것이다. 셔츠 소매로 열매를 쓱쓱 닦고 나서 머뭇머뭇 입을 벌리고 깨물었다.

식감은 망고가 아닌 배에 가까웠지만, 향기는 리치나 후추를 연상케 했다. 껍질은 얇고 과육은 싱싱한 데다 당도도 높아서, 이 정도면 지금까지 아인크라드에서 먹었던 여러 과일

들등 중에서는 상당히 상위에 속하는…….

별안간, 찌릿찌릿한 전기 같은 쇼크가 내 혀를 관통했다.

"허으윽!"

볼썽사나운 비명을 흘리는 나를 보고 라빅이 유쾌한 웃음을 터뜨렸다. 보아하니 이 형은 동생인 란데렌 씨보다는 상당히 서글서글한 성격인 것 같았다. 그런 사람이 대체 어떤 죄를 지었기에, 30년이나 투옥되어 있었던 걸까.

그런 생각을 하며 혀의 얼얼함이 사라지기를 기다리고 있으려니, 내 HP바에도 작고 화려한 아이콘이 점등되었다. 아직 효과는 불명이지만 조사해 볼 방법은 있었다.

서둘러 윈도우를 열고 스테이터스 탭으로 이동. 여기에도 같은 아이콘이 표시되어 있었기에 손가락으로 탭해 보았다.

【나소스의 각성약 : 마비내성, 스턴내성 소폭 상승】

……어중간하잖아!

그런 생각을 금할 수 없었지만 먹다 남은 걸 그냥 버릴 수도 없고, 그렇다고 아스나에게 떠넘길 수도 없는 노릇이었다. 나는 마음의 준비를 단단히 하고 풀스피드로 먹어치웠다. 다행히 버프가 지속되는 동안에는 찌릿찌릿한 느낌도 찾아오지 않았기에, 무사히 다 먹고 안도의 한숨을 내쉬었다.

고개를 들어 보니 아스나와 키즈멜은 나무줄기 뒤에 숨다시피 한 채로 서둘러 열매를 채취하고 있었다. 그 둘의 얼굴에서는 자신들은 절대 안 먹겠다는 굳은 결의가 엿보였다.

언젠가 식사 시간에 아스나의 접시에 몰래 놓아 줘야겠다고 생각하면서, 나도 채취 작업에 가담했다. 라빅의 말에 따르면, 낮은 곳에 있는 열매일수록 잘 익은 거라고 해서 밑에 것부터 따 나갔다. 예비용까지 고려해서 아스나가 15개, 내가 15개를 스토리지에 집어넣자, 퀘스트 갱신 메시지가 나타났다가 사라졌다.

이제 흔들바위 숲에서 해야 할 임무는 완료된 셈이다. 물건 담을 걸 좀 달라는 라빅의 부탁에 스토리지에 들어 있던 천보따리를 하나 꺼내어 주니, 남아 있던 나소스 열매를 10개 가까이 집어넣었다. 정말 그 찌릿찌릿한 게 좋아서 먹는 거라면 미식가라기보다는 아예 다른 인종인 것 아닐까 하는 생각이 들었다.

다시 민트 기름을 뿌리면서 회랑 서쪽 끝으로 귀환한 다음, 그곳에도 있는 계단을 올라서 바위 위로 갔다. 나무 터널을 한동안 걷자 앞쪽에 하얀 빛이 보이기 시작했다.

네 일행 모두 점차 발걸음이 빨라졌다. 마지막에는 거의 전력질주하다시피 해서 터널을 뛰쳐나가니, 거기에는 아침 햇살 쏟아지는 초원이 펼쳐져 있었다.

짙은 신록으로 덮인 야트막한 언덕들이 수도 없이 늘어서 있었다. 그 너머에는 희미한 회색 거탑――7층 미궁 구역 타워가 지상과 위층 바닥 사이를 이으며 우뚝 서 있었다.

숲속은 서늘했건만 숲 밖은 이미 상당히 기온이 올라 있었다. 부드러운 남풍이 초록색 풀밭을 뒤흔들고, 우리에게 꽃향기를 실어다 주었다.

우리는 20미터 정도 초원을 걷다가 야트막한 언덕 위에서 뒤를 돌아보았다.

작은 산과도 같이 도사린 숲에서 빼곡하게 들어찬 가지들이 솨아아……, 하고 흔들렸다. 저 안에 신비로운 빛으로 가득한 습지와 궁전 같은 거목이 숨어 있다는 건 밖에서만 봐서는 상상도 가지 않았을 것이다. 우리가 통과해 온 터널도 이미 거의 알아보기 힘들 지경이었다.

한동안 가만히 귀를 기울여서 추적자의 기척이 없는 것을 확인한 우리 네 명은 그제야 마음 편히 기지개를 켰다.

"으으음……, 햇빛이라는 게 원래 이런 색이었던가……."

라빅이 눈부신 듯 두 눈을 찌푸리면서 뇌까렸다. 생각해 보면, 이 형은 30년 넘게 배웅불버섯의 녹색 불만 보며 살아왔던 것이다.

마구 자란 수염과 아무렇게나 묶은 머리를 남풍에 나부끼는 탈옥수에게 키즈멜이 정중하게 말을 걸었다.

"……라빅 공, 다시 한 번 감사 말씀을 드리겠습니다. 공이 구해주지 않으셨다면 저는 신관들에 의해 거짓 누명을 뒤집어쓰고, 오명을 씻을 기회도 갖지 못한 채 감옥에 갇히는 신세가 됐을 겁니다."

키즈멜이 깊숙이 고개를 숙이자 라빅은 약간 위엄을 되찾은 목소리로 대답했다.

"감사 인사를 하기는 아직 이르다, 기사여. 이제 너는 죄인이 아닌 도망자가 된 거니까. 도망칠 것을 권한 내가 할 소리는 아니지만, 뒤집어쓴 혐의를 벗기 전에 다시 체포당하면 다음에는 투옥 정도로 끝나지는 않을 거다. 진짜 큰일은 지금부터야."

"네, 그 점은 저도 잘 압니다. 비밀 열쇠 4개를 폴른 엘프에게 강탈당한 것은 오로지 제 힘이 부족했기 때문입니다. 기초부터 다시 단련해서 다음에는 반드시……."

"좀 기다려 봐."

라빅은 오른손을 내밀어 키즈멜의 말을 끊더니 나와 아스나를 슬쩍 쳐다보며 캐물었다.

"너와 키리토, 아스나를 제압했다는 폴른의 이름은?"

"……박벌의 카이사라였습니다."

"그 여자였군……. 그렇다면 패배하는 것도 무리는 아냐. 카이사라와 1대1로 붙어서 이길 수 있는, 아니 대등하게 싸우기라도 할 수 있는 자는 흑엘프와 숲엘프를 통틀어서 아무도 없으니까."

"허나……."

철컥 하는 갑옷 소리와 함께 한 발짝 앞으로 나서는 키즈멜에게 라빅이 타이르듯이 말했다.

"≪박벌≫이라는 별명에 얽혀 있는 전설이 사실이라면, 카이사라가 가진 힘은 성대수(聖大樹) 껍질을 벗기고 가지를 베어서 얻었다는 저주받은 힘이다. 반면에 우리 류슬라의 백성들은 성대수의 가호를 잃은 지 오래지……. 카이사라와 맞먹는 힘을 쌓으려고 해 봤자, 기본적인 수련 방법만 가지고는 불가능해."

"라빅 공, 그럼 앞으로도 계속 카이사라가 나타날 때마다 꼬리를 말고 도망쳐야 한다는 말씀입니까?!"

"그런 얘기는 한 적 없어."

크게 고개를 가로저은 라빅은 다시 이쪽을 슬쩍 쳐다보고는 말을 이었다.

"기사 키즈멜. 너는 류슬라의 백성이나 카레스 오의 백성이 지금껏 단 한 번도 손에 넣지 못했던 힘을 이미 얻었다."

"그, 그게 뭐죠……?"

"인족과의 연고……, 인연이지."

예상치 못한 말에 나와 아스나까지 숨을 죽였다. 라빅은 희끄무레하게 보이는 위층 바닥을 올려다보며, 어딘가 애수 띤 목소리로 말했다.

"우리 엘프들은 이 부유성에 갇히기 전부터 타종족 백성들을 열등한 자로 여겨 왔다. 인족도, 드워프족도, 윌리나 실프 같은 요정족들도……. 하지만 타종족 백성들도 저마다 다른 무엇과도 바꿀 수 없는 힘을 갖고 있어. 환서술이나 원서술 같은 걸 얘기하는 게 아냐. 내가 말한 힘이라는 건……."

거기서 말을 끊은 라빅은 오른손을 뻗어서 키즈멜의 왼쪽 어깨를 가볍게 두드렸다. 그리고는 이쪽으로 걸어와서 나와 아스나의 어깨도 두드렸다.

"너희들은 이미 내가 하려는 말을 알고 있어. 마음이 이끄는 대로 따라가면 카이사라를……, 아니 놀차 장군까지도 깨뜨릴 수 있는 힘을 얻을 수 있을 거다."

——죽었다 깨어나도 못 해요!

그런 절규가 목구멍까지 솟구쳤지만 애써 되삼켰다. 이 캠페인 퀘스트를 계속 진행하다 보면, 언젠가 그 새까만 커서를 가진 장군과도 싸워야만 하는 것이다. 그리고 나와 아스나에

게 있어, 키즈멜을 외면하고 퀘스트에서 중도하차한다는 선택지는 더 이상 존재하지 않는다.

우리가 멍하니 넋이 나가 있으려니, 라빅은 얼굴을 가로지르는 흉터를 일그러뜨리며 웃어 보이고는 다시 등을 돌렸다. 그 등 너머에서 온화한 목소리가 들려왔다.

"정말 신세 많이 졌다, 키리토, 아스나. 기사 키즈멜을 잘 부탁하마."

북쪽을 향해 걸어가는 검사를 향해 아스나가 외쳤다.

"잠깐만요! 조금만 더……, 하다못해 이 플로어에 있는 동안만이라도 함께……."

그러나 라빅은 발걸음을 멈추지 않았다.

오른손을 들어서 슬쩍 한 번 흔들어 보였을 뿐, 그대로 멀어져 갔다. 몸에 걸친 것을 닳아 빠진 죄수복과 샌들, 무기는 왼쪽 허리춤의 사브르 한 자루, 식량은 오른쪽 허리춤의 보따리에 든 나소스 열매뿐. 저런 행색으로 어딜 가려 하는 건지, 나로서는 짐작도 할 수 없었다.

한동안 바람 소리만이 들려오다가 문득 키즈멜이 툭 던지듯이 말했다.

"저분은 아마 백단향 기사단의 전 단장, 라빅 펜 코르타시오스 공일 거다."

""단장?!""

나와 아스나는 이구동성으로 외쳤다.

단향목 기사단은 류슬라 왕국이 자랑하는 3대 근위기사단 가운데 하나다. 감방의 잠금장치를 소리도 없이 절단해버린 소드 스킬도 그렇고, 칼등 공격 한 방으로 위병 둘을 때려눕힌 실력도 그렇고, 보통 사람은 아닐 거라고 생각은 했었지만 설마 이 정도로 거물이었을 줄이야.

"그, 그런 사람이 왜 30년이나 감옥에 있었던 거지……?"

아연실색해서 묻자 키즈멜이 살짝 고개를 가로저었다.

"공식적인 기록이 남아 있지 않아서 정확한 것까지는 나도 몰라. 하지만……, 예전에 들었던 소문에 따르면, 요필리스 자작과 모종의 인연이 있었다는 것 같은데……."

""뭐?""

다시 아스나와 동시에 외쳤다.

나는 단순히 깜짝 놀랐을 뿐이었지만, 아스나는 이내 납득한 듯 말했다.

"그랬구나……. 라빅 씨의 동생은 요필리스 자작을 ≪레슈렌≫이라고 불렀었잖아. 만약 동생인 란데렌 씨가 자작과 친한 사이라면 그 형도……, 그럴 가능성이……."

거기서 아스나의 말이 이상하게 느려지기 시작한 이유는 나도 충분히 알 수 있었다.

4층에 있는 요펠 성 성주, 레슈렌 제드 요필리스 자작의 얼굴에는 이마에서 왼쪽 눈을 지나 턱까지 세로로 뻗은 흉터가 있었다.

그리고 라빅 전 단장의 얼굴에는 그와 비슷하게 깊고 날카로운, 가로 방향의 흉터가.

나와 아스나는 해답을 갈구하며 키즈멜을 쳐다보았다. 그러나 기사는 이번에도 고개를 가로저을 뿐이었다.

"……요필리스 각하께서 말씀하시지 않은 일을 내가 함부로 이야기할 수는 없다. 라빅 공은 아마 영수를 이용해서 4층에……."

거기서 다시 말을 멈춘 키즈멜은 조그만 한숨을 내쉬고 표정을 바꾸었다.

그리고 우리를 향해 똑바로 걸어와서는, 양팔을 벌리고 아스나를 꼭 끌어안았다.

"고맙다, 아스나."

정감이 담긴 목소리로 속삭이더니 포옹을 풀고 내 쪽을 쳐다보았다. 키즈멜은 웃으며 내 등에 양팔을 두르고, 브레스트플레이트가 삐걱거릴 만큼 힘을 주어 꽉 부둥켜안았다.

키즈멜과 포옹하는 게 처음은 아니라고 해도 쑥스러움이 사라지는 건 아니다……. 그런 생각이 들었지만 이번에는 무사히 재회한 것에 대한 감동이 더 컸다.

"고맙다, 키리토."

그런 속삭임을 왼쪽 귀로 들으며, 나도 키즈멜의 몸을 껴안았다. 나도 모르게 눈시울이 붉어졌지만 뜬금없이 이 타이밍에 눈치 없는 퀘스트 로그 갱신 메시지가 나타나서, 내 의식을 현재의 당면과제 쪽으로 끌고 갔다.

당연한 일이지만, 키즈멜과 재회한다고 해서 모든 게 해결되는 건 아니었다. 이번 층의 연속 퀘스트 제목은 ≪홍옥 열쇠≫이며, 그 말인즉슨 그 아이템을 발견할 때까지 시련은 끝나지 않는다는 뜻이다.

키즈멜이 포옹을 풀자, 나는 일단 가장 궁금해 하던 점을 물었다.

"저기……, 6층에서 키즈멜을 견책할 수 있는 건 기사단장이나 여왕님뿐이라고 그랬는데, 왜 하린 수궁 감옥에 갇혀 있었던 거야?"

"아아……, 그 얘기였군."

키즈멜도 표정에 긴장을 되찾고, 한숨 섞인 목소리로 대답했다.

"상황이 이상하게 꼬였다고 해야 할지……, 마침 하린 수궁에 상급신관 한 명이 머물고 있었어. 그자가 기사단장과 동급의 권한을 갖고 있었지."

"그거……, 진짜 운이 안 좋았네……."

나도 한숨이 나올 것 같은 기분이었지만 꾹 참고 다음 질문을 건넸다.

"그래도 7층의 비밀 열쇠를 손에 넣어서 하린 수궁으로 가져가면 키즈멜이 뒤집어쓴 내통 혐의는 풀리는 거지?"

하지만 기사는 시선을 내린 채 가만히 고개를 좌우로 저었다.

"애석하지만 이게 그렇게 간단한 일이 아냐. 내가 내통 혐의를 뒤집어쓰는 바람에 괴화목 기사단 자체가 비밀 열쇠 임무에서 손을 떼게 되었다는 모양이더군. 내일이면 왕성에서 백단향 기사단이나 운향 기사단에서 회수 부대가 파견돼 와서, 7층 ≪비밀 열쇠의 사당≫으로 가게 될 거다. 내가 그들보다 먼저 비밀 열쇠를 회수하거나, 만에 하나 사당에서 마주치기라도 하면 문제는 더더욱 복잡하게 꼬이겠지."

"으~~~~~~."

상황은 이미 꼬일 대로 꼬인 느낌이었다. 나는 신음하면서 머릿속으로 캠페인 퀘스트의 상황을 정리해 보았다.

애초에 흑엘프가 아인크라드 3층에서 8층에 걸쳐 산재하는 사당에 봉인된 ≪여섯 개의 비밀 열쇠≫ 회수에 나선 것은, 적대 세력인 숲엘프가 비밀 열쇠를 노리고 있다는 정보를 포착했기 때문이었다.

세 기사단이 저마다 들고 일어나서 중대 임무를 두고 다투었고, 최종적으로 경장비의 기동력을 장점으로 삼는 괴화목 기사단이 비밀 열쇠 임무를 맡게 되었다. 그리고 8층에 파견된 수십 규모의 선발대에 기사 키즈멜과 약사인 여동생 틸넬이 소속되어 있었다.

선발대는 3층에서 숲엘프 부대와 조우, 전투를 벌여서 많은 희생자를 냈다. 틸넬도 그 때 목숨을 잃었다. 선발대 사령관은 반감된 인원으로 임무를 지속하기 위해, 부대를 여러 분대로 나누어 숲엘프를 상대로 양동작전을 벌이고, 그 틈에 한 명이 단독행동으로 비밀 열쇠를 회수하겠다는 작전을 세웠다. 그 위험한 임무에 지원한 게 바로 키즈멜이었다.

키즈멜은 3층의 사당에서 ≪비취 열쇠≫를 회수하는 데 훌륭하게 성공했지만, 야영지로 돌아가는 길에 숲엘프 기사와 맞닥뜨리는 바람에 전투를 벌이게 되었다. 하마터면 동귀어진하게 된 상황에서 나와 아스나가 난입했고, 베타테스트 때는 도저히 이길 수 없었던 숲엘프 기사를 물리쳐 냈다.

그 후, 나와 아스나는 정식으로 키즈멜의 협력자가 되어서 4층, 5층, 6층의 비밀 열쇠도 순조롭게 회수했다. 갈렌 성에서 알게 된 소규모 길드 ≪큐잭≫의 멤버가 PK 집단의 까만 판초 남자에게 인질로 잡히는 바람에, 그의 요구를 거역하지 못하고 키즈멜에게 부탁해서 네 개의 비밀 열쇠를 성에서 반출, 지정 장소로 가져갔다. 그랬더니 폴른 엘프 부대장 카이사라가 나타나서 압도적인 힘으로 우리를 제압하고 비밀 열쇠를 모조리 가져가버렸다……. 이것이 지금까지의 자초지종이다.

그 타이밍이 우연일 리는 없을 테고, PK 집단의 모르테와 대거전사가 폴른 엘프의 단검과 독송곳을 갖고 있었다는 방증도 있다. 즉 모종의 경위를 통해 PK 집단과 폴른 엘프라는 현 아인크라드 2대 위험 세력이 서로 손을 잡았다는 것 같지만, 당면한 문제는 흑엘프의 내부 사정 쪽이었다.

키즈멜이 소속되어 있는 괴화목 기사단이 비밀 열쇠 회수 작전을 지휘하는 신관들의 분노를 사서 임무를 박탈당했다면, 그건 비밀 열쇠 반출을 부탁한 우리 책임이다. 비록 큐잭 멤버들을 구하기 위한 일이었다고 해도 그것은 어디까지나 인족——아니 플레이어의 사정일 뿐, 원래는 흑엘프들과는 상관없는 일이다. 그럼에도 키즈멜은 조금의 망설임도 없이 성에서 비밀 열쇠를 반출해 주었으니, 이번에는 키즈멜이 뒤집어쓴 오명을 우리가 무슨 수를 써서든 씻어 주어야만 한다.

"……으으으음."

몇 초의 시간을 들여 상황 정리를 마친 나는 고개를 들고 말했다.

"그럼 핵단향 기사단이나 운향 기사단 회수부대가 일단 임무에 실패한 뒤에 우리가 비밀 열쇠를 회수하는 건 상관없다는 거지?"

그러자 키즈멜과 아스나가 자매처럼 쏙 빼닮은 표정으로 의심을 드러냈다.

"어이, 키리토, 설마 회수부대를 방해할 꿍꿍이를 품은 건 아니겠지?"

"맞아, 키리토 군. 아무리 그래도 그건 선을 넘는 짓이야."

"아, 안 해, 안 한다니까!"

나는 허둥지둥 부정하면서 어떻게 설명해야 할지 곰곰이 생각했다.

내가 새로운 회수부대의 실패 가능성을 언급한 것은 이게 ≪나와 아스나의 퀘스트≫이기 때문이었다. RPG의 퀘스트는 기본적으로 플레이어가 고생하는 구조로 되어 있다. 당연한 일이다. 마냥 기다리고 있기만 해도 다른 NPC들이 목표를 달성해 주는 식이면 너무 쉬워서 게임이 성립할 수가 없는 것이다.

하지만 한편으로는 경쟁형 퀘스트라는 것도 존재한다. 목표 달성을 두고 NPC와 경쟁해서 이기면 클리어, 지면 실패. 현재 진행 중인 ≪홍옥 열쇠≫가 그런 전개에 돌입한 거라면, 새로운 회수부대가 비밀 열쇠를 손에 넣는 즉시 엘프 전쟁 퀘스트 자체가 실패로 끝나게 될 가능성도 있다.

하지만 키즈멜에게 그런 추측을 설명할 수는 없는 노릇이었다. 그녀에게 있어 이것은 게임 속 퀘스트가 아니라 진짜 임무이자 진짜 인생이니까.

지금 윈도우를 열고 퀘스트 로그를 읽어 보면 갱신된 가이드 텍스트가 적절한 행동 지침을 알려줄지도 모른다. 하지만 키즈멜 앞에서 그런 짓을 하고 싶지는 않았다. 어디까지나 우리가 스스로의 머리로 생각해서 최선으로 여겨지는 행동을 택해야만 한다.

"……키즈멜, 이 플로어의 비밀 열쇠 사당은 어디 있었지?"

베타 시절 때와 달라졌을 가능성을 고려해서 한 질문이었다. 그러자 기사는 잠시 생각에 잠겼다가 미궁 구역 타워 방향을 가리켰다.

"지령서를 보지 않았으니 장담할 수는 없지만, 아마 ≪천주(天柱)의 탑≫에서 조금 남쪽이었을 거다."

그렇다면 베타 시절의 위치에서 변경되지는 않은 셈이다. 월룹타와 미궁 구역 타워 사이에 있는 프라미오라는 도시에서 서쪽으로 가면, 한 시간도 안 돼서 도착할 수 있을 터였다.

"그렇단 말이지……. 새로운 회수부대는 내일이면 7층에 오겠지? 구체적으로는 언제쯤이 될지 짐작은 가……?"

나의 까다로운 질문에 키즈멜은 잠시 쓴웃음을 지었다가 대답했다.

"나도 시각까지는 몰라. 하지만 전령이 하린 수궁에서 북쪽 영수를 통해 9층의 성까지 가고, 신관들이 백단향 기사단과 운향 기사단 중 어느 쪽에 임무를 맡길지를 결정하고, 회수부대를 편성해서 영수를 타고 7층까지……. 그런 과정을 생각하면 아무래도 오늘 중으로는 힘들겠지. 내일 아침 9층에서 출발해서 영수를 경유해 비밀 창고의 사당까지 도착한다고 생각하면, 빨라도 내일 정오 정도가 되지 않을까."

"정오라……."

그렇게 중얼거리고, 될 대로 되라는 기분으로 행동 방침을 결정했다. 숨을 크게 들이마셨다가 내뱉은 나는 키즈멜과 아스나를 차례로 쳐다보고 말했다.

"우리가 홍옥 열쇠를 회수할 수 없는 상황인 이상, 키즈멜의 혐의를 풀려면 빼앗긴 비밀 열쇠 네 개를 되찾는 수밖에 없어."

"어……" 아스나가 말하고,

"뭐라고?" 키즈멜이 신음했다.

"잠깐, 키리토 군. 제정신으로 하는 소리야? 물론 그렇게 할 수 있다면 제일 빠른 해결책이 되겠지만……, 우리는 지금 비밀 열쇠의 위치도 모르잖아?"

나는 속사포처럼 쏘아붙이는 아스나를 응시했다가, 이어서 다시 한 번 키즈멜에게로 시선을 옮겨서 말했다.

"아마 폴른 엘프는 홍옥 열쇠를 입수한 회수부대가 사당에서 돌아오기를 기다렸다가 습격할 거야. 지금까지 거의 항상 그런 식이었으니까."

"……."

말문이 막힌 키즈멜을 보며, 나는 그녀 안에 있는 선악의 경계선을 아슬아슬하게 넘나드는 작전에 대해 설명했다.

"우리는 사당 출구 부근에서 매복하고 있다가, 비밀 열쇠를 손에 넣고 나오는 회수부대를 추격하는 거야. 폴른 엘프가 습격하면 잠시 상황을 지켜보면서 회수부대가 문제없이 격퇴했을 경우에는 철수하는 폴른의 뒤를 밟는 거지. 만약 회수부대가 패배 위기에 처하면 지원군으로 가담하고, 그럴 경우에도 폴른 패잔병의 뒤를 밟아서 아지트를 알아내는 거야."

내가 말을 마친 뒤에도 키즈멜은 잠시 침묵에 잠겨 있었다.

5초쯤 지난 뒤에야 가만히 입을 열었다.

"결국 회수부대를 미끼로 쓰겠다는 건가."

"아……, 아니아니, 우리가 있든 없든 폴른이 습격하는 건 마찬가지일 테니까 미끼로 삼는 거랑은 약간 달라. 그리고 상황이 위험해지면 전투에 가담할 거기도 하고……. 공평하게 평가하자면 도움을 주는 게 80퍼센트, 이용하는 게 나머지 20퍼센트 정도 아닐까 싶은데……."

"……."

키즈멜은 다시 침묵에 잠겼다. 설득은 실패한 건가……. 그렇게 생각했을 때, 기사의 어깨가 부들부들 떨리기 시작하더니 이윽고 숨죽인 웃음소리가 흘러나왔다.

"후, 후후후……, 참 여전하구나, 키리토. 라빅 공이 얘기했던 ≪다른 무엇과도 바꿀 수 없는 인족의 힘≫이라는 거, 네 경우에는 그 뻔뻔함일지도 모르겠군."

에에~, 나 같은 순진무구 소년 보고 무슨 소리야, 하고 따질 틈도 없이 아스나도 웃음을 터뜨렸다.

"아하하, 내가 보기에도 그런 것 같아. 나 같으면 이런 작전은 절대 생각도 못 했을 거야."

과연 그럴까, 하는 생각이 들었지만, 어느덧 콤비 생활을 한 지도 제법 오래된 만큼, 그런 속내를 입 밖에 내지 않는 현명

함 정도는 나도 갖추고 있었다. 과장된 헛기침 한 번으로 대충 마무리 짓고 두 사람의 의견을 확인했다.

"그럼, 일단 이 방침에는 찬성하는 거지?"

"그래, 좋다" "나도 찬성이야"

키즈멜과 아스나가 고개를 끄덕였기에, 나는 시각 표시를 슬쩍 쳐다보았다. 아직 오전 9시를 조금 지난 시간이었다. 현재 위치는 흔들바위 숲 남쪽이 아닌 서쪽이니, 조금 멀리 돌아오게 된 셈이지만, 굳이 서두르지 않아도 10시 전에는 월룹타에 도착할 수 있을 것이다. 니르니르가 지정한 시간인 오전 1시까지는 넉넉하게——아니, 조금 서둘러 가서 외롭게 홀로 우르츠돌을 모으고 있을 아르고를 돕는 게 낫겠지.

하지만 그건 어디까지나 키즈멜이 월룹타에 들르는 것에 동의해 줄 경우의 얘기다. 뭐, 6층의 스타키온도 신기한 듯 구경했었으니 싫어하지는 않겠지……. 나는 그렇게 생각하면서 기사 쪽으로 돌아섰다.

"그런데 키즈멜, 좀 의논하고 싶은 게 있는데……."

12

아르고와 키즈멜은 4층 플로어보스전 직전에 잠깐 마주친 게 전부라 서로 초면인 사이나 마찬가지였다. 그러나 미이아나 세아노, 니르니르, 키오 등의 고급 AI화 NPC들과 많은 교류를 해 온 덕분인지, 아르고는 딱히 당황하는 기색 없이 합류를 환영해 주었다.

하지만 그런 그녀도 엘프 전쟁 캠페인 퀘스트의 게스트 NPC인 키즈멜이 해당 퀘스트와는 전혀 무관한 우르츠석 수집을 흔쾌히 도와줄 거라고는 미처 예상하지 못했던 모양이다. 넓은 강 둔치에서 아스나와 수다를 떨며 즐겁게 작업하는 다크 엘프 기사를 연신 쳐다보며 "흐으음"이라느니 "이것 참"이라느니 하는 소리를 읊조린 건, 옳지 못한 생각――이를테면 경험치 벌이에 끌어들인다거나 하는――을 하느라 그런 건 아니라고 믿고 싶다.

문제의 우르츠석은 직경 2센티미터쯤 되는 검은 광석이었는데, 특징적인 금속성 광택을 띠고 있긴 하지만 니르니르의 말마따나 한밤중에 이걸 찾는 건 효율이 형편없을 것이다. 게다가 색은 비슷하지만 광택은 없는 가짜 우르츠석이나, 색깔과 질감 모두 비슷하지만 주우면 집개발로 무는 민물게가 성가심을 5배는 증폭시켰다.

그래도 아르고가 이미 20개 이상 찾아 둔 덕분에 나머지 분량을 네 명이 모으는 데는 채 1시간도 걸리지 않았다. 퀘스트

로그가 갱신된 것을 확인하고, 아르고가 스토리지에서 꺼낸 병에 든 과일주스로 건배를 한 다음, 둔치 바로 동쪽에 있는 월룹타로 향했다.

키즈멜은 6층의 스타키온에 들어갔을 때와 마찬가지로 연회색 망토의 후드를 깊이 뒤집어쓰고, 갑옷도 망토로 철저히 가렸다. 그러고도 문을 통과할 때는 약간 조마조마했지만, 문지기 NPC는 경계하는 기색 하나 없이 우리를 들여보내 주었다.

월룹타 서문은 동서 방향으로 펼쳐진 해안에 지어진 월룹타의 북서쪽 모서리에 있어서 문을 지나면 순백색과 감청색으로 이루어진 시가지를 바로 조망할 수 있었다. 작은 광장에서 멈춰 선 키즈멜은 잠시 침묵에 잠겼다가 한숨 섞인 목소리로 뇌까렸다.

"이건……, 참으로 아름답군. 6층의 스타키온은 너무 네모반듯해서 정 붙이기가 힘들었는데, 이 도시는 한동안 머물러 보고 싶다는 생각이 들 정도야. 남쪽에 보이는 건 바다인가?"

그 물음에 나는 살짝 고개를 갸웃거리며 대답했다.

"여기도 아인크라드 안이니 진짜 바다는 아니겠지만……, 그래도 일단 소금물이기는 해."

"그럼 아마 ≪대지 단절≫ 때 바다 한쪽이 잘려 나간 거겠군."

그런 키즈멜의 말에, 아스나가 "아아" 하고 외쳤다.

"아하, 그런 거였구나. 그럼 만약에 작은 섬 하나만 잘려나간 층이 있다면, 거기는 면적의 대부분이 바다로 이루어져 있겠네."

이론상으로는 일리 있는 얘기였다. 나는 아스나의 상상력에 감탄하면서 말했다.

"그런 층이 있으면 공략하기는 식은 죽 먹기겠네. 주거 구역에서 나오면 눈앞에 미궁 구역이 서 있는 식일 거 아냐?"

나의 그런 말에 아스나와 키즈멜은 기가 막힌다는 듯 한숨을 지었고, 아르고는 못 말리겠다는 듯 절레절레 고개를 저었다. 입지를 회복하기 위해 나는 헛기침을 한 번 하고 말을 이었다.

"으으음, 맞다, 통행증을 구하면 키즈멜도 우리랑 같이 비치……, 해변에 가자. 바다에 들어가 본 적 없잖아?"

"들어가 본 적은 물론 없다만……, 통행증이라는 건 뭐지?"

어리둥절한 표정으로 되묻는 기사에게 나는 모래사장 전체가 일반인 이용 금지 구역으로 지정되어 있다는 사실에 대해 설명했다. 그러나 키즈멜의 의문은 해소되지 않았다.

"이 도시 주민들은 용케도 그런 규칙에 잘 따르고 있군. 애초에 그렇게 출입을 금지하고 있는 자는 누구지?"

"으으음……, 아마도 우리가 지금 만나려고 하는 사람일걸……."

그렇게 말하고 나서 아차 싶었다. 긍지 높은 다크 엘프 기사인 키즈멜과 엘프 이상의 거만함을 뽐내는 니르니르 님. 그리고 주인에게 절대적인 충성을 맹세한 전투 메이드 키오의 상성은 척 보기에도 최악일 것 같았다. 실제로 만나기도 전에 인상을 깎아내린 건 아무리 생각해도 최악의 수였다……. 하지만 그렇다고 키즈멜 혼자만 카지노 밖에 대기시켜 놓을 수도 없는 노릇이었다.

키즈멜과 키오 중 하나가, 혹은 두 사람 모두가 무기를 뽑는 전개가 펼쳐지기 않기를 기원하면서 나는 말했다.

"하여튼 그럼……, 슬슬 가 볼까."

월롭타 그랜드 카지노는 아직 오전인데도 많은 입장객들이 드나들고 있었다.

다행히 그 입장객들 중에 ALS나 DKB 멤버들의 모습은 찾아볼 수 없었다. 아스나가 리텐에게 메시지를 보내 물어보니, 어젯밤 대패의 상처를 달래기 위해 늦은 밤까지 반성회라는 이름의 술판을 벌이는 바람에 두 길드 모두 오늘은 오후부터 활동을 개시하기로 했다는 것이었다.

대패라고 해 봤자 몬스터 투기장 최종시합에서 잃은 칩 5만 개=5백만 콜은 비법서의 예상을 그대로 따라서 불린 액수일 뿐, 실질적인 손실은 원금인 11000콜이 전부 아닌가……. 그런 생각도 들었지만, 그것도 결코 푼돈은 아니고 같은 상황을 겪었다면 나도 술을 퍼마셨을 것이다.

과연 린드와 키바오는 오늘도 몬배틀에 도전할 생각일까. 아니면 맛 간 성능의 검 소드 오브 월롭타는 잊고, 플로어 공략에 집중할 것인가.

가능하면 후자 쪽이면 좋겠다고 생각하는 건 단순한 시샘 때문이 아니라 투기장에서 부정과 음모가 횡행하고 있다는 사실을 알고 있기 때문이었다. 코를로이 가문은 아마 주간 타임과 야간 타임을 합친 총 10시합 중 태반에서 부정행위를 심어 둬서 고객의 칩을 모조리 빨아들이고 있다. ALS와

DKB에게 비법서를 팔았다는 남자도 틀림없이 코를로이 가문의 앞잡이일 것이다.

애초에 비법서 장수가 있던 곳은 주거 구역 렉시오의 서문 앞이었으니, 오늘 시합의 비법서를 구하려면 먼 길을 되짚어 렉시오까지 가야만 한다. 린드와 키바오도 그런 짓까지는 안 할 테고 예상표도 없이 투기장에 나설 것 같지도 않다. 오늘 아침에 아스나한테 얘기했다시피, 아마 그 둘은 11000콜 정도는 수업료라 생각하고 단념하지 않을까.

제발 그래 주기를 기원하면서, 나는 여성 플레이어들을 따라 그랜도카지노 건물로 들어갔다.

아르고가 제시한 통행증을 이용해 3층까지 간 우리는 초고급 호텔의 어둠침침한 복도를 걸어서 17호실 앞으로 갔다.

어제 그랬던 것처럼 아르고가 문을 두 번 노크하자, 안에서 키오의 목소리가 들려왔다.

"누구신지?"

"아르고야. 그리고 일행……이 아니라 조수 세 명."

"한 명 늘어난 건가?"

"걱정 마. 키리토보다 훨씬 멀쩡한 사람이니까."

순간적으로 "뭐가 어째?" 하고 울컥 화가 치밀었지만, 그 말 자체는 틀림없는 진실이었다. 잠시 후에 딸칵 하는 소리와 함께 문이 열렸다.

아르고, 아스나, 키즈멜, 나의 순서로 방 안에 들어가서 다시 한 번 시각을 확인. 11시 30분――니르니르 님이 지정한 오후 1시보다 90분이나 빠른 시간이다. 그렇다고 해서 보너스가 있는 건 아닐 테고 애초에 이 퀘스트를 받은 건 아르고였으며, 나와 아스나가 받을 보수는 돈이 아니라 ≪스노우 트리의 꽃봉오리≫ 입수 방법이다.

드넓은 스위트룸은 대낮인데도 어젯밤과 다를 바 없이 어둠침침했다. 창문에는 두꺼운 커튼이 쳐져서 빛을 완전히 차단하고 있고, 몇 개의 램프——물론 배웅불버섯은 아니다——들이 희미한 빛을 내뿜고 있을 뿐.

"니르니르 님은 아직 주무시고 계시다. 12시쯤에는 일어나실 테니까, 차라도 한 잔 하면서 기다려 주겠나?"

"물론이지. 괜히 너무 일찍 와서 미안하게 됐네."

아르고가 그렇게 대꾸하자 키오는 아르고 뒤에 있는 우리 쪽으로 시선을 옮겼다. 후드를 깊숙이 뒤집어쓴 키즈멜을 보고는 날카로운 눈매를 약간 찌푸렸다.

"그쪽 분은 모험가인가?"

"……아니……."

키즈멜은 잠시 망설이는가 싶더니 천천히 후드를 벗었다.

순간——.

"——류슬리안!"

짤막하게 외친 키오가 왼쪽 허리춤의 에스터크로 손을 뻗었다. 키즈멜 역시 사브르 칼자루를 움켜쥐는 정도는 아니었지만, 재빨리 오른발을 뒤로 빼서 경계태세를 취했다.

나는 황급히 한 발짝 앞으로 나서면서, "류슬리안은 또 뭐지?"라고 중얼거렸다. 그러자 옆에서 아스나가 "류슬라 사람이라는 뜻 아닐까?"라고 속닥속닥 대답했다. 그렇구나! 하고 납득한 나는 무의식중에 키오에게 “카레스 오 사람은 뭐라고 부르나요?”라고 질문을 던지고 말았다.

그러자 전투 메이드는 살기를 풀지 않은 와중에도 대답은 꼬박꼬박 해 주었다.

“……카레시온이다.”

“그렇구나!”

“그보다, 왜 류슬리안이 여기 있는 거냐!”

“그야 뭐, 당연히 우리 동료니까…….”

그런 실랑이를 주고받고 있는데, 왼쪽 벽에 있는 문이 열리더니 작은 인형이 슬리퍼를 신은 채 타박타박 거실로 들어왔다.

“뭔데 그래? 대낮부터 시끄럽게…….”

그렇게 말하며 커다란 하품을 한 것은 허리까지 닿는 찰랑찰랑한 금발과 투명하도록 흰 피부, 보석 같은 심홍색 눈동자를 가진 소녀였다. 왼팔에는 거대한 베개를 끌어안고 검은 네글리제를 입고 있었다. 머리 위에는 퀘스트 진행중임을 나타내는【?】입체 아이콘.

월룹타 그랜드 카지노를 지배하는 양대 가문 중 하나, 나크토이 가문의 문주 니르니르는 비어 있는 5인용 소파 앞에서 멈춰 서서 이쪽을 돌아보았다. 신장만 보면 이 자리에 있는 이들 중에서 가장 작은 그녀였지만, 어째선지 높은 곳에서 굽어보는 것 같다는 느낌에 휩싸였다.

에스터크를 뽑기 직전이던 키오는 소란에 대해 사과하듯 고개를 한 번 숙였지만, 그렇다고 키즈멜과 대치중인 위치를 벗어나려 하지도 않았다.

그리고 상대방인 키즈멜이 취한 행동에 나는 놀라서 입을 떡 벌리고 말았다.

말없이 니르니르를 응시하는가 싶더니, 별안간 융단에 왼쪽 무릎을 꿇은 것이다. 오른손을 가슴에 얹고 깊숙이 고개를 숙이더니——.

“저는 류슬라의 기사, 키즈멜이라고 합니다. 쉬시는 중에 이렇게 찾아온 무례에 대해 진심으로 사죄드립니다.”

시야 한쪽에 보이는 아스나의 두 눈도 휘둥그레져 있었다.

니르니르 님이 앳된 외모와는 전혀 다른 위엄을 갖추고 있는 데다 월룹타를 개척한 영웅 팔할리의 자손이기도 한 건 알고 있지만, 따지고 보면 결국 도박장의 우두머리일 뿐, 귀족이나 왕족은 아니었다. 그럼에도 긍지 높은 근위기사 키즈멜이 무릎을 꿇어 가면서까지 공경을 표현하다니. 요필리스에게도 이 정도 공경은 표하지 않았었건만.

그러나 니르니르는 당연한 일이라는 듯 가볍게 고개를 끄덕이고 말했다.

“마음 쓸 것 없어, 키즈멜. 아르고 일행을 도우러 온 거잖아? 그럼 당신도 내 손님이야. 그만 일어나서 소파에 앉도록 해. 키오, 전원에게 차를 내줘.”

“……검을 맡아 두지 않아도 괜찮을까요?”

키오의 물음을 듣고 젊은 문주는 하품을 애써 참아 가며 대답했다.

“괜찮아. 류슬라의 기사가 암살 의뢰 같은 걸 받을 리가 없으니까.”

그녀는 왼팔에 안고 있던 베개를 이미 수없이 많은 쿠션들이 쌓여 있는 5인용 소파 한가운데에 내려놓고는, 그 옆에 사뿐히 걸터앉았다.

그걸 보고 키즈멜도 자리에서 일어섰기에 우리도 서로 마주 보고 있는 3인용 소파로 이동해서 걸터앉았다. 나와 아르고가 같이 앉고, 아스나와 키즈멜이 같이 앉는 배치였다. 이내 키오가 나지막한 테이블에 컵을 늘어놓고 홍차를 따라 주었기에, 감사를 표하고 한 입 머금었다.

어제 마신 것과는 다른 찻잎인 듯, 머스킷이 아닌 감귤류의 향기가 감돌았는데 그래도 맛있다는 점은 마찬가지였다. 맛있기는 하지만——솔직히 차보다는 과자를 내줬으면 싶었다. 그도 그럴 게, 오늘 새벽부터 지금까지 나소스 열매를 먹고 찌릿찌릿한 경험을 한 것 빼고는 아무것도 먹지 못한 것이다. 하지만 대놓고 나서서 주문을 할 수는 없는 노릇이고, 나와 마찬가지로 굶주려 있을 아스나와 아르고도 태연한 표정을 하고 있었기에 복근에 힘을 주고 꾹 참는 수밖에 없었다.

낮이라 그런지 니르니르도 와인이 아닌 홍차를 홀짝였다. 이윽고 잠이 좀 깼는지 아르고를 쳐다보며 말했다.

"그래서……, 부탁한 물건은 모아 왔어?"

"물론이지. 여기서 꺼내도 돼?"

"잠깐만 기다려. 키오, 큰 그릇 두 개만 가져다 줘."

"알겠습니다."

키오가 벽 쪽에 있는 캐비닛에서 커다란 은색 보울 두 개를 가져와서 테이블에 내려놓으니, 니르니르가 손바닥을 펴서 그것들을 가리켰다.

나와 아르고는 잠시 서로를 마주보았다가 동시에 스토리지를 열었다. 나는 큰 천보따리를, 아르고는 작은 천보따리를 오브젝트화해서 내용물을 보울에 꺼내 놓았다.

니르니르는 우선 섬뜩한 색깔의 나소스 열매를 하나 집어 들어서 잠시 빤히 응시하고 다시 돌려놓았다. 이어서 우르츠석을 집어 들더니 마찬가지로 검사한 후에 돌려놓았다.

"……잘 익은 나소스 열매 20개와 우르츠석 50개, 잘 받았어. 수고들 많았어……. 키오, 보상을 지불해 줘."

메이드가 작은 가죽 보따리를 내밀었고, 그것을 받아든 아르고가 "고맙슴다!"라고 말한 순간, 니르니르 머리 위의【?】마크가 사라졌다.

——그러는가 싶더니 이내 다시【!】마크가 나타났다. 아무래도 퀘스트는 아직 끝나지 않은 모양이다. 니르니르는 홍차를 한 모금 마시고, 반쯤 혼잣말처럼 말했다.

"이제 탈색제를 만들 수 있게 됐어. 다만……, 이쯤이면 코를로이 가문 녀석들도 털가죽 염색 꼼수가 들통 나는 걸 경계하기 시작했을 거야."

"경계하고 있다고 해도, 이미 등록되어 있는 몬스터를 다시 거둬들일 수는 없는 거 아닌가?"

그렇게 캐물은 것은 나도 아스나도 아르고도 아닌 키즈멜이었다.

카지노에 오는 길에 사정을 간단하게 설명해 주긴 했지만, 그걸 고려하더라도 정말 놀라운 이해능력이었다. AI니까 당연한 거라는 식으로 생각하고 싶지는 않았다. 키즈멜은……, 아니, SAO 고급AI화 NPC들은 모두 스스로 생각하고, 헤매고, 고민하고, 때로는 착오를 저지르면서도 각자가 최선이라 믿는 선택을 쌓아 나가는 존재인 것이다.

아마 키즈멜과 동등한 고도의 AI를 갖고 있을 니르니르는 힘주어 고개를 끄덕이고 대답했다.

"그건 맞아. 일단 한 번 등록한 괴물은 반드시 출전시켜야만 해. 그랜드 카지노의 오랜 역사 속에서 그 규정이 깨진 건 단 두 번이야……. 코를로이 가문의 시종이 괴물에게 먹이 주는 걸 잊어버려서 시합 직전에 테이밍이 풀리는 바람에 날뛰어서 하는 수 없이 처분했을 때 한 번. 카지노 뒤의 축사에 숨어든 나크토이 가문 아이가 동정심 때문에 괴물을 풀어줬을 때 한 번. 두 번 다 참 우스운 일이었지."

쏘아붙이듯 내뱉은 니르니르의 말에 키오가 뭔가 할 말이 있는 듯한 기색을 보였지만, 이내 표정을 지웠다. 키즈멜이 고개를 끄덕이고 말을 이었다.

"그럼 코를로이 가문이 경계하건 말건 리카온의 털가죽을 물들인 염료를 탈색한다는 작전을……, 설마 나소스 열매에 그런 사용법이 있는 줄은 몰랐지만, 하여튼 그 작전을 실행하는 것 자체는 별 문제가 없겠군."

"별 문제는 없을 거야……. 나도 그렇게 생각해. 하지만 기왕 할 거면 만전을 기해서 하고 싶어."

니르니르는 내 옆의 아르고 쪽으로 시선을 옮기더니 진지하게 말했다.

"있잖아, 아르고. 코를로이 가문도 아직 너희들까지는 경계하지 않고 있을 거야. 리카온에게 탈색제 끼얹는 역할을 맡아줄 수 없을까?"

"음, 으~~~~음."

아르고가 그렇게 신음한 것은 나와 아스나, 키즈멜에게는 별도의 중요 미션이 있다는 것을 고려한 것이리라. 하지만 키즈멜의 예측에 따르면, 흑엘프의 비밀 열쇠 회수부대가 이 플로어에 오는 것은 내일 오후쯤이나 되어서일 테고, 나도 왕년에는 몬스터 투기장에 모든 걸 건 갬블러였던 만큼 이 음모의 결말이 궁금하기도 했다.

눈짓으로 "문제없어"라는 신호를 보내자, 아르고는 가볍게 고개를 끄덕이고 니르니르를 쳐다보았다.

"좋아, 받아들일게."

"그래, 다행이야."

니르니르가 미소 지은 순간, 머리 위의 입체 아이콘이【?】로 전환되었다. 니르니르는 남은 홍차를 마저 마시고 자리에서 일어서서는 착 하고 손뼉을 치고 말했다.

"방침이 정해졌으니 일단 탈색제부터 만들자. 키오, 냄비를 준비해 줘."

"어……, 여기서 만드시려고요?"

놀라서 물어보자 노골적인 멸시의 감정이 묻어나는 키오의 시선이 쏟아졌다.

"설마, 카지노 주방에서 만들라는 거야? 5초 만에 코를로이 쪽에 들킬 텐데?"

"하……, 하긴 그렇겠네요. 지당하신 말씀입니다."

"쓸데없는 질문을 한 벌로 작업을 거들어, 키리토."

시야에 퀘스트 로그 갱신 메시지가 나타나지 않은 걸 보면, 이건 정식 퀘스트가 아니라 단순한 허드렛일인 모양이다. 하지만 더 이상 거부할 수 있는 처지가 아니었다.

"무, 물론 그래야죠."

"그럼 우선 이 나소스 열매의 즙부터 짜 줘."

"할 수는 있는데……, 도구는요?"

"네 팔 끝에 훌륭한 도구가 붙어 있잖아?"

보아하니 손으로 짜라는 얘기인 모양이다. 그래도 되는 건가……, 라는 생각이 들었지만, 생각해 보면 이 세계에서 착즙기나 믹서 같은 건 본 기억이 없었다.

"과즙은 여기에."

키오가 유리 보울을 하나 더 꺼내다 주었기에, 나는 은색 보울에 담겨 있던 나소스 열매를 하나 꺼냈다. 식감이 배와 비슷한 느낌이었던 걸로 보아, 있는 대로 힘을 줘서 꽉 쥐었다가는 과즙이 사방팔방으로 튈 게 분명했다. 유리 보울 위에서 조금씩 힘을 줬더니 적자색 껍질에 나 있는 황록색 세로 무늬 부분이 터지고, 거기에서 우윳빛 주스가 힘차게 흘러나와 내 손을 타고 보울에 뚝뚝 떨어졌다.

한 박자 늦게 달콤하고도 자극적인 향기가 감돌기 시작했다. '맛은 좋았는데 말이지, 그 전기 같은 찌릿찌릿한 것만 없었더라면……' 하고 생각한 바로 그 때.

찌리릿! 하는 초강력 정전기 같은 충격이 손바닥에 휘몰아

쳤고, 나는 비명을 내지르며 껍질만 남은 나소스 열매를 내팽개쳤다.

"끄으아아아아――!!"

오른손을 공중에 들어 올린 채 버둥거리는 내 모습을 보고, 니르니르가 소파에 엎어지다시피 한 채 깔깔거리며 요란하게 웃어댔다.

"아하하, 이히히아하아!!"

"하으으으――, 니, 니르 님, 알고 있었던 거죠?!"

"아하하하하하, 끄아아~래, 아하하하하하!!"

두 발을 버둥거려 가면서 미친 듯 웃어대는 니르니르 님에게 달려들어서 울음을 터뜨릴 때까지 간질여 주고 싶은 마음이 굴뚝 같았다. 하지만 네글리제 차림의 소녀에게 그런 짓을 하는 건 약간 부적절한 느낌인 데다, 그런 짓을 했다가는 키오의 에스터크가 내 몸에 바람구멍을 내 놓을 것 같다는 생각도 들었다.

충격의 여운을 견디며 주위를 둘러보니 옆자리의 아르고도, 맞은편 소파에 앉은 아스나와 키즈멜도 해맑게 웃고 있었다. 설마 싶어 고개를 들자, 키오까지 고개를 돌린 채 어깨를 씰룩거리고 있지 않은가.

――괜찮아. 모두가 잠깐의 휴식을 즐길 수만 있다면.

그렇게 스스로를 타이른 직후, 나는 나소스 열매가 19개나 더 남았다는 사실을 깨닫고, 콧구멍으로 후우 하고 한숨을 토해냈다.

13

한 시간 뒤——오후 12시 50분.

나는 그랜드 카지노 1층 플레이룸을 홀로 서성거렸다.

나소스 열매 과즙 짜기는 니르니르가 방수 가공 가죽장갑을 빌려준 덕분에 두 번째 열매부터는 전기에 당하지 않고 작업할 수 있었다. 처음부터 빌려주면 됐잖아……, 하고 볼멘소리를 늘어놓았더니, "그러면 재미가 없잖아"라는 솔직하기 그지없는 대답이 돌아왔다.

보울에 가득 찬 과즙을 키오가 두툼한 강철 냄비에 옮겨 담은 다음, 거기에 50개의 우르츠석을 조심스럽게 집어넣고 끓였다. 그리고 3시간쯤 약불로 졸이면 작은 병 하나 분량의 탈색제가 만들어진다고 한다. 그럴 거면 두 배의 재료를 써서 예비용까지 만드는 게 나았던 것 아닌가 하는 생각도 들었지만, RPG의 퀘스트이니 아무래도 일발승부일 때 묘미가 있는 것이리라. 케이지 앞에 자리 잡고 있다가 전투 전에 리카온에게 탈색제를 뿌리는 게 전부이니, 실패할 가능성은 거의 없다고 봐도 될 것이다.

불 관리는 키오에게 맡기고 니르니르와 아스나, 아르고, 키즈멜은 호텔 부속 스파에 가버리는 바람에——나에게도 권했지만 정중히 거절했다——계단 통행증을 받아서 혼자 1층으로 내려온 나는 플레이룸 바 카운터에서 클럽샌드위치를 주문했다. 굶주린 배에 그것을 채워 넣고, 그제야 한숨 돌린 기분으로 플레이룸을 서성거리고 있었다. 그런데 바로 그 때.

룰렛 테이블을 쳐다보고 있는 덩치 큰 남성 플레이어의 모습이 눈에 들어왔다. 요란한 무늬의 셔츠에 카키색 하프팬츠, 긴 금발을 가느다란 헤어밴드로 묶고 있는 그 차림새는……, DKB의 양손검 전사, ≪축구부원≫ 하프너였다. 그 동료들의 모습은 찾아볼 수 없었다.

큰일 날 뻔 했네, 하고 주춤주춤 물러나려다가 퍼뜩 깨달았다. 리텐의 정보에 따르면, DKB는 정오부터 공략 활동을 재개할 예정이라고 했다. 그런데 서브리더격인 하프너가 왜 홀로 카지노에서 어슬렁거리고 있는 것인가.

잠시 고민하던 나는 하프너에게 살금살금 다가가서 다짜고짜 등짝을 탁 쳤다.

"여어, 하프 씨."

우람한 몸집에 어울리지 않게 화들짝 놀라고 나서 이쪽을 돌아본 하프너는 나를 보자마자 떨떠름한 표정을 지었다.

"……블래키 씨잖아. 일행도 아니면서 별명으로 부르지 말라고."

"그쪽도 별명으로 불렀잖아."

"그야……, 뭐, 그건 그냥 넘어가자고."

하크너는 흥 하고 코웃음을 치고는 내 좌우를 번갈아 살펴보았다.

"……파트너는 같이 없는 거냐?"

목욕하고 있다고 대답하는 건 좀 찜찜해서 짤막한 대꾸로 얼버무렸다.

“좀 일이 있어서. 그보다 하프 씨는 혼자 온 거야? DKB는 오후부터 활동에 들어갈 예정이라고 들었는데.”

“아아……. 다른 멤버들은 거의 다 밖에서 퀘스트 깨기 겸 레벨업을 하는 중이야.”

이렇게 순순히 가르쳐주는 걸 보면 천성은 순진한 사람인 것이다. 하지만 나는 천성적으로 속이 꼬인 녀석이니, 파프너의 선함을 이용해서 계속 물고 늘어졌다.

“그럼 왜 여기 있는 거지? 서브리더가 젊은 사람들을 보살펴줘야 되는 거 아냐?”

“어쩔 수 없잖아. 나한테는 다른 일거리가 있으니까.”

“일이라고……? 이게?”

내가 룰렛 테이블을 가리키자 양손검 전사는 굵직한 목을 으쓱했다.

“도박을 하려는 게 아냐. 떠도는 소문으로는 몬배틀이 시작하기 전에 여기서 조용히 줄을 서 있으면 비법서 장수가 나타나서…….”

거기까지 말하다가 딱 하고 윗니와 아랫니가 부딪칠 정도로 황급히 입을 다물고는 얼굴을 찌푸렸다.

“빌어먹을, 쓸데없는 이야기까지 했잖아. 이제 좀 다른 데로 가.”

그런 소리를 들었다고 해서 순순히 물러설 수는 없었다. 하프너의 말에 불온한 단어가 섞여 있었기 때문이다.

“자, 잠깐만, 비법서 장수라는 거, 어제 렉시오 서문에서 너희들한테 말을 걸었다던 그 아저씨를 말하는 거야?”

"어이, 블래키 씨, 왜 그런 것까지 알고 있는 거야?"
"대답이나 해 줘. 렉시오의 비법서 장수가 여기 나타난다는 거야? 누구에게서 들은 정보지?"
내가 다그치자 하프너는 한층 더 씁쓸한 표정으로 가르쳐주었다.
"누구한테서 들은 건지는 몰라. 우리 멤버 중에 하나가 그런 소문을 들었다나 봐. 뜬소문일지도 모르지만, 저기 좀 보라고."
하프너가 그렇게 말하며 손가락으로 살짝 한 방향을 가리켰다. 그쪽을 쳐다보니 좀 떨어진 곳에 있는 룰렛 테이블 앞에 눈에 익은 플레이어가 앉아 있었다. 저건……, ALS의 트라이언트 전사, 홋카이 이쿠라였다.
"저 녀석 말고도 ALS 녀석 몇 명이 포커나 크랩스 같은 걸 하고 있어. 아마 다들 비법서를 사려고 모여 있는 걸 거야."
"……그럼 DKB와 ALS 모두 오늘 몬배틀에도 도전할 생각이라는 얘기야……?"
내가 멍하니 중얼거리자 하프너가 매섭게 나를 쏘아보았다.
"지긋지긋하지도 않은 거냐고 따지려는 거겠지만, 블래키 씨도 그 검의 정신 나간 스펙을 봤을 거 아냐?"
그렇게 말하면서 엄지로 가리킨 것은 플로어 중앙에 있는 교환 카운터――그 최상부에서 찬란하게 반짝이는 황금색 장검이었다.
"저것만 손에 넣으면, 이 플로어는 말할 것도 없고 10층 정도까지는 무쌍을 찍을 수 있어. 너도 한손검 전사니까 탐나지 않는다는 소리는 못 하겠지."

"탐나지 않는다는 소리는 안 하겠지만……. 그런데 ALS의 키바오는 한손검 전사니까 그렇다 쳐도, 너희 쪽 린드는 곡도 전사잖아? 이제 와서 무기 스킬을 처음부터 새로 찍으려고?"

"그럴 리가. 린드 씨는 그렇게 쪼잔한 소인배가 아니라고. 우리 쪽에서 차지하면 시봐타가 쓰게 되겠지."

그러고 보니 DKB의 또 다른 서브리더, ≪육상부원≫ 시봐타는 한손검 전사였다. 나는 고개를 끄덕여 수긍하고 말을 이었다.

"……하지만 어제 몬배틀 때는 비법서의 예상을 따랐다가 번 돈을 싹 날리지 않았어? 오늘도 그렇게 되지 않을 거라는 보장이 있긴 한 거야?"

"대체 왜 그렇게 잘 알고 있는 건데……."

다시 얼굴을 찌푸린 하프너는 더 이상은 얘기하기 싫다는 듯 팔짱을 꼈다.

"더 이상은 기업 비밀이야. 자, 이제 진짜로 좀 가. 나는 비법서 장수를 낚아야 된다고."

――그 비법서 장수는 십중팔구 코를로이 가문의 앞잡이일 거라고.

그런 말이 목구멍까지 솟구쳤지만 애써 꾹 참았다. 지금 하프너에게 얘기해 봤자 믿어 주지도 않을 테고, 애초에 코를로이 가문이라는 이름조차 모를 것이기 때문이다.

"알았어. 대신 좋은 걸 가르쳐줄게."

"――뭔데?"

“룰렛의 딜러, 빨간색이랑 검정색으로 된 나비넥타이를 매고 있잖아? 그 넥타이의 검은색 면적이 크면 볼이 검은 포켓에 들어갈 확률이 높아. 빨간색이 넓을 때는 반대고.”

“……진짜?”

눈이 휘둥그레진 하프너에게 히죽 웃으며 말했다.

“그래 봤자 6대4 정도의 확률 차이니까 과신하지는 마. 그럼 이만.”

손을 흔들어 보이며 룰렛 테이블 부근을 떠난 나는 바로 웃음기를 거두었다.

DKB와 ALS가 오늘 또 비법서를 믿고 베팅에 나선다는 건, 아무래도 뭔가 불온하게 느껴지는 정보였다. 게다가 오늘은 비법서 장수가 팔러 오는 게 아니라, 도박을 하고 있으면 나타난다는 복잡한 과정으로 변해 있었다. 이러면 확실히 ≪사기 당하고 있다는 느낌≫은 반감될 것이다.

베팅 결과 어느 한쪽이 순조롭게 ≪소드 오브 월룹타≫를 손에 넣기만 한다면야 더할 나위 없이 반가운 일이겠지만, 아마 그렇게 되지는 못할 것이다. 코를로이 가문은 오늘도 두 길드에게서 돈을 뜯어낼 온갖 방법을 강구하고 있을 테니까.

플레이룸에서 홀로 돌아온 나는 일단 3층으로 돌아가서 아스나 등과 의논하기 위해 계단으로 가려 했다. 하지만 그녀들이 아직 스파에서 돌아오지 않았을지도 모른다는 가능성을 깨닫고 발걸음을 멈추었다. 효율적인 시간 활용을 고려하면, 조금 더 정보를 수집하고 나서 가도 늦지 않을 것이다.

그러고 보니 아까 니르니르가 한 이야기 중에 마음에 걸리는 대목이 있었다. 카지노 뒤의 축사에 숨어든 아이가 동정심 때문에 괴물을 풀어준 적이 있었다……, 그런 얘기였다.

카지노 내부는 이미 베타테스트 시절에 샅샅이 다 돌아다녔다고 생각했는데, 건물 뒤쪽에 축사가 있다는 건 처음 듣는 얘기였다. 하지만 잘 생각해 보면 배틀 아레나에서는 하루에 20마리 되는 몬스터들이 싸워야 하니, 그 몬스터들을 대기시켜 놓을 장소가 필요하다는 건 당연한 얘기였다. 거기 가 보면 뭔가 정보를 얻을 수 있을지도 모른다.

수많은 관람객이 오가는 메인 통로를 통해 카지노 밖으로 나온 나는 화려한 벽면 앞에서 멈춰 서서 어디로 가야 할지 망설이는 척하며 주위를 둘러보았다.

대리석 홀에서 넓은 계단을 내려가면 바로 정면 게이트가 있는데, 그 좌우에도 작은 계단이 있고, 그 계단에서 이어지는 가느다란 통로가 관목들 사이로 뻗어 있었다. 등 뒤 현관 입구 주위에 있는 위병들의 시선이 거슬렸지만, 통행금지 구역이라면 처음부터 봉쇄되어 있었을 것이다. 나는 느긋한 발걸음으로 계단을 내려가서 왼쪽 통로로 들어갔다.

정갈하게 다듬어진 관목들을 구경하며 20미터쯤 나아가니, 허무하게도 막다른 길에 맞닥뜨렸다. 앞을 가로막고 있는 것은 검은 주철로 만들어진 문. 높이는 2.5미터쯤 될까.

아마 반대편 통로도 마찬가지일 것이다. 키지노 뒤편에 가려면 어느 쪽으로 가든 이 문을 넘어야만 하는 모양이었다. 아마 카지노 뒤쪽에는 길들인 몬스터들을 반입할 때 이용하는 게이트가 있을 텐데, 정면보다 경비가 삼엄할 거라는 건

쉽게 예상할 수 있었다.

나의 현재 근력과 민첩성을 고려하면 수직 점프만으로 2.5미터짜리 문을 넘어가는 건 불가능하다. 아마 그런 건 레벨 80이나 90 정도에 도달한 뒤에나 가능해질 것이다. 그 정도까지 가기 전에 이 데스 게임이 클리어되어 있어야 할 텐데……. 그런 생각을 하면서 나는 문의 좌우를 확인했다.

오른쪽 문은 부지를 둘러싼 담에 고정되어 있는데, 담장 표면에 손잡이가 될 만한 돌기는 보이지 않았다. 하지만 왼쪽 문을 고정하고 있는 건물 벽은 대리석 블록이 저마다 3센티미터 정도 어긋나게 쌓여 있는 구조였다. 그럭저럭 손잡이로 쓸 수 있을 것 같기는 한데……, 과연 이 문을 넘으면 범죄자가 되는 걸까. 아니, 그렇다면 절도나 부적절 접촉을 저질렀을 때처럼 경고 메시지가 나타날 것이다.

메시지가 나타나거든 즉시 물러나자.

그렇게 결의하고 뒤를 돌아보았다. 타일이 깔린 통로에서는 입장객도 위병도 찾아볼 수 없었다. 재빨리 벽 쪽으로 가서, 튀어나온 곳에 손을 걸쳐 보았다.

손가락 두 번째 마디 정도까지밖에 안 걸리지만, 벽타기의 난이도만 따지면 6층 갈레성을 둘러싼 산을 오를 때보다는 훨씬 수월했다. 그도 그럴 것이, 떨어진다 해도 거의 대미지를 입지 않을 정도의 높이인 것이다. 각오를 다잡고 양손 손끝과 양발 발끝을 이용해서 힘차게 벽면을 오르기 시작했다. 문의 높이를 넘어섰을 때쯤에 오른쪽으로 수평 이동. 아래의 지면을 확인하고 펄쩍 뛰어내렸다.

무릎을 굽혀 충격을 흡수하면서 착지. 웅크린 채로 몇 초를 기다렸지만 위병이 달려오는 기색도, 경고 메시지가 뜨는 기색도 없었다.

일어서서 주위를 살펴보았다. 좁은 통로와 좌우의 관목으로 구성된 지형 자체는 문 밖과 똑같았으나 나무의 손질 상태가 다소 조잡한 것 같은 느낌이 들었다.

발소리를 죽여 가며 통로를 나아가다 보니 길은 오래지 않아 왼쪽으로 꺾여 있었다. 건물 모퉁이에 몸을 숨긴 채, 조심스레 앞쪽을 훔쳐보았다. 지금까지 왔던 길과 마찬가지로 건물과 담장 사이로 난 통로가 똑바로 뻗어 있었다.

이대로 쭉 가면 카지노 뒤쪽으로 갈 수 있을 것이다. 하지만 그 통로는 길이가 100미터쯤은 되어 보이고, 앞쪽과 뒤쪽에서 위병이 나타나면 오도 가도 못하는 신세가 된다. 붙잡히면 운이 좋아도 카지노 출입금지, 운이 나쁘면 감금, 최악의 경우는 오렌지(범죄자) 플래그가 박힐 가능성까지 있다.

그런 리스크를 짊어지면서까지 축사를 조사해야 할 필요가 있을까.

잠시 고민에 잠긴 끝에, 나는 뒤쪽이 아닌 앞쪽으로 발걸음을 옮겼다.

니르니르의 리카온 탈색 작전이 성공하면, 코를로이 가문의 음모를 백일하에——실제로는 밤의 지하 홀이지만——까발리고, 아직 얼굴도 모르는 바당 코를로이를 단죄할 수 있을 것이다. 어제 ALS와 DKB가 잃었던 총 2만 수천 콜의 금액도 돌려받을 수 있을지도 모른다.

하지만 코를로이 가문이 아직 뭔가 비장의 카드를 숨기고 있지 않을까 하는 의문이 가시지 않았다. 모종의 이유로 작전에 실패하고 양 길드가 어제 이상의 손실을 입기라도 하면, 금액적인 손해는 물론이고 린드와 키바오의 카리스마에도 상당히 금이 가게 된다. 베타테스트 때 내가 전재산을 날린 것 정도는 웃음거리로 넘길 수 있지만, 이 정식 서비스에서 공략 집단이 휘청거리는 건 인명에 위협이 될 수도 있는 중대 문제인 것이다. PK 집단과 폴른 엘프라는 2대 위험 요소가 있는 상황에서, 또 다른 문제 요소를 떠안는 건 질색이다.

거기까지 생각했을 때, 나는 등골이 서늘한 느낌에 휩싸여서 멈춰 섰다.

뒤를 돌아보니 아무도 없었다. 냉기의 원인은 나 자신의 생각이었다.

어쩌면——이 사건에도 그 녀석들이 얽혀 있는 것 아닐까? 5층과 6층에서 그랬던 것처럼, 예상조차 못 한 방향에서 PK 집단이 ALS와 DKB의 발목을 붙잡으려 하는 게 아닐까?

아니, 그건 너무 지나친 의심일 것이다. 7층 전이문이 개통된 것은 1월 5일 0시경. DKB와 ALS는 그날 오전 중에 월룹타로 이동했다. PK 길드가 코를로이 가문과 접촉해서 부정 행위를 획책하기에는 시간이 너무 촉박하고, 애초에 그런 게 가능할 리가 없었다. 우리가 니르니르와 협조하고 있는 것도 어디까지나 아르고가 그녀의 퀘스트를 수주했기 때문이다.

지나친 의심이다. 까만 판초 남자와 그 부하들이 플레이어뿐만 아니라 NPC까지 선동할 수 있는 능력을 갖고 있다면 녀석들은 그야말로…….

거기서 생각을 중단한 나는 햇빛이 닿지 않는 통로를 따라서 더욱 어두운 쪽으로 발걸음을 내딛었다.

(계속)

후기

소드 아트 온라인 프로그레시브 7『붉은 초열의 랩소디(상)』을 읽어주신 독자 여러분, 감사합니다.

우선 6층 편에 이어서 상하권 구성으로 내게 된 점을 사과드리고 싶습니다. 처음 집필을 시작했을 때만 해도 "카지노랑 해변 장면만 쓰고 한 권으로 바로 끝내버려야지" 하는 느긋한 생각을 하고 있었습니다. 그런데 카지노에 가는 길은 생각보다 멀고, 쓰다 보니 갖가지 음모의 기운이 풍기기 시작하는 데다 6층에서 빼앗긴 비밀 열쇠도 찾아야 하는 등, 이야기의 볼륨이 점점 불어나서 어느새 담당자님이 "상하권으로 냅시다……"라는 메일을 보내시는 지경이 되었습니다.

이야기의 양이 불어난 가장 큰 이유는 키리토와 아스나가 단둘이 여행하거나 다투거나 식사하거나 하는 장면을 쓰는 게 저에게는 더할 나위 없이 즐거운 일이기 때문인 것 같습니다. 현재 동시에 집필 중인 유니탈 링 편에는 동료들도 많은 데다, 키리토는 공격부대의 리더가 되고 아스나는 방어부대의 리더가 되는 식으로 역할을 분담하다시피 하고 있어서 단둘이서 행동하는 장면이 얼마 없단 말이죠. 그 반동 때문인지 이번 권에서는 저도 모르게 두 사람이 함께하는 장면을 너무 많이 쓰는 바람에……. 하지만 그게 프로그레시브 편의 묘미 아닐까 하는 생각도 드니, 독자 여러분도 즐겁게 감상해 주셨으면 합니다.

이야기는 드디어 카지노를 둘러싼 음모의 심부에 파고드

는……, 바로 그 타이밍에 "계속"이 되고 말았습니다만, 물론 하권은 바로 이어서 간행될 예정입니다. 가능한 한 짬을 두지 않고 낼 수 있도록 노력할 테니, 잠시만 기다려 주시면 감사하겠습니다. 하권에서는 드디어 합류한 키즈멜은 물론, 아르고를 비롯한 다른 플레이어들, 그리고 아직 수수께끼투성이인 니르니르 님과 전투 메이드지만 아직 한 번도 싸우지 않은 키오도 맹활약을 펼치지 않을까 합니다!

그리고 프로그레시브 관련 소식 하나! 『극장판 소드 아트 온라인 프로그레시브—별 없는 밤의 아리아』는 이 작가 후기를 쓰고 있는 2021년 1월 현재 풀파워로 제작 진행 중입니다. 책이 나올 때쯤에는 공개 스케줄이 발표됐을지 어떨지……. 아직 확답하기 애매한 타이밍이지만, 아스나에게 초점을 맞춰서 1층 공략을 재구성한 스토리로 만들어질 예정이니, 원작 SAOP 1권을 읽으신 분, TV애니메이션 1기를 시청하신 분들도 신선한 기분으로 즐기실 수 있을 거라 생각합니다. 그러니 이쪽에도 많은 관심을 부탁드립니다!

마지막으로, 정초부터 혹독한 스케줄에 시달리고 계신 일러스트레이터 abec 씨, 담당자 미키 씨와 아다치 씨, 진심으로 감사드립니다! 올해도 힘겨운 날들이 계속될 것 같지만, 독자 여러분과 한 팀이 되어 헤쳐 나갔으면 합니다!

2021년 1월 모일　카와하라 레키

NOVEL

소드 아트 온라인 프로그레시브_7

2024년 7월 25일 제1판 제1쇄 인쇄
2024년 7월 30일 제1판 제1쇄 발행

지음 | 카와하라 레키
일러스트 | abec
옮김 | 박용국

발행인 | 오태엽
편집팀장 | 이수춘
편집담당 | 이예솔
일본어판 오리지널 디자인 | BEE-PEE
한국어판 디자인 | Design Plus
라이츠사업팀 | 이은선, 조은지, 정선주, 신주은
출판마케팅팀 | 김정훈, 이강희, 정누리
제작담당 | 박석주

발행처 | (주)서울미디어코믹스
등록일 | 2018년 3월 12일
등록번호 | 제 2018-000021
주소 | 서울특별시 용산구 만리재로 192
전화 | (02)2198-1736
인쇄처 | 코리아 피앤피

SWORD ART ONLINE PROGRESSIVE Vol.7